Éros en thérapie

Du même auteur

L'Acadien reprend son pays, roman, Moncton, Éditions d'Acadie, 1977. Adapté pour le théâtre par Laval Goupil et publié aux Éditions La Grande Marée, sous le titre *Jour de grâce* en 1995.

Isabelle-sur-Mer, roman, Moncton, Éditions d'Acadie, 1979.

C'est pour quand le paradis..., roman, Moncton, Éditions d'Acadie, 1984.

Le Feu du Mauvais Temps, roman, Montréal, Québec Amérique, 1989; prix France-Acadie, 1989; prix Champlain, 1990; Montréal, XYZ éditeur, 2004. Traduit en anglais par Susan Ouriou sous le titre *Phantom Ship*, Montréal, XYZ Publishing, 2004.

Les marées du Grand Dérangement, roman, Montréal, Québec Amérique, 1994; Montréal, XYZ éditeur, 2008.

Le borgo de L'Écumeuse, roman, Montréal, XYZ éditeur, 1998; XYZ éditeur, coll. «Romanichels poche», 2008.

Babel ressuscitée, roman, Lévis, Éditions de la Francophonie, 2002.

Tisons péninsulaires, poésie, Tracadie-Sheila (N.-B.), La Grande Marée, 2003.

Complices du silence?, roman, Montréal, XYZ éditeur, 2004.

Karma et coups de foudre, roman, Montréal, XYZ éditeur, 2007.

La mer poivre, poésie, Tracadie-Sheila (N.-B.), La Grande Marée, 2007.

Claude Le Bouthillier

Éros en thérapie

roman

Catalogage avant publication de Bibliothèque et Archives nationales du Québec et Bibliothèque et Archives Canada

Le Bouthillier, Claude, 1946-

Éros en thérapie : roman

ISBN 978-2-89261-595-1

I. Titre.

PS8573.E336E76 2010   C843'.54   C2010-941926-X
PS9573.E336E76 2010

La publication de cet ouvrage a été rendue possible grâce à l'aide financière du ministère du Patrimoine canadien par l'entremise du Programme d'aide au développement de l'industrie de l'édition (PADIÉ), du Conseil des Arts du Canada (CAC) et du ministère de la Culture et des Communications du Québec (MCCQ) par l'entremise de la Société de développement des entreprises culturelles (SODEC).

L'auteur désire remercier le Conseil des Arts du Nouveau-Brunswick de l'octroi d'une bourse A pour la rédaction de ce roman.

Conception typographique et montage : Édiscript enr.
Maquette de la couverture : Zirval Design
Photographie de la couverture : © Irene Teesalu, iStockphoto
Photographie de l'auteure : Christine Bourgier

ISBN 978-2-89261-595-1

Dépôt légal : 3ᵉ trimestre 2010
Bibliothèque et Archives Canada
Bibliothèque et Archives nationales du Québec

Diffusion/distribution au Canada :
Distribution HMH
1815, avenue De Lorimier
Montréal (Québec)
H2K 3W6
Téléphone : 514 523-1523
Télécopieur : 514 523-9969
www.distributionhmh.com

Diffusion/distribution en Europe :
DNM-Distribution du Nouveau Monde
30, rue Gay-Lussac
75005 Paris, France
Téléphone : 01.43.54.49.02
Télécopieur : 01.43.54.39.15
www.librairieduquebec.fr

Imprimé au Canada

www.editionsxyz.com

En hommage à mes ancêtres amérindiens.

À tous les hommes pour qui les organes
du bas du corps — que je n'ose nommer! —
sont sources de tribulations.
À toutes celles qui accompagnent
leur amoureux tracassé.

Dans ce roman, tout ce qui n'est pas menteries et exagérations est vrai.

CHAPITRE 1

> Le bouc émissaire : « Ayant posé les deux mains sur la tête du bouc vivant, Aaron confessera sur lui toutes les iniquités des enfants d'Israël, toutes leurs transgressions et toutes leurs fautes, il les déposera sur la tête du bouc et l'enverra au désert par un homme disposé à cet effet. »
>
> Lévitique 16,21

Enfant, j'allais souvent, pendant le temps des bleuets, à Allardville, chez Wallace, mon grand-père maternel. Une colonie fondée pendant la crise économique des années trente, composée surtout des pêcheurs de la Péninsule acadienne qui avaient eu le choix entre la misère de défricher une forêt ou l'exil aux États-Unis. La cueillette des bleuets me procurait quelques sous la livre, argent que je déposais religieusement à la Caisse populaire — pour mes études à venir —, après m'être goinfré de friandises au magasin général. J'adorais mon grand-père, un géant blond, doux et fort, qui parlait peu et souriait tout le temps. Il m'emmenait dans des brûlis perdus où les arbustes ployaient sous des grappes de diamants bleus qui scintillaient à l'aube comme des perles de rosée. L'odeur de la forêt tôt le matin m'enivrait. Je me souviens de l'odeur du thé King Cole chatouillant mes narines et des pâtés à la viande de lièvre et de chevreuil le midi.

Grand-père me berçait de ses exploits. Tantôt il s'était battu avec un ours pris au piège qui s'était agrippé à lui ; tantôt il avait tué l'orignal le plus gigantesque des Maritimes ; tantôt il avait découvert dans le lit d'un ruisseau une énorme pépite d'or que des malfaiteurs lui avaient volée, ruisseau dont il n'avait jamais pu retrouver la trace ! Mon grand-père était une bibliothèque vivante sur la faune et la flore de la forêt ; la vie secrète des castors, des visons, des loutres défilait comme dans un dessin animé. Le soir, un seau à chaque main, ma boîte de bleuets en bandoulière qu'il portait pour me soulager, il revenait à grandes enjambées, passant par-dessus les arbres tombés avec quasiment cent livres de bleuets. Même allégé de ma récolte, j'avais de la peine à le suivre. Nous attendaient les acheteurs et surtout une « pijoune » froide au gingembre (précurseur du ginger ale) pour nous désaltérer. J'étais fier lorsque je voyais les bleuets qui faisaient pencher la balance à crochet ; j'avais l'impression d'avoir participé à une expédition héroïque.

Toute mon enfance fut marquée par ces moments heureux avec mon grand-père. Puis il y eut à l'adolescence une longue période d'accalmie où je n'allai plus à Allardville. Durant l'été, pour me faire des sous, la pêche aux coques et aux palourdes remplaça les bleuets. L'émoi et les frémissements du cœur et de la chair face aux beautés féminines remplacèrent définitivement mon surplus d'enfant de chœur de même qu'une vocation qui n'avait jamais levé, à laquelle s'était substitué quelque chose qui me troublait et qui levait souvent.

À l'aube de mes dix-neuf ans, j'avais terminé mon cours classique à l'Université du Sacré-Cœur de Bathurst, incertain toutefois quant au chemin à prendre. C'est ainsi que lors de cet été de réflexion je me rendis à Allardville, cette fois pour la cueillette des framboises, dans des endroits un peu humides et marécageux. Il fallait surveiller les guêpes.

Quand je la vis pour la première fois, j'eus le souffle coupé. Accroupie dans un champ de framboises, elle me semblait divinement belle. Ce fut elle qui m'aborda. À l'époque, j'étais timide comme un «berlicoco» qui rentre dans sa coquille à la moindre alerte. Pas très adroit socialement. La plupart du temps, je rêvassais dans mon monde. Je me méfiais de tous ou bien j'étais d'une indécrottable naïveté. Ma princesse de la forêt enchantée savait comment me mettre en valeur, venir me chercher, me rendre important. Mon estime gonflait à vue d'œil. De vagues rumeurs circulaient qu'elle avait la cuisse légère. Je savais à peu près ce que cela voulait dire, mais j'étais plutôt néophyte en la matière. Ses parents, originaires de Saint-Sauveur, plus précisément Butte d'Or — nom issu d'une légende amérindienne où les rayons du soleil se déposant sur cette colline évoquaient la couleur de l'or —, vivaient dans la région de New York et venaient visiter la parenté durant l'été. Ses manières dégourdies à l'égard des hommes étaient différentes de celles des Acadiennes de la région; cela devait, me disais-je, représenter l'ouverture de l'esprit américain face au monde! Et je restais convaincu que même si elle parlait et souriait à tous, elle avait jeté son dévolu sur moi, à preuve toutes les considérations qu'elle avait à mon égard.

Il y avait de l'Ontario, de Windsor surtout, une bande de gais lurons, la plupart d'origine acadienne de la région Péninsule-Chaleur — dont les pères travaillaient chez Ford, Chrysler ou GM — qui venaient l'été visiter la parenté et se faire quelques sous à ramasser les fruits sauvages. En fait, ils n'avaient qu'une idée en tête, forniquer avec le plus de femmes possible. Leurs exploits qui grandissaient d'une nuit à l'autre me titillaient le désir, lequel s'exprimait en fantaisie amoureuse et en rêves érotiques. Le dieu Éros, ou Cupidon, était déjà sur le divan.

Elle se prénommait tout simplement Marilyn, ses parents voulant, jusque dans leur descendance, indiquer leur allégeance à la culture américaine. C'était l'époque où l'arborite, le bricksiding et le plastique évoquaient le veau d'or de la Bible, alors que les Acadiens, las de leur maison ancienne et de leur table en merisier qui symbolisaient la misère, donnaient le tout aux antiquaires américains en échange de billets verts où était inscrit *In God We Trust*. Ou bien ils échangeaient leurs tapis «hookés» pour des prélarts généreusement donnés par les Juifs.

Un beau matin, une guêpe piqua Marilyn sur une fesse. Elle gémissait en enlevant sa petite culotte. J'étais dans tous mes états et, je n'ose quasiment pas l'avouer, moins dérangé par sa douleur qu'excité par sa touffe de renard roux. Une vieille dame, un brin sorcière, frotta l'endroit qui était source de mon émoi, puis y appliqua un cataplasme fabriqué à partir de mélasse, de framboises et de terre des bois — en fait, on préférait la terre de cimetière quand il y en avait à portée de la main —, une recette qui devait aider. Accroupie, la guérisseuse arborait quant à elle un caleçon fabriqué avec un sac de farine, l'étiquette Five Roses imprimée dans le derrière et celle de la farine Purity à l'avant. Pendant un instant, je fus distrait par cette image, mais mon regard se déposa à nouveau sur la fourrure rousse de la belle Marilyn. La nuit qui suivit fut pimentée de rêves érotiques; j'avais attrapé la piqûre!

12

Le jour suivant, prenant mon courage à deux mains, je l'invitai à me suivre un peu plus loin, là où j'avais repéré une talle assez impressionnante de framboises. Comme un trophée de guerre, elle me montra furtivement sa fesse qui était moins boursouflée, mais ce ne fut pas le bobo qui me fit bander. En peu de temps, nous nous retrouvâmes en train de nous sauter dessus comme deux bêtes en rut. J'étais tellement excité que je n'eus pas le temps d'être angoissé. C'était la première fois que je faisais l'amour. Avant Marilyn, je m'étais seulement aventuré à embrasser les filles et à me permettre quelques rapides attouchements aussitôt réprimés.

Mais un bonheur n'arrive jamais seul. Je vous fais grâce des détails; difficile de romancer la transmission d'un microbe dans des circonstances pas trop catholiques pour l'enfant de chœur que j'avais été et la quantité industrielle de messes que j'avais servies. Quelques jours plus tard, ça chauffait, piquait, pulsait et le pus qui suintait du membre en question prenait la couleur du péché mortel. Les angoisses dans la salle de bain à m'examiner et à imaginer la décomposition du corps comme dans les histoires bibliques où je devenais le porteur de tous les péchés d'Acadie! Le bouc émissaire de la Bible.

La honte me terrassait; j'étais incapable de me confier. Je pissais rouge dans les champs de framboises. Ce n'était pas du sang, mais un genre de désinfectant urinaire prescrit par le médecin de l'urgence, de pair avec de la pénicilline pour la gonorrhée. Parfois, j'oubliais la douleur et je rêvais à l'infini des étoiles où, sur une planète encore inconnue, les gens étaient certainement heureux. Le Tout-Puissant avait dû se tromper dans son programme concernant la Terre, et tout Dieu qu'il était, il ne fallait pas lui en vouloir; il avait droit à l'erreur. Sa tâche était si lourde… Je devais oublier mes misères et lui pardonner.

Marilyn dut m'avouer qu'elle couchait allègrement à gauche et à droite pour se venger, disait-elle, de son incestueux de père, qu'elle avait dû attraper une cochonnerie de quelqu'un de la gang de l'Ontario, qu'elle ne savait pas qu'elle avait la gonorrhée puisqu'elle n'éprouvait aucun symptôme et qu'elle regrettait bien sûr de m'avoir transmis cette infection. Mais, se justifiait-elle, elle avait cédé devant mes ardeurs. Je ne comprenais pas pourquoi elle avait semblé si intéressée par moi pour ensuite m'abandonner ainsi.

Je restai sans voix et en état de choc pendant quelques jours, au lit, presque continuellement sous les couvertures malgré le temps torride. Sans manger. Je racontai à mon grand-père qui soupçonnait je ne sais quoi que je m'étais fait mal au dos. Puis je retournai à Caraquet dans le bolide rouge d'une vague connaissance — la coqueluche des filles et il faut dire que la Corvette aidait —, filant à cent milles à l'heure, le cul aussi chaud que le tuyau d'échappement. Même le magnifique chevreuil qui nous força à nous arrêter comme par hasard à deux pas de Butte d'Or ne capta pas vraiment mon attention. Qu'allais-je dire à mes parents, à mes amis? Allais-je annoncer à mon père, à ma mère que j'avais mal dans le bas de la colonne ou, comme on disait, dans le râteau de l'échine? Et seraient-ils dupes? Comment dans un tel état et ayant abandonné mon travail allais-je arriver à Caraquet en vainqueur, moi dont le nom de Victorin contient le mot «victor», lequel signifie victoire.

Après trois semaines de pilules, la douleur était moins vive, le pus avait disparu, mais j'étais loin d'être serein. Les douleurs étaient toujours là, différentes. Le vieux docteur

que je visitai me fit faire une culture microbienne. La gonorrhée était partie, mais il parlait d'urétrite non spécifique;
j'attendais dans le désespoir le plus total. Finalement, un
médicament fut prescrit; l'espoir renaissait. Des sulfamides
que je gobai comme des jelly beans.

CHAPITRE 2

Le 6 juin 1829, Shanawdithit dite Nancy, dernière survivante d'une race — les Béothuks — trop fière pour pleurer sur ses malheurs, succomba à la consomption à l'âge de trente ans. Avec elle mourut la tradition terre-neuvienne de la chasse aux « sauvages », les beaux dimanches d'hiver.

BERNARD ASSINIWI, *L'histoire des Indiens du Haut et du Bas-Canada*

Ma grand-mère maternelle était une Mi'kmaque de Pokemouche que, malheureusement, je ne pus connaître. Elle se nommait Relique, Relique, eh oui! et vouait comme tant d'autres de sa génération une admiration sans bornes à la bonne sainte Anne, elle aussi mère de clan. Son vrai nom de famille avait été occulté comme quasiment ceux de tous les Amérindiens et elle était connue dans les registres de l'état civil sous le nom de Pominville; un Français, coureur de bois, avait croisé une de mes aïeules sur un lit de fourrure.

Difficile de cacher mes origines amérindiennes; j'avais les cheveux noirs comme un corbeau et des pommettes saillantes qui reflétaient mes origines asiatiques. À l'époque, c'était une honte d'avouer ses liens avec les Autochtones, mais je voyais depuis peu se dessiner une mode où tous se cherchaient des ancêtres chez ce peuple, même ceux qui avaient les yeux bleu prussien et les cheveux blond viking!

J'étais devenu fier de mes origines amérindiennes. Mes ancêtres foulaient le sol américain depuis près de dix mille ans; ces peuples étaient partis d'Asie pour passer par le détroit de Behring. Ils chassèrent ensuite le bison dans l'Ouest canadien avant d'atteindre les Grands Lacs, puis le chemin qui marche, le Saint-Laurent. Ils essaimèrent ensuite dans les Provinces maritimes où leurs voisins, les Malécites, les baptisèrent «le peuple de l'eau salée». Ils faisaient du commerce le long du Saint-Laurent et dans la baie des Chaleurs, sillonnaient les côtes de l'océan Atlantique en canot à voile jusqu'aux Îles-de-la-Madeleine, Terre-Neuve et le Labrador. D'où le thé du Labrador. C'était l'époque où il y avait tellement de poissons qu'ils tapissaient la rivière ou la mer, l'époque aussi des esturgeons de mille livres et des nuées de tourtes qui cachaient le ciel, ces oiseaux maintenant disparus. Il ne reste que les tourtières!

Quand Relique mourut en 1921, elle fut agenouillée face à l'est avec ses biens personnels et des présents que la communauté ajouta. On avait vanté ses exploits, mettant l'accent sur ses talents de guérisseuse et son don de voyance. Mon grand-père Wallace me raconta qu'elle fut pleurée pendant sept jours et, comme c'était l'hiver, elle fut enveloppée de peaux et d'écorce de bouleau, puis placée en haut d'un grand pin, en attendant le dégel du printemps. On racontait qu'après la mort il fallait marcher sept ans vers le nord-ouest, et qu'au-delà des étoiles se trouvait un monde céleste habité par des êtres ressemblant aux humains, mais aux pouvoirs immenses. Je croyais au monde de l'invisible qui habitait les grottes et les montagnes et je souhaitais que Relique puisse reposer en paix dans un vrai paradis.

Bien des histoires avaient circulé sur ma lignée maternelle. Grand-père racontait que Relique avait été expulsée de l'église en raison d'un tic nerveux, car le curé croyait qu'elle faisait des grimaces au bon Dieu. Elle n'y était jamais retournée et lui avait jeté un sort : il ne marcherait pas pendant sept ans. Ce qui fut le cas. Le saint homme développa une plaie qui ne guérissait pas.

Ma mère avait quatre ans quand elle perdit la sienne, emportée par la grippe espagnole. Sa vie fut ainsi marquée par son absence. C'est avec nostalgie qu'elle nous en parlait à partir d'informations glanées à gauche et à droite auprès de son père et de sa parenté. Il lui restait quelques souvenirs : un berceau, quelques photos et, dans un panier tressé et décoré de piquants de porc-épic, une courtepointe montrant des animaux ainsi que de mystérieux symboles.

Ma mère me raconta que Relique connaissait bien la pharmacopée mi'kmaque et qu'avant de cueillir la plante médicinale, elle lui rendait hommage pour ses propriétés. On lui avait raconté qu'elle donnait des graines de citrouille aux femmes ménopausées. Je n'osais demander à ma mère si Relique connaissait un remède pour la chaude-pisse. Elle me parla aussi de la peine immense de son père après le décès de Relique. Mais les enfants étaient là, ce qui l'avait obligé à sortir de sa torpeur. Deux ans plus tard, Wallace s'était remarié. Le couple avait eu un garçon et une fille. Leur mère leur avait accordé tous les privilèges, alors qu'elle traitait la mienne et sa sœur Exilda sans ménagement.

Quand, centenaire, mon grand-père adoré mourut, la guerre larvée qui existait dans la famille éclata au grand jour. Devant l'impossibilité de s'entendre sur une pierre tombale, ma famille décida que sur ladite pierre serait inscrit le nom de sa première femme, Relique, mais non celui de la deuxième. Un bon jour, la pierre tombale fut retrouvée arrachée de son socle. Même les avocats ne voulaient pas se mêler des histoires de cimetière. Finalement, mon grand-père posséda deux pierres tombales avec respectivement le nom de ses deux femmes. Par précaution, la nôtre était bien ancrée dans le sol avec des barres de métal. Un homme si doux se retrouvait ainsi au cœur d'une guerre fratricide…

Pour ajouter à la misère, le fils de l'autre famille fut hospitalisé en psychiatrie, car il devenait un danger pour autrui. Il avait fallu lui placer des contraintes le temps que les médicaments agissent. Pas de problème pour lui devant cet obstacle ; fort comme un ours, on dut le rattraper dans le corridor avec le lit sur son dos !

La division s'était encore accentuée en raison de la fameuse courtepointe ; l'autre famille la réclamait, mais ma mère se serait fait passer sur le corps plutôt que de la céder. Son mystère et son importance augmentaient à mesure que le conflit s'intensifiait. D'après la légende, c'était une ancienne écriture amérindienne. La position des perles et des coquillages semblait indiquer un agencement logique, géométrique ou mathématique. Nul n'avait pu déchiffrer ce cryptogramme et nul ne pouvait affirmer qu'il était porteur d'un message. Une lointaine parenté de mon père, Théophane, employé à la NASA et spécialisé dans les messages codés, avait tenté de déchiffrer le dessin. Sans résultat. Mais il aurait annoncé la fin du monde que cela m'aurait soulagé car, à mon échelle et dans l'angoisse face aux petits monstres qui grimpaient dans ma verge depuis mon aventure avec Marilyn, la fin du monde était déjà là !

CHAPITRE 3

Tout passe
Sous le firmament
Tout n'est que changement
Tout passe
... Ainsi vont les honneurs, les biens et
les grandeurs,
Tout passe.

Chant acadien de la Déportation

Comme les tentacules d'une pieuvre, je sentais un microbe en train de m'envahir : des douleurs lancinantes se promenaient dans ma verge, mes testicules, mes aines, envahissaient mon périnée, ma prostate et les alentours, grignotaient autour de mes organes génitaux, irradiaient en arrière, s'infiltraient à l'intérieur jusqu'aux reins et, me semblait-il, montaient jusqu'au « cagouette ». J'étais carrément en train de me chavirer.

Une douleur qui prenait la forme tantôt de picotements, tantôt d'échauffements, tantôt d'élancements comme des coups de poignard. Parfois, elle était fugace, tapie dans l'ombre. Je voulais l'oublier, mais elle se rappelait à moi. Elle devenait intolérable, sourde à ma peine, à mon irritation. La douleur errait comme une vagabonde ; l'ennemi était à l'intérieur de moi. Une douleur tout en teintes et en nuances. Quand je me réveillais avec ce malaise, j'avais de la difficulté à me mettre en action, je voyais défiler une journée sous le joug de la douleur. Et il me semblait que, quand j'étais totalement inactif, elle me harcelait moins.

J'étais devenu mon propre sujet d'études, une chaire acadienne en soi. Mais pas subventionnée! Une étude de la chair souillée par la honte et la douleur. Son intensité et sa fréquence changeaient avec les humeurs du jour, sans possibilité d'identifier des éléments déclencheurs autres que la colère, le refus de l'accepter, de lâcher prise qui la rendaient plus vive. Une émotion négative exacerbe la douleur physique. L'inverse est vrai. Je me souvenais d'une blessure infligée en jouant au hockey qui, dans le feu de l'action, resta muette. L'euphorie du moment et la production d'hormones masquaient le mal.

J'étais terriblement inquiet. Je me voyais atteint d'une maladie débilitante. Chez le médecin, je ne trouvais pas les mots pour la décrire. Cette histoire embrouillée qui était maintenant désignée comme une urétrite et prostatite non spécifique ne me rassurait pas. Je n'aimais pas ce « non spécifique »; ne pouvais-je faire partie d'une catégorie bien définie? Il me semblait que je ne pouvais que me lamenter. Et que pouvais-je faire quand le diagnostic médical restait non spécifique, que le remède semblait inaccessible et qu'on me disait de voir quelqu'un d'autre? J'étais morose partout, tout le temps. Ou presque. À cause de cette incessante douleur, la dépression me guettait. Me revenait en mémoire un cantique chanté, dit-on, lors des déportations, un cantique qui disait que tout passe. Mais pour moi, tout ne passait pas.

CHAPITRE 4

Les collines, sous l'avion, creusaient déjà
leur sillage d'ombre dans l'or du soir. Les
plaines devenaient lumineuses mais d'une
inusable lumière : dans ce pays elles n'en
finissent pas de rendre leur or de même
qu'après l'hiver, elles n'en finissent pas de
rendre leur neige.

ANTOINE DE SAINT-EXUPÉRY,
Vol de nuit

Fondé en 1929, le Moncton Flight College avait formé
des milliers de pilotes provenant d'une soixantaine de pays ;
une formation qui durait entre quatorze mois et deux ans.
Les élèves apprenaient à voler sur différents modèles, mais
surtout des Cessna quatre sièges utilisés partout pour l'en-
traînement. Il y avait aussi des Bellanca Citabria pour les
performances aériennes. On était loin du 17 décembre 1903
lorsque Wright, sur le *Kitty Hawk*, avait volé cent vingt pieds
en douze secondes.

Tous ceux qui me voyaient, après mon cours classique,
voguer allègrement vers une profession libérale n'approu-
vaient pas mon choix de carrière. Je m'étais inscrit à un cours
de pilotage de petits appareils. J'avais vingt ans. La région
de Moncton avait comme avantages un aéroport respectable et un ciel clair non pollué, loin des grandes villes. Une
équipe expérimentée. Formation théorique, simulation et

vol. Parmi les nombreuses options, je voulais obtenir un permis de pilote privé pour les activités touristiques de jour comme de nuit. Il fallait apprendre à naviguer aux instruments dans toutes les conditions météorologiques. Il fallait aussi connaître la mécanique et les capacités de son appareil de la tête à la queue.

Quel choc de tomber dans un milieu anglophone où l'Acadien était regardé par certains avec condescendance. C'était dans les années soixante-dix. Sur une vingtaine d'élèves, trois Acadiens, un Islandais, un Norvégien, un Québécois et des « red necks » de la région.

Je logeais dans une résidence du collège. Comme j'avais un certain talent en physique, en mathématiques et en trigonométrie, la partie scientifique fut relativement facile. Et comme, depuis longtemps, j'assemblais des modèles réduits de petits avions, je compris rapidement les modèles réels.

Ma passion pour l'aviation s'inscrivait dans la tradition familiale. Un oncle, côté paternel, avait fait le débarquement de Normandie, participant au bombardement. C'était mon héros et ses exploits grandissaient dans les soirées des conteurs à la mesure de ma naïveté et de mon imagination. Plus tard, dans l'aviation canadienne, il fit partie des Snowbirds et de leurs chorégraphies aériennes. Pas étonnant que je fusse fasciné par tout ce qui volait.

Sans le savoir, je m'y étais préparé depuis longtemps. Enfant, j'avais appris à faire voler des cerfs-volants. Les pieds sur terre, la tête dans les nuages, j'étais déjà dans l'aérien. Je comprenais mieux sans le savoir les lois de l'aérodynamique. Je devins un disciple d'Éole, le dieu des vents. Mon père — pêcheur de son métier —, qui savait lire les signes du ciel, me fascinait par sa capacité à flairer le vent, à mesurer son intensité, sa durée, ses caprices. Tout en écoutant de la musique avec un vieux gramophone où je pouvais entendre des 78 tours, j'appris à fabriquer des avions miniatures et ma chambre devint un véritable capharnaüm. À l'adolescence, je fabriquais des avions téléguidés et je courais les festivals. Arriva le grand jour du Festival des avions miniatures à l'aéroport de Pokemouche auquel je participai. Il y avait des avions miniatures, des hélicoptères, des fusées. J'obtins le troisième prix en raison de l'originalité de mon projet : une baleine ailée gambadant dans les nuages. J'étais fou de joie.

Au Moncton Flight College, un projet palpitant était dans l'air : un simulateur de vol, un projet commun qui créa un esprit d'équipe chez les élèves. Tous les départements étaient impliqués dans le projet : technique d'usinage, mécanique, électricité, soudure... Chacun pourrait accumuler des heures de vols virtuels. Et après avoir lu des romans de Saint-Exupéry, *Pilote de guerre*, *Vol de nuit* et le merveilleux livre *Le petit prince* — pour nous inciter à sortir des sentiers battus —, je rêvais encore davantage d'aventures et de merveilleux. J'oubliais mes misères.

CHAPITRE 5

> Juda dit alors à Onan : Va vers la femme
> de ton frère et acquitte-toi de ton devoir
> de beau-frère : suscite une postérité à ton
> frère. Or Onan savait que la postérité
> ne serait pas pour lui ; aussi, chaque fois
> qu'il allait vers la femme de son frère, il
> laissait tomber la semence à terre pour ne
> point donner de postérité à son frère. Ce
> qu'il faisait était mal aux yeux de Yahweh
> qui le fit mourir lui aussi.
>
> Genèse 38,8-10

Mais en dehors des rêves aériens revenaient les cauchemars. En sourdine, la douleur physique, qui allait, qui venait et qui revenait. Je ressentais impuissance, colère, rage. Je cherchais parfois à l'apprivoiser en faisant corps avec elle ou en essayant de comprendre son message ; que voulait-elle me dire ? Ne pouvait-elle pas me le signifier d'une façon moins pénible ? Plus je l'observais et plus elle me rendait fou. Je ne savais pas que la meilleure stratégie consistait à l'ignorer, qu'à trop m'y attarder, je la nourrissais. Finalement, las de consulter le vieil urologue anglais froid comme un glacier — qui faisait sans doute partie des loges orangistes anti-françaises —, je réussis, grâce au médecin du collège, à me faire hospitaliser.

Quelques camarades de classe vinrent me voir. L'alibi : j'avais quelque chose aux reins. Le médecin me disait que, dans les cas d'urétrite ou de prostatite non spécifique, le microbe n'était pas facile à tuer, car le médicament se rendait difficilement dans les lobes de la prostate. Que je n'étais pas le seul à être aussi mal en point. Il fallait une dose appropriée du bon médicament, une dose de cheval. Je croquais les pilules comme des *peppermints*.

Dans mon lit de l'Hôtel-Dieu — pas encore Georges-Dumont —, en attendant les prises de sang, d'urine, les radiographies, je consultais le dictionnaire. Peu de mots pour désigner l'ennemi; une grande pauvreté du langage à ce sujet. Bien sûr, il y avait plein de aïe et de ouille et autres onomatopées. La douleur pouvait être profonde, aiguë, vive, atroce, intolérable, déchirante, fulgurante, irradiante, lancinante, brusque, brève, brûlante, piquante, sourde... Je me disais que les gens atteints de maladies chroniques — côlon irritable, arthrite ou migraine — devaient vivre autant de tracas. Je m'étonnais que la médecine ne s'intéressât pas davantage à la douleur, puisque c'était le signal de presque toutes les maladies. Tous égaux devant la douleur!

Je recherchais le plaisir immédiat pour masquer la souffrance. Dans mon lit, il ne me restait que l'imaginaire et la masturbation. Je me consolais en constatant que ça fonctionnait encore. J'essayais de ne pas trop penser à Onan, que Yahweh avait foudroyé, mais je ne savais trop si c'était en raison de la masturbation ou bien parce qu'il tentait d'éviter la paternité. Ou les deux? Alors je me voyais dans une vie d'ascèse comme certains saints qui vivaient dans le désert, se nourrissant de sauterelles; ils savaient que plus importante est la souffrance, plus grande sera la félicité!

❖

Durant mes études au Moncton Flight College, j'allais voir ma mère à Caraquet quasiment toutes les fins de semaine. Je voulais profiter de sa sagesse, mais aussi tenter de comprendre à travers elle le mystère féminin afin de dénouer ce qui devait l'être. N'avait-elle pas été la première femme de ma vie? Certains diront la seule. Que de discussions sur le passé et la généalogie pour tenter de comprendre les influences exercées.

Je tentai de glaner la moindre anecdote que ma mère avait pu recueillir de sa parenté et même d'une servante qui connaissait bien Relique. Cette servante restait convaincue qu'elle n'était pas morte, que ce n'était qu'un coma profond et que Relique avait tenté de nous le signifier par un signe. En effet, le cheval qui tirait le corbillard s'était détaché... Ma mère non plus n'avait jamais fait son deuil.

Ma mère sentait que je n'allais pas bien, mais elle ne savait comment percer mon silence. Comme moi, elle n'avait pas appris à parler de ses émotions. La stratégie utilisée *ad nauseam* était : « On se change les idées. » Cela ne faisait que m'enrager, car je voyais cela comme de l'hypocrisie pour ne pas parler des vrais problèmes. En même temps, je comprenais aussi qu'elle ne pouvait donner ce qu'elle n'avait ni reçu ni n'avait pu développer ; l'époque de la survie n'avait pas été très propice aux atermoiements. Mais elle avait un sens de l'humour remarquable, un talent pour la cuisine et une habileté manuelle hors du commun. Elle me servait des repas savoureux et me tricotait des bas et des mitaines pour me garder au chaud. Elle m'aimait profondément.

Et ce jour-là elle me surprit en me racontant une histoire qui m'invitait à utiliser des ressources qui étaient bien ancrées au fond de moi. Non seulement elle avait senti l'ampleur de mon désarroi, mais d'une façon pratique elle me donnait un outil pour m'en sortir. Elle me raconta que l'animal totémique de la famille était l'aigle, maître du monde supérieur et le seul de la création à pouvoir regarder le soleil en face. Et c'est avec un sourire et un clin d'œil qu'elle termina son histoire brève mais puissante. Avec cette force, me disais-je, je devrais pouvoir traverser toutes les épreuves. Et ce n'était peut-être pas par hasard que je voulais être pilote d'avion. Planer comme l'aigle, apprendre à survoler les obstacles, les contourner plutôt que de m'y heurter de front.

Ma mère me parla aussi du concept ingénieux d'habitation de ses ancêtres. Rien de plus simple ; ils pouvaient transporter sur leur dos les peaux nécessaires pour les habitations d'hiver, et l'été ils n'avaient qu'à dresser des perches qu'ils recouvraient d'écorce de bouleau pour le wigwam. On était loin des hypothèques à taux variables ! Je réalisai alors que mon petit avion était un peu mon wigwam que je transportais partout. Pas besoin d'un motel pour dormir.

CHAPITRE 6

On m'avait appris, dans la noirceur de la salle paroissiale de mon village, à grands coups de chips, d'orange Crush, de Lone Ranger, de Roy Rogers et de Rintintin, que les méchants étaient les Indiens. Ils brûlaient les jolies maisons des pauvres cow-boys.

PIERRE FALARDEAU, *Les bœufs sont lents, mais la terre est patiente*

J'avais une grande curiosité pour tout ce qui touchait à mon héritage, aux croyances et modes de vie de mes ancêtres Mi'kmaqs et peu à peu je garnissais les étagères de ma bibliothèque. L'explorateur Jacques Cartier avait écrit sur les Mi'kmaqs, puis il y eut, à Port-Royal, le poète Marc Lescarbot. De même, Nicolas Denys, ancien gouverneur d'Acadie, qui, tout comme le père Leclerc de la Gaspésie, en parlait dans ses écrits. Les Français les nommaient Souriquois et les Anglais, Tarrentines. D'autres les appelaient tout simplement Peaux-Rouges car, disait-on, le premier peuple amérindien en contact avec les Européens, les Béothuks de Terre-Neuve, se peignaient la figure d'ocre rouge. Et selon la légende, ce n'était pas pour faire fuir les moustiques, mais plutôt parce que les braves cachaient ainsi leur visage lors des combats pour ne pas montrer leur peur, afin de ne pas miner le moral des autres.

Mi'kmaq vient de *nikmaq* qui signifie «mon cher ami».
Ils utilisaient ce mot en signe de bienvenue pour les nouveaux arrivants qui venaient d'Europe. Une ouverture du
cœur, me disais-je, qui ne leur avait pas porté chance. Déjà,
dès le XVIᵉ siècle, les Mi'kmaqs rencontraient des pêcheurs bas-
ques, portugais, anglais. J'essayais d'imaginer le choc culturel
de part et d'autre. Les Blancs voyaient des hommes et des
femmes à demi-nus, couverts de maquillage et de plumes.
Les Européens n'étaient pas sûrs si les «sauvages» avaient une
âme, jusqu'à ce que la Sainte Église catholique, apostolique
et romaine tranche en leur faveur. Pour les Autochtones, ces
immenses navires, ces hommes barbus à cheval, ces mous-
quets crachant l'éclair, ces miroirs où ils se voyaient laissaient
croire à de la magie. En échange des fourrures, ils recevaient
tissus, fers, chaudrons de cuivre et de laiton. Les chapeaux de
castor étaient très populaires en Europe. Les vêtements que
les indigènes portaient avaient perdu leur poil et les Blancs les
voulaient, car cela facilitait la mise en feutre des peaux. Il était
difficile pour mes ancêtres de comprendre pourquoi les Blancs
avaient quitté, d'après leurs dires, un si beau pays et entrepris
une longue et dangereuse traversée afin d'acheter de vieilles
peaux de castor et, parmi tous les poissons, de la morue...

C'est avec une grande fierté que je lisais les exploits
guerriers de mon peuple. Mais la déportation avait changé
la donne. Et des primes étaient accordées pour des scalps
d'Amérindiens. Difficile toutefois de faire la différence avec
un scalp acadien. Pour oublier mes douleurs et chercher du
réconfort, je m'immergeais dans mon héritage mi'kmaq.
J'aimais leurs valeurs et leur philosophie de vie. Mon grand-
père maternel, grâce à Relique, avait adopté les traditions
mi'kmaques et il me les avait fait connaître. Tout comme

les Mi'kmaqs, grand-père pouvait décoder les signes de la nature, le cycle des saisons, les mœurs des animaux de la forêt et prévoir le temps qu'il ferait. Durant l'enfance, j'appris à confectionner des colliers de wampoums grâce aux tubes de nacre des palourdes. Grand-père fabriquait des tridents (fouines) avec des morceaux d'os et j'allais avec lui à la pêche au saumon à la lueur des torches et des flambeaux, saumons qu'on harponnait à profusion. Dès la demie de la lune où le chevreuil court sa femelle (19 septembre), la chasse débutait. Comme mon grand-père, j'étais devenu habile à lire les signes de la forêt. Je savais depuis combien de temps l'animal était passé par ses traces : branches cassées, crottes, empreintes, et je pouvais aussi déterminer son sexe, son poids et sa vigueur.

Et, par-dessus tout, il y avait l'euphorie de la grande chasse, lorsque surgissait la lune des amours de l'orignal — c'est ainsi que mes ancêtres nommaient cette période de chasse. Grand-père avait appris à l'attirer en soufflant dans un cornet d'écorce. Les chiens participaient à la chasse comme chez les nobles d'Europe. Grand-père ne tuait les poissons et les animaux qu'en fonction de ses besoins ou pour nourrir les gens du village qui ne savaient pas chasser. Il savait que l'animal donnait sa vie pour les nourrir et sa fourrure pour les couvrir et il disait alors une prière pour le remercier. Tout servait, y compris les os pour des aiguilles et des dés, les glandes pour des médicaments, les ergots d'orignal pour fabriquer des hochets. Et la tradition amérindienne pour la nourriture était respectée ; le pemmican consistait en viande découpée en lanières pour la faire fumer avec de petits fruits. Cela donnait des réserves de viande séchée à profusion.

L'histoire de ce peuple était aussi la mienne. J'apprenais que l'arrivée des Blancs avait changé leur culture avec l'introduction de l'eau-de-vie, du mousquet et des pacotilles en échange des fourrures. Ces fourrures pour lesquelles ils durent faire la trappe d'une façon démesurée et se rendre de plus en plus loin. Ils n'avaient aucune immunité contre la rougeole, la varicelle, la typhoïde, la coqueluche, la pneumonie, la scarlatine... et furent décimés par ces épidémies qui venaient d'Europe, parfois en raison de couvertures intentionnellement infectées. Ils ne savaient pas que des virus s'y étaient logés; personne ne connaissait ce monde invisible. Certains croyaient que ces maladies étaient amenées par les missionnaires, d'autres affirmaient au contraire que le baptême et la communion pouvaient guérir. Difficile toutefois d'imaginer l'enfer, puisqu'ils ne pouvaient concevoir qu'un Dieu tout-puissant et infiniment bon laisse brûler éternellement l'une de ses créatures. Quelques-uns se convertissaient sur leur lit de mort, mais souvent les familles venaient chercher les êtres chers pour les enterrer selon leurs rites. Tout cela divisait les tribus, affaiblissait mon peuple qui devenait vulnérable face aux autres peuples amérindiens. Les trois quarts des Mi'kmaqs moururent en l'espace d'un siècle après l'arrivée des Européens. Je vivais cette agonie du peuple de mes ancêtres au plus profond de moi.

Une identité effritée, un refuge dans l'alcool, une religion abandonnée au profit d'une autre qui valorisait la culpabilité et la souffrance.

L'évocation de ce passé me faisait souffrir, mais il me faisait aussi rêver. Je me sentais bien triste, partagé entre mes deux identités. À l'affût de cette sagesse écologique de mes ancêtres pour apprendre à mieux vivre. Et comme j'adorais mon grand-père, ce fut facile pour moi de comprendre que, dans la culture amérindienne, les vieillards étaient vus comme des rois et vénérés pour leur sagesse.

CHAPITRE 7

Yahweh parla à Moïse et à Aaron et leur
dit : Parlez aux enfants d'Israël et dites-
leur : tout homme qui a une gonorrhée
est impur.

Lévitique 15,1

Dieu lui-même m'avait maudit, mais dans l'Ancien
Testament il y avait de l'espoir pour ceux qui voulaient guérir : ils devaient alors offrir en expiation deux tourterelles.
Ces offrandes revenaient fréquemment dans le récit biblique
avec l'odeur de la chair brûlée qui était agréable à Dieu!
Quant à moi, j'étais prêt à lui offrir toute la volée d'ortolans
que mon oncle paternel attrapait à l'aide d'une pièce de bois
couverte de grains, mais aussi de nœuds coulants faits de crin
de cheval où l'oiseau se prenait les pattes... Je me sentais pris
au piège comme l'ortolan.

Ma première relation dans le péché! Le châtiment le
confirmait. «Tu payeras par où tu as péché. Si un membre
t'éloigne de Dieu, coupe-le...» J'en frémissais et j'avais peur
que Dieu lui-même vienne me castrer dans mon sommeil.
Une première relation amoureuse était devenue honte et
amertume. J'étais vaguement conscient que mon cerveau
englué dans la culpabilité maintenait en place les conditions
pour que la guérison ne vienne pas. Mais pire encore que la
culpabilité, la honte disait : est mauvais ce que tu es.

J'avais vécu mon enfance dans la honte, surtout en raison du sobriquet dont j'étais affublé. L'intimidation à l'école ne date pas d'aujourd'hui. Mes sous-vêtements d'hiver — même coupés — dépassaient de mes culottes courtes des États (cadeau de la parenté) quand je faisais certains mouvements au volley-ball. Le quolibet «les grandes caneçons» me suivit longtemps ; pas moyen d'y échapper, et quand la horde de diablotins se mettait sur mon dos, je n'entendais pas mon nom, Victorin, mais ce cri strident de mépris. L'Ancien Testament nous disait que la sexualité, c'était le démon, et là j'étais porteur d'une calamité avec ce surnom qui me couvrait constamment de ridicule. Ma sexualité continuellement sous attaque se cabrait, je me sentais impur. Pas moyen de me rendre invisible. Les railleries ricochaient sur la vague, plus fortement que le fracas des marées d'automne. Des cris stridents, hurlés, à gauche, à droite, en jouant au hockey, en lançant la balle molle, en plongeant du vieux quai à Loggie. Comme un frisson qui m'enserrait le cagouette, me paralysait les babines, me chatouillait le gorgoton, me glaçait la falle, me picotait les jarrets ; le seul langage pour désigner le corps venait des animaux, de la grange, de la soue à cochon. Le monde du bas du corps, des bas instincts que nous avions castrés à la racine avec un sourire angélique. Pour fuir la honte, je me tenais souvent dans mon costume d'enfant de chœur de l'autre côté de la balustrade de la Sainte Table, et il y avait aussi la salle de classe où je remportais tous les prix, ce qui ne pouvait faire que des jaloux. Puis la bibliothèque où je me faisais un cocon avec Robinson Crusoé, les trois mousquetaires et le capitaine Nemo. Il y avait encore le fenil et la chasse au trésor dans le grenier, la vaste grève et la ligne d'horizon alors que la mer et l'imaginaire me servaient de refuge. J'avais les mots de la honte imprimés au fer rouge jusque dans le fond des culottes. Cela, me disais-je, devait créer un haut voltage — pour employer un terme d'électricien — dans le bas du corps et exacerber mon désir sexuel ou encore créer un état de tension quasi permanent préparant le terrain pour les microbes. Enfin, c'est ce que je me disais à l'âge adulte, dans mes moments de lucidité ou d'élucubrations, ou est-ce plus tard, lors de mes innombrables thérapies? Mais pour les urologues de l'époque, le terme psychosomatique était encore un territoire inexploré.

Je n'étais pas le seul à être l'objet de quolibets, mais le malheur des uns ne diminue pas toujours le malheur des autres. Celui qui se faisait traiter de pot de chambre, de vermine ou de chaume de patate n'était pas plus heureux que moi. La façon de traiter les «vieilles filles» était horrible: Poilouse à Natol, la chatte du Seigneur, la plaque de fer, cogne cul, soixante-quinze cents.

J'avais beau savoir que la Terre était sous la menace des ogives nucléaires et des armes bactériologiques, je n'avais qu'un sujet de préoccupation: ma performance sexuelle future. Comme dans la chanson, la solitude serait-elle ma fidèle compagne? Et la douleur aurait-elle été moins énervante, moins souffrante dans des régions plus catholiques de mon être? Je ne le savais pas. Et comment partager un mal qui n'est pas objectif ou quantifiable? On ne peut le mesurer comme la fièvre ou une infection. Comment savoir si je n'exagérais pas, si je n'étais pas trop douillet? J'en vins à croire que j'étais atteint d'un mal incurable et que ma vie sexuelle et amoureuse n'existerait plus. Qu'en plus de devenir stérile, je ne pourrais faire jouir une femme.

CHAPITRE 8

Tu enseignes le mieux ce que tu as le plus
besoin d'apprendre.

RICHARD BACH, *Illusions*

Peu à peu, la douleur commença à faire partie de ma
vie. Quand elle était trop irritante, je changeais de posture ;
ou encore, si j'étais assis, je croisais ou décroisais la jambe.
Nouvelle analyse puis attente infernale pour les résultats. On
avait trouvé une entité moins spécifique ; un simple petit
microbe irritant comme la mouche du coche. Les médecins
disaient que notre système urinaire et génital en contient et
que, parfois, il s'emballe. Que ce n'était pas dangereux ni
pour soi ni pour sa partenaire. De toute façon, ma vie amoureuse et sexuelle n'était pas bien reluisante, c'est-à-dire qu'il
n'y avait rien à l'horizon avec ces douleurs quasi constantes
dans le Saint des Saints.

Repartirent la ronde des antibiotiques et l'espoir du
médicament nouveau qui devait agir. Mais non. Les malaises
revinrent. Une amie infirmière qui fréquentait un urologue
québécois m'obtint un rendez-vous. Égaré dans un hôpital de Montréal, première cystoscopie. Sous anesthésie. On
m'expliqua qu'il fallait aller voir dans les entrailles. Jambes
écartées, une tige de métal munie d'une lentille grimpait
dans ma verge, comme une foreuse métallique avec son œil

qui arpentait le bas de mon corps jusqu'à ma vessie. Une sonde de l'espace intime. Très loin de l'orgasme. Il fallut dilater le conduit en raison de l'inflammation.

Puis je passai par une période de silence des organes. C'était l'expression qui m'était venue spontanément à l'esprit. Un cadeau que cette sensation de bien-être. J'avais terminé mon cours de pilotage. J'aimais cette impression de sécurité qui se dégageait de l'habitacle comme d'un cocon douillet. J'aimais l'odeur de ce petit nid entouré de cadrans qui clignotaient. Moments d'ivresse lorsque l'avion quittait la piste, l'impression de me sentir comme un oiseau. La vue d'en haut me faisait voir les choses autrement. J'enviais ceux qui pilotaient des avions supersoniques. Je rêvais d'aller dans l'espace, d'alunir. Je ressentais un sentiment de puissance comme si j'étais Superman. Certains avaient des motos puissantes, des bolides sur quatre roues, moi, je dominais le ciel. J'avais oublié la honte de l'enfance et le surnom « les grandes caneçons » ; ce ne serait pas en Corvette que j'irais conquérir les filles, ce serait en avion ! J'oubliais mon malaise. Marilyn était devenue un vague souvenir.

Tout ce qui était aérien me fascinait. J'avais rêvé devant les croquis de Leonardo da Vinci qui avait tenté de faire voler un appareil en s'inspirant des oiseaux. *Illusions*, un livre de l'écrivain Richard Bach, était devenu ma bible. Il me semblait que cela me décrivait bien : bourré d'illusions sur la vie et des idées de grandeur pour changer le monde, alors que j'étais un rebelle, un anticonformiste qui ne ferait les choses qu'à sa façon. Au chevet de mon lit, des livres sur les pouvoirs de l'esprit et la culture amérindienne.

J'avais participé, à Moncton, à un spectacle d'acrobaties aériennes. J'enviais celle qui avait eu l'audace de se tenir sur l'aile de son avion. J'enviais ceux qui pétillaient d'optimisme. J'enviais ceux qui avaient une blonde. Je cherchais une compagne, mais quelque chose devait faire fuir les filles. Je portais peut-être en moi une telle mélancolie que ne venaient vers moi que des femmes maternantes qui ne m'attiraient pas. J'avais peu d'amis et je fuyais l'intimité. Je m'étais fait une carapace pour me protéger.

Il y eut toutefois un petit interlude avec une passionnée d'aviation, Jasmine. Sexe à volonté ; tout comme moi, insatiable. Mais elle retrouva un amour d'adolescence et je me retrouvai fin seul. Peu après la rupture — ce qui renforçait la thèse du déclencheur psychologique —, mes bobos dans le bas du corps reprirent, douleurs mouvantes et fugaces. De bien petites douleurs, mais agaçantes à rendre fou. L'écureuil avait sa noisette et l'homme, cette petite glande ressemblant à une châtaigne. L'importance de cet obscur serviteur dans l'anatomie du désir et la relation amoureuse. J'aurais aimé me débarrasser de cette maladie rebelle, mais le remède risquait d'être pire que le mal. Même avec le ballet du bistouri de plus en plus sophistiqué, il y avait risque de toucher aux nerfs autour de la prostate, de devenir impuissant ou incontinent ; je ne me voyais pas encore avec une couche ! Et je ne pouvais éliminer cet organe, car je voulais des enfants.

CHAPITRE 9

> L'idée de passer toute une nuit avec elle,
> de lui faire l'amour, de savourer sur mes
> lèvres la palpitation de «son sexe aux cils
> nocturnes» (un vers du poème «Matériel
> nuptial» de Neruda que je lui avais récité
> la première nuit…).
>
> MARIO VARGAS LLOSA,
> *Tours et détours de la vilaine fille*

J'avais vingt-quatre ans. J'habitais le village de Grande-Anse, à quelques encablures de Caraquet. J'avais tout pour être heureux… ou presque. Les hasards sont curieux car, ce jour-là, je n'avais pas prévu atterrir près du splendide village agricole de Sainte-Marie. Mais mon destin était tracé: je tomberais amoureux de Marie-Josée, originaire de ce village. C'est ainsi qu'ayant posé mon petit avion dans un champ, je l'aperçus. Belle entrée en matière, j'arrivais du ciel. Nous fîmes une promenade le long de la rivière de Bouctouche. Difficile d'imaginer un moment plus merveilleux; les champs dorés en ce mois d'août étalaient leurs épis, les fleurs enivrantes des pommiers dessinaient, me semblait-il, des «Je t'aime» et sa voix d'or me charmait. Mince, élancée, yeux anthracite. Raffinée. Elle avait une voix sensuelle et romantique quand elle chantait. Elle voulait devenir comédienne.

Je me souviens particulièrement d'un soir d'été à Caraquet, alors que nous écoutions le mouvement des vagues, à l'abri dans une petite crique. J'avais amassé du bois de grève qui séchait sur son bûcher depuis des lustres ; le petit feu s'élevait dans le ciel et nous grisait. Caresses mutuelles. Elle n'était pas prête à m'offrir sa virginité ; faut dire que je ne profitai pas de sa vulnérabilité quand elle fut haletante, toute blottie contre moi. Cela était à la fois terriblement excitant et assez frustrant, jusqu'à ce que vienne l'éjaculation qui apaise.

J'avais réappris à aimer. Elle m'admirait seulement, alors que je croyais qu'elle était amoureuse ; la parfaite recette pour un désastre. Elle me trouvait bien extraordinaire côté écoute, douceur et intelligence, mais elle restait agacée par ma façon de marcher, de me peigner, de m'habiller : le paraître. Il me semblait que mes efforts pour lui plaire n'étaient jamais suffisants et que chaque porte qui s'ouvrait en révélait une autre. Un labyrinthe. Je n'arrivais pas à l'apprivoiser, à conquérir son cœur. Une soirée, une fin de semaine intense laissaient peu de traces pour un meilleur arrimage. Un joyau bien enfoui dans la brume des landes.

Elle me quitta après un an en m'avouant qu'elle ne se sentait pas amoureuse. J'étais au désespoir. Je ne comprenais pas. Je n'acceptais pas sa décision et me promis de devenir le plus beau jars du coin. J'avais pris les grands moyens en renouvelant complètement ma garde-robe. Puis petite balade en avion qui nous amena tout près de la terre de ses ancêtres, les Bourgeois. Du haut des airs, elle remarqua mon message composé à partir de ballots de foin : « Marie-Josée, veux-tu m'épouser ? »

Elle finit par succomber et Dieu lui-même fut témoin de notre engagement. Nous avions emménagé dans une coquette maison à Caraquet et Marie-Josée avait obtenu un rôle au Théâtre populaire d'Acadie. Elle avait également eu une bourse pour écrire une pièce sur les relations mère-fille. Elle semblait heureuse et la question de mon apparence n'était plus à l'ordre du jour.

Mais ce qui devait arriver arriva un an après notre mariage ; elle eut un coup de foudre pour le metteur en scène, un bon père de famille qui n'était ni libre ni libéré et qui, après ses nombreux moments de lubricité, s'enfuit à toute vitesse. Tout comme Marie-Josée qui disparut à Sainte-Marie.

Mes douleurs étaient revenues à une très haute intensité, en fait peu avant qu'elle m'annonce son départ, comme si mon corps sentait la rupture imminente. Mon corps, sensible comme un baromètre à la pression atmosphérique, m'indiquait, sans que j'en sois conscient, que quelque chose ne tournait pas rond. Mais ce ne fut que plus tard que je commençai à faire un lien entre les douleurs récurrentes et les relations amoureuses insatisfaisantes. Pour le moment, je ne voyais que l'arbre qui cachait la forêt. Il faut dire qu'aucun spécialiste n'avait émis cette hypothèse et que j'étais quand même un terrain propice aux maladies vénériennes.

Marie-Josée avait rencontré un thérapeute conjugal. Un monsieur plutôt âgé qui semblait sortir du Moyen Âge et qui faisait partie des Rose-Croix et des chrétiens de droite à quelques années-lumière du mouvement hippie. Il m'avait confirmé — ce qu'elle me répétait constamment — qu'elle ne voulait plus de moi, qu'elle était follement amoureuse de l'autre. Et qu'il n'y aurait jamais de reprise. Que ce mariage était nul. Pour qu'un chrétien intégriste le confirme, cela devait être vrai ! Bien sûr, le Vatican ne pouvait invalider un mariage dont Dieu avait été témoin, mais devant le nombre de divorces, Rome avait trouvé une stratégie. Grâce aux recherches sur la psychologie humaine, il s'agissait de démontrer qu'au moment du «oui», l'inconscient cachait des obstacles. Que le consentement n'avait pas été vraiment éclairé. Que la lumière du phare ou du fanal n'avait pas été assez vive. Mais, me disais-je, comme ça prend souvent une vie pour apprendre à vivre, qui pouvait vraiment connaître son moi profond?

Ce thérapeute organisait de longues séances d'hypnose pour adoucir la perte, mais aussi pour apaiser mes souffrances physiques et morales. Couché sur un tapis moelleux dans son bureau, je tentais d'entrer dans le monde de l'hypnose, de la transe, d'oublier tout. Des séances inutiles, mais rassurantes, car elles me laissaient croire que le Vatican serait de mon côté.

Marie-Josée cherchait désespérément un moyen de me revenir. Elle croyait que, grâce à l'hypnose, elle ressentirait de l'amour pour moi et qu'elle arrêterait de m'associer à sa mère. Cette dernière, une des premières comédiennes et écrivaines pour le théâtre en Acadie — qui avait décidé d'en vivre —, avait fini comme clocharde avant de mourir à l'«hôpital des fous» à Campbellton. Marie-Josée avait mariné dans une honte toxique où le paraître et l'apparence de son conjoint prenaient alors une importance démesurée. Davantage encore quand son père était parti avec une amie de la famille; Marie-Josée était encore une enfant.

J'avais revu ma bien-aimée après quelques mois de séparation et des factures d'interurbains faramineuses. Elle n'allait pas bien, ayant dû faire le deuil de notre mariage, mais aussi de son amant. On se retrouva dans un motel. J'avais apporté une bouteille de champagne. Rien de plus déprimant que l'amour des corps dans une mécanique sans harmonie lorsque l'un des deux est amoureux et que l'autre ne l'est pas. L'impression de faire l'amour à une automate. C'était mon cœur qui voulait faire l'amour, pas mon corps. C'était son âme que je voulais, pas ses sens.

Marie-Josée souffrait terriblement de ne pouvoir m'aimer et elle était prête à revenir par devoir. Quoiqu'elle changeât d'idée à chaque heure. Je souffrais énormément de la voir se consumer ainsi. Je devais assumer ma peine et la sienne. C'en était trop et je savais que je devais m'éloigner, l'inciter à refaire sa vie pour l'aider à se sortir de cette morale viciée et de cette honte pernicieuse qui la maintenaient dans notre relation.

Je partis quelque temps au Mexique en proie à une lancinante mélancolie et souffrant d'une douleur incessante dans le bas du corps. Un médecin me prescrivit des médicaments exotiques. Sur la plage, à Acapulco, la chair bronzée de cette belle jeunesse me laissait indifférent, la mer émeraude ne réussissait pas non plus à me purifier le cerveau. Seuls quelques détails ici et là captèrent mon attention, comme ces gigantesques oranges de la taille d'un pamplemousse qu'on nous vendait sur la plage et le calendrier maya en pierre verte, en échange d'une partie de ma garde-robe.

Je revins dans la Péninsule acadienne où j'étais devenu un objet de honte. Certains changeaient quasiment de trottoir parce que j'étais divorcé, eh oui! Certaines grenouilles de bénitiers ou rongeurs de balustres ne se gênaient pas pour le laisser savoir à ma famille. Même le curé avait demandé à ma mère de me renier. Les représentants de l'Inquisition ne se demandaient pas qui avait quitté qui et ne s'intéressaient pas à la souffrance du pauvre hère que j'étais. Non, ce qui importait, c'était le dogme prescrit. Le reste importait peu. Rien de divin là-dedans.

Pour tenter d'oublier, je m'étais rendu pour une fin de semaine à un festival rock, un Woodstock en miniature, dans un champs de maïs, sous le regard éberlué des cultivateurs du coin. Des concerts sous un nuage de boucane à reluquer avec trouble ces belles filles qui en mettaient plein la vue. Ma première expérience avec les herbages eut lieu dans le fond de ma tente mais, trop inhibé sans doute, je ne ressentis rien. L'époque du *peace and love*. Toute cette belle jeunesse à poil dans les clairières, le ruisseau et le pré m'interpellait et mon corps subissait, telles les plaques tectoniques, les énormes pressions des volcans inassouvis. Mes sens réagissaient, mais mon âme était triste et gelée. Le manque était terrible, on aurait dit qu'une main me serrait le cœur.

CHAPITRE 10

Aimons donc, aimons donc! de l'heure fugitive,
Hâtons-nous, jouissons!
L'homme n'a point de port, le temps n'a point de rive;
Il coule, et nous passons!

Alphonse de Lamartine

J'avais connu Jean-Luc durant mon cours classique. L'âge des belles complicités, à refaire le monde et à chercher un sens aux questions existentielles. L'époque d'un grand idéalisme sur l'amitié, la solidarité, l'amour, Dieu… Il y avait nos réflexions sur l'orgueil et je me rendais compte bien confusément que, tout comme Lucifer, j'en avais une bonne dose. Mais j'étais un orgueilleux humble. Je me fis de bons amis; ce fut mon noyau salvateur. On se disait tout. Jean-Luc m'expliqua pourquoi la nuit tant de lits bougeaient d'un mouvement de va-et-vient dans le dortoir; ce qui cessait quand surgissait le surveillant. J'appris ainsi, lorsque montait le désir, à me branler discrètement pour éviter les sanctions du préfet de discipline.

Jean-Luc avait rencontré sa dulcinée Fabiola au collège; la coqueluche des gars, d'autant plus qu'elle était parmi les premières femmes à pouvoir s'y inscrire. Mais comme externe. Dorénavant, les personnages féminins au théâtre pouvaient être joués par des femmes et c'est d'ailleurs là, alors qu'elle jouait dans *Roméo et Juliette*, que Jean-Luc tomba amoureux.

Bien des années plus tard, toujours à Caraquet — j'avais alors vingt-huit ans —, Jean-Luc rebondit dans ma vie. Il me présenta Éléonore Roy, native de Sainte-Rosette, issue d'une longue lignée de bûcherons et de gens de la forêt. Elle avait aussi des ancêtres amérindiens qui avaient aimé les Roy. En tant que massothérapeute, elle connaissait le shiatsu, les points du lâcher-prise et, quand j'étais tendu, elle savait quoi faire pour dénouer les nœuds. Elle me mijotait des plats succulents et faisait l'amour à volonté, en tout lieu, dans toutes les positions. Ayant passé quelques mois à Pondichéry, une ancienne possession française aux Indes, elle connaissait bien le *Kama Sutra*, les positions érotiques et sensuelles issues d'une sagesse millénaire. Elle était complice dans tout, découvrant mes états d'âme quasiment avant que je ne les ressente moi-même. Elle s'intéressait à l'enfant en moi ; nous avions une sensibilité complice. Je l'appelais mon petit compagnon.

Elle me ressemblait physiquement : nez aquilin, yeux très noirs, cheveux bouclés, front élevé, joues colorées, elle me rappelait l'ange gardien de mon enfance — qui en réalité était blond, mais j'escamotai ce détail — qui hochait la tête quand nous mettions un sou dans sa tirelire. Éléonore avait un sourire resplendissant qui faisait se creuser ses fossettes ; mon miroir enchanté.

Nous aimions recevoir et je prenais alors le contrôle de la cuisine. Je me découvrais d'une incroyable efficacité ; quand le plat était prêt, le comptoir était vierge. Nous n'avions qu'un seul sujet de discorde : l'argent. J'étais incroyablement dépensier et elle était terriblement économe, au point de se priver de certains plaisirs de la vie ; vêtements, sorties, voyages… Je demandai conseil à Jean-Luc, n'arrivant pas à comprendre pourquoi elle agissait ainsi, puisque sa famille était à l'aise et que son enfance n'avait pas été marquée par l'insécurité ni par des inquiétudes exagérées des parents. Mais comme me l'avait dit mon ami : tu dois accepter au moins un défaut majeur de ta conjointe — d'autant plus qu'elle en acceptait plusieurs de moi. Il avait son idée là-dessus. Comme elle était complètement nulle en mathématiques et que cela lui bloquait l'accès à quasiment toutes les professions, elle avait investi cette insécurité dans le solide, le concret, le toucher, le kinesthésique, le corps, la massothérapie, mais aussi dans l'argent, bref, ce qui donne un peu de pouvoir, de confort ou de contrôle quand rien ne va plus. Les réflexions de mon ami avaient totalement changé mes perceptions et j'aidai Éléonore à accumuler des sous. Le bonheur revint entre nous. Et puis l'idée de faire un enfant fit son chemin. Nous décidâmes de faire un voyage en Corse, l'île de Beauté qui porte magnifiquement son nom. Revenus au pays, l'amour n'avait pas suffi, Éléonore n'était pas enceinte. Ni pendant les douze mois qui suivirent. Nous prîmes donc rendez-vous dans une clinique de fertilité.

Deux ans plus tard et après des déceptions constantes qui commençaient à affecter notre relation, nous décidâmes d'arrêter de provoquer la nature. Nous entreprîmes des démarches pour adopter un enfant du Costa Rica.

Pour témoigner de notre amour et pour bien nous préparer à l'enfant qui viendrait, nous décidâmes de nous marier. Elle ressemblait à une princesse dans sa belle robe blanche. Dans ses cheveux, une couronne de fleurs et des perles d'ambre de la Baltique. Nous étions heureux. Des amis nous avaient préparé un ballet aérien et notre fin de semaine de noces se déroula dans un petit camp bien isolé le long de la rivière Nigadoo, ce qui en langue mi'kmaque veut dire abri ou cachette.

J'avais reçu un cadeau merveilleux depuis que j'étais avec Éléonore : mes douleurs s'étaient évaporées. Je sentais parfois un malaise fugace dans la région génitale, comme si le mal était tapi là en attente, mais rien pour entraver mon bonheur à la fois doux et intense.

CHAPITRE 11

> Leur gibier a disparu, on refuse de leur donner du bois pour faire du feu et les sanctuaires où reposent leurs morts sont profanés et pillés. Même les érables dont ils se servent comme objet d'art, pour faire des manches de haches, des paniers… sont traînés sur des distance de plus en plus grande de leur réserve…
>
> Rapport daté de 1843
> sur les Mi'kmaqs de la Nouvelle-Écosse

Je continuais à lire sur les Mi'kmaqs, une façon de garder le lien maternel. Et j'allais parfois méditer aux chutes Pabineau où se trouvait un petit village mi'kmaq. Parfois, aux abords de la chute, je rêvassais, j'entrais en transe et, emporté par le mantra de l'eau, je ne distinguais plus le réel de l'imaginaire.

Lors des cérémonies pour honorer le Grand Manitou et les éléments, le grand sachem rendait hommage aux éléments anciens de la création : la terre, l'eau, le feu, l'air. Il nous laissait méditer sur l'union que nous avions avec toutes choses vivantes et inanimées. Et avec le Créateur qui s'incarnait en elles.

Je rêvais à la mère Terre, femme et nourricière, la Terre devenue malade des abus de l'homme. Comme l'enfant rebelle qui réagissait aux mauvais traitements, elle nous le rappelait par ses soubresauts. Elle nous disait que la vie venait de la terre, des récoltes, des saisons, des animaux, des arbres et des fruits qu'elle abritait. Je réalisais encore davantage que la Terre ne nous appartenait pas, mais au contraire que nous lui appartenions.

Je rêvais à l'eau qui avait bercé mon enfance et qui avait été source de subsistance pour tous mes ancêtres. L'eau qui permettait au grain de s'ouvrir et de germer, l'eau sans quoi il n'y avait pas de vie, l'eau symbole partout de renaissance dans les rituels religieux, l'eau intra-utérine qui berçait l'enfant à naître.

Je pensais au feu, source de chaleur et d'énergie, et venait alors une prière ou un remerciement au soleil, aussi source de vie. Je remerciais le ciel de ne pas être sans feu ni lieu, de pouvoir faire cuire mes aliments et me réchauffer au coin de la flamme.

L'air, l'aérien, bien sûr me parlait en tant que pilote d'avion, mais aussi parce qu'il était pour moi synonyme de fantaisie, d'imagination, de douces folies. L'air, source de vie pour la plante, l'animal, l'homme. Pour la nature inanimée, l'air était présent par le vent qui sculptait des formes étranges. Je respirais le même air que mes ancêtres, je baignais dans la même atmosphère, je vivais à peu près les mêmes questionnements. L'air, c'était la musique, mais c'était aussi le vent et parfois les tornades, tsunami et ouragans qui secouaient la planète comme pour rappeler au locataire du lieu d'en prendre bien soin.

Ces rituels et ces réflexions m'amenaient par des chemins mystérieux vers le cinquième élément: l'amour. L'amour de ma vie, Éléonore.

CHAPITRE 12

Adieu, dit le renard. Voici mon secret. Il
est très simple : on ne voit bien qu'avec
le cœur. L'essentiel est invisible pour
les yeux. [...] C'est le temps que tu as
perdu pour ta rose qui fait la rose si
importante.

ANTOINE DE SAINT-EXUPÉRY,
Le petit prince

Un grand bonheur nous attendait. Éléonore tomba
enceinte. Cela arrive souvent quand les gens décident
d'adopter un enfant, comme si le corps, rassuré, pouvait
s'abandonner davantage. Depuis cinq ans, nous naviguions
dans un bonheur intense, passionnés comme au début, mais
avec en prime une grande tendresse, une profonde amitié et
une belle quiétude. Nous faisions partie des rares privilégiés
de la planète. Nous avions acheté une superbe maison patri-
moniale à Pokeshaw, à l'orée des caps de Grande-Anse, village lui-même à quelques encablures de Caraquet. Pourquoi
Pokeshaw, je ne saurais le dire, mais ce lieu mi'kmaq semblait émettre des vibrations particulières qui nous rendaient
sereins. Et nous avions décoré avec grand soin ; la maison
était le prolongement de nous-mêmes. La beauté ancienne
avait été mise en valeur ; les planchers et boiseries décapés, la
rampe d'escalier retapée et l'extérieur couvert de bardeaux de
cèdre. Quelques concessions à la modernité avec une cuisine

à aire ouverte, des pièces plus grandes et une partie de la maison en toit cathédrale avec puits de lumière.

Des moments de bonheur, mon oreille sur son ventre. Je sentais de petits coups, comme un signal en morse que je m'amusais à déchiffrer avec Éléonore.

Ce fut dans le portage de Grande-Anse que tout bascula. Un départ de la maison, une seconde plus tôt ou une seconde plus tard, et cela ne serait pas arrivé. C'était la brunante. L'orignal atterrit sur le toit de l'auto, côté passager.

Je m'étais réveillé à l'hôpital, le dos sérieusement amoché, mais Éléonore agonisait. Elle eut un moment de lucidité avant de partir ; elle me fit promettre de reprendre goût à la vie, qu'elle serait comme mon ange gardien. J'avais le même âge que celui qui était mort sur la croix.

Pendant des jours, je fus en état de choc. Je ne réalisais pas encore qu'elle était partie. Des jumeaux prématurés, un garçon et une fille, s'accrochaient à la vie dans l'incubateur. Je les regardais d'un œil indifférent, incapable de réaliser ce qui m'arrivait. Les amis, la famille, la communauté étaient là, compatissants.

J'étais muré dans mon armure ; souffrance gelée dans l'irréel pour ne pas la ressentir. Un deuil à retardement où tout avait été mis en place pour ne pas traverser le brasier ; d'abord être fort, s'occuper de tout, consoler les autres. Comme je ne savais que faire avec les enfants qui avaient pris des forces, ma mère en prenait soin. Mais leurs petites frimousses, sourires ou pleurs me ramenaient trop à l'absence d'Éléonore. Et il y avait tellement de paperasses à remplir avant que la société laisse les morts en paix.

Le choc et le déni s'estompèrent après quelques semaines. Alors la souffrance commença à me harponner, la douleur qui me serrait le cœur ; par moments j'avais de la difficulté à respirer. Pourquoi Dieu avait-il été si cruel ? Parfois je m'étendais sur le lit de la chambre à coucher et j'effleurais l'une de ses robes ou l'un de ses objets préférés tout en rêvassant aux beaux moments, mais la réalité me rattrapait.

Elle avait demandé que la baie des Chaleurs reçoive ses cendres. Seul sur mon doris à voile et à rames, je partis du quai de Grande-Anse avec l'urne. L'aube se dessinait dans la couleur rose pastel. Éléonore adorait le chansonnier Donat Lacroix qui témoignait si bien des humeurs de la mer comme de la vie et de sa quête de spiritualité. Grâce à un astronaute qu'il avait amené à la pêche au homard, ses chansons avaient accompagné la navette spatiale *Discovery*. Et au large de Caraquet, en hommage à Éléonore, la chanson *Joe-Fédric* jouait à tue-tête pendant que je pleurais comme un veau.

J'attendis que le soleil soit au zénith ; je voyais encore vaguement la côte… puis j'ouvris l'urne et, après un long moment d'hésitation, j'aspergeai la mer de mon amour. J'y déposai aussi une rose qui resta longtemps sur l'écume de la vague ; elle ne voulait pas partir. L'océan tentait d'absorber ma peine ; l'envie m'était venue de me glisser dans ce liquide utérin et de suivre ma bien-aimée. Mais je me souvins de mon serment. Elle m'avait fait promettre de vivre et de retrouver la joie. Ce serait son cadeau. Facile à dire. Il n'y avait plus rien ; ma vie n'avait plus de sens. Il restait des photos, des lettres, des vidéos, des amis communs. Et mes enfants, ce qui était l'essentiel, mais je ne le réalisais pas encore.

La famille d'Éléonore se réduisait à son frère Normand qui travaillait dans les vignes en Colombie-Britannique. Éléonore avait perdu, lors d'une croisière dans la mer des Caraïbes, ses parents et sa sœur jumelle Éloïse, qui n'avait que trois ans. Ses parents adoptifs avaient été bons pour Éléonore, mais depuis plusieurs années ils vivaient sur l'île Victoria, pas bien loin de Normand. Quant à moi, je n'étais pas proche de la famille de mon père, maintenant décédé, et hormis ma mère, ma tante Exilda et son mari Honoré, j'avais peu de liens avec les autres membres de ma parenté. Finalement, pas beaucoup de proches, à l'exception de mes amis, pour m'accompagner dans ce deuil.

J'étais devenu zombi, accomplissant les gestes du quotidien, mais mon âme s'était envolée. Le plaisir n'était nulle part. Tout demandait un effort considérable. Une chape de plomb m'enveloppait. Le matin, après des heures d'insomnie, je tombais endormi et, quand je me réveillais, je ne voyais aucune raison de me lever. Je pleurais chaque matin en prenant ma douche. Les gens ne savaient plus quoi dire, s'ils devaient revenir sur le sujet ou respecter mon silence. Je savais aussi que la personne endeuillée peut passer des mois, voire des années dans le spleen. Elle se promène souvent par vagues et par cycles dans des souvenirs douloureux ou heureux, évoqués par une odeur, un son, une image, un toucher. Mais qui s'en aperçoit? me disais-je.

Ma mère était inquiète. Elle avait l'impression que je préparais quelque sinistre projet. Jean-Luc vint me voir. Je jouai la comédie sur mes états d'âme, mais il ne fut pas dupe, car nous étions comme des jumeaux qui lisent dans le cœur de l'autre. Il me sermonna gentiment, mais fermement, me ramenant ainsi à l'essentiel: mes enfants.

Chaque fois que je les prenais dans mes bras, je ressentais l'absence d'Éléonore encore davantage, au point de vouloir les éviter pour moins souffrir. Les gens ne comprenaient pas. Ma mère si. Après cette rencontre intense avec Jean-Luc, je m'étais laissé attendrir. Une neige fine tombait. Ma mère avait préparé les poupons pour une petite promenade en traîneau. Je décidai de l'accompagner. À deux pas, il y avait le lac à Henri où j'avais tant joué au hockey, tout près de la mer gelée en dentelle, et où, l'été, je m'étais tant baigné. Mes petits anges dormaient, sourire aux lèvres, bien au chaud dans la courtepointe mi'kmaque. Je me surpris à ressentir un doux tressaillement au cœur en les voyant heureux. Il me semblait qu'Éléonore était présente, mais sans la souffrance qui d'habitude l'accompagnait.

CHAPITRE 13

Où commence la fin de la mer?
ALESSANDRO BARRICCO, *Océan mer*

Je décidai d'entreprendre un voyage dans les mers arctiques pour me nettoyer l'âme. Sur un crevettier qui partait de Terre-Neuve. Je me sentais comme mes ancêtres pêcheurs. Heureux quand la vague était haute, heureux quand la mer était étale, alors que j'imaginais mon visage se mirer dans l'océan qui se reflétait dans l'azur. L'écume qui éclaboussait l'étrave du bateau me faisait penser à la Voie lactée, et la mer qui décapait, sculptait, caressait m'invitait à m'y fusionner à jamais. Je m'imaginais parfois en train de faire du surf sur la vague à la recherche de la vie qui, telle une sirène, me filait entre les doigts, cette vie qui pour moi se distillait sans fin dans l'océan, sans possibilité de la figer, jamais.

J'avais accès au téléphone et, chaque jour, je parlais aux jumeaux Annabelle et Jérôme. Je leur racontais la mer et le murmure des vagues. Ils réagissaient en émettant des sons, des petits gazouillis. Je voulais de plus en plus être là, en prendre soin, les voir grandir, mais je ne savais trop comment.

Plus au nord, mon regard se perdait dans la masse des banquises et dans le blanc qui se découpait dans des ciels bleus ou des ciels fous, un beau chaos de couleurs irréelles. Le son était pur. Il n'y avait que les chuchotements de la vague sur la coque. La lumière formait des voiles tamisées, les odeurs étaient intenses, celles de la vie marine qui gigotait sur le pont. Les couleurs de l'eau changeaient avec les humeurs du jour et la lumière devenait quasiment métallique à mesure que l'on se rapprochait du pôle. Les glaciers blancs qui émergeaient de la mer comme des hosties dentelées, l'un ayant un trou immense comme celui du rocher Percé, ressemblaient à la cathédrale Sagrada Familia de Gaudi. L'attirance de passer dans l'orifice pour y rejoindre Éléonore était bien là, mais tempérée par la peur de l'inconnu, du passage mystérieux, la crainte de regarder dans le blanc des yeux le soleil incandescent qui indique l'au-delà.

Ce fut là, au large du Groenland, que la mer me fit un cadeau. Voici comment.

Mon père avait travaillé le bois toute sa vie. Enfant, je passais des heures à le regarder. J'étais émerveillé par sa capacité à transformer la matière, à donner des formes harmonieuses aux diverses essences. Il caressait le bois de la paume de sa main — et je le réalisai plus tard — comme on caresse une femme. J'adorais l'odeur du bois et du tabac à pipe. L'hiver, après l'école, je venais le rejoindre dans sa *shed*, heureux du ronronnement du poêle, de ces longs silences complices et de son bonheur à me sentir près de lui. Très tôt, j'appris à «chacoter» avec un canif des pièces de bois inutilisées. Des moments de pur délice quand il fabriquait ses cages à homard qu'il clouait amoureusement latte après latte.

Ce goût de travailler le bois devint ma planche de salut et, à mon retour des mers arctiques, je me lançai à corps perdu dans la sculpture. Au point de retrouver mon café refroidi et de sauter des repas. Chaque pièce de bois avait un secret à me révéler. Mon père m'avait sauvé la vie. La trappe à homard aussi.

Mes longues promenades dans la nature me permettaient d'observer les oiseaux, de les regarder agir, d'admirer leurs couleurs, d'écouter leurs chants. Peu à peu, ces images, ces souvenirs devinrent des sculptures ; mes outils caressaient le bois et des spirales dentelées parsemaient le plancher de mon atelier. Puis venait la fascination pendant des heures à peindre une aile, une tête, une patte, mélangeant les couleurs pour obtenir des teintes de plus en plus subtiles. Avec le temps surgirent des sculptures de sirènes, de déesses, de fées, d'obscures héroïnes du quotidien, comme des mères de familles monoparentales et des travailleuses de shop. Mais le temps me manquait et il me fallait gagner ma vie. Comme la passion du pilotage était toujours là, je repris le travail. La sculpture faisait désormais partie de ma vie, mais je ne pouvais m'y consacrer que comme peintre du dimanche.

Je venais de réaliser aussi que je n'avais pas fait le deuil de mon père — son cœur avait lâché —, dont le décès était survenu peu de temps après mon divorce avec Marie-Josée. J'avais l'impression d'avoir contribué à la mort de mon père par cette séparation honteuse, lui qui s'était désâmé pour me donner la chance d'une vie meilleure.

J'avais vécu trop d'émotions en même temps et sans doute mon cerveau s'était-il protégé en plaçant ce deuil dans un coffre bien fermé. Le travail du bois ouvrit les vannes de mon cœur et la peine ressortit en torrents de larmes qui durèrent des semaines, chaque fois que je sculptais. Puis un beau jour vint l'apaisement.

CHAPITRE 14

Musique de ma vie ô mon parfum ma femme
Empare-toi de moi jusqu'au profond de l'âme
Musique de ma vie ô mon parfum ma femme.
ARAGON

Seul, je l'étais. Je me sentais dans un désert affectif.
Aucune femme ne retenait mon regard. Bien sûr, j'étais toujours dans la nostalgie d'Éléonore.

En raison de la récession, les contrats comme pilote dans
le nord du Nouveau-Brunswick étaient de plus en plus rares.
Je m'endettais. Je voulais rester dans la Péninsule acadienne,
mais pas au prix de l'aide sociale. En même temps, j'imaginais qu'ailleurs je trouverais l'Eldorado. Le souvenir d'Éléonore était toujours là, mais quasiment sans souffrance. Une
douce nostalgie. Il me semblait l'entendre me dire de refaire
ma vie. Mais j'hésitais à partir à cause des enfants. Ils commençaient à dire papa; j'en avais les larmes aux yeux. Ma
mère en prenait soin amoureusement, de même que sa sœur
Exilda et son mari Honoré. Ils m'encourageaient à prendre le
large, me disant que cela me ferait du bien et que je pourrais
revenir souvent.

J'obtins finalement un poste au Collège aéronautique
de Saint-Hubert, le seul à desservir tout le Québec. Comme
technicien sur les simulateurs de vols. Il y avait là près de
deux mille élèves. Des beautés de filles me hantaient. Sans

compter la gent professorale. Mais je n'étais pas prêt. Il y avait encore des couches de givre et de frimas autour de mon cœur.

Mon grand-père m'avait raconté que le surnom mi'kmaq de ma mère était Toukkita, ce qui veut dire petite chérie. J'avais continué à l'appeler ainsi. En fait, elle s'appelait Archange. Je lui téléphonais presque chaque soir et je parlais aux enfants qui disaient quelques mots. Le son de ma voix semblait les rassurer. Ces échanges brassaient l'ennui à mesure que je m'éveillais à la vie.

Mes douleurs dans le bas du corps étaient revenues. Dans le Montréal métropolitain, je pouvais avoir accès aux meilleurs soins. Un spécialiste m'avait prescrit un antibiotique et une culture pour chlamydia. J'avais pu lire le rapport d'un expert en médecine interne et rhumatologie. On parlait encore de prostatite et d'uréthrite d'étiologie imprécise, mais il n'y avait pas suffisamment de symptômes pour parler du syndrome de Reiter, du nom d'un médecin nazi. Mes lectures sur la Deuxième Guerre mondiale me poursuivaient jusque-là !

Mon urologue essayait de m'encourager en parlant de prostatite récidivante plutôt que de prostatite chronique. Comme si le mot récidive avait une connotation moins négative que le terme chronique. Il préconisait les massages prostatiques. Qu'il me fit à quelques occasions. Ce n'est pas la position la plus honorable que je pouvais adopter. Cela n'aida que temporairement et il en était ainsi, m'avoua-t-il, pour un certain nombre de ses patients qui souffraient de cette maladie infernale. Il décida alors d'une autre cystoscopie et dilatation urétrale. Une bonne méthode pour avoir le frisson ! Il m'aimait bien et prenait ma misère au sérieux, mais, hélas, il avait décidé de prendre sa retraite. J'étais angoissé de perdre ce support dévoué et amical. Je sentais qu'un complice des archives de ma mémoire douloureuse s'en allait.

C'est avec appréhension que je pris rendez-vous avec mon nouveau médecin. Une dizaine de personnes dans la salle d'attente ; mince consolation, il n'y avait pas que des vieux. Le spécialiste était pressé, avec le discours habituel, la froideur en plus. Des médicaments, me disait-il, pouvaient aider en produisant un relâchement du tissu musculaire de la zone en question. Il parla d'analgésiques qui pouvaient soulager un peu, mais laissait le sujet dans un flou bien vaporeux. Il me fit l'examen habituel, un peu humiliant et pas très agréable. La palpation dudit organe ne semblait pas montrer de grossissement exagéré ni de nodules qui auraient pu laisser supposer un cancer. Il conclut en me servant le baratin habituel. « Nous ne savons trop quoi faire quand les nouveaux antibiotiques ne donnent rien… ou qu'on ne trouve rien. Tout un casse-tête que ces prostatites. Cela nous rend fou de ne pouvoir aider vraiment… » Il oubliait d'ajouter que celui qui traînait ce malaise comme le mouvement perpétuel avait bien des chances de le devenir.

Un an passa. Mon travail me passionnait. J'avais quelques amis, mais pas d'amoureuse à l'horizon. Avec le taxi Cormier qui remplissait son rôle de va-et-vient et de pipeline de l'exode, je revenais souvent voir mes enfants à Caraquet. De beaux moments. Ils s'habituaient à mes arrivées et départs à l'improviste, car ils se sentaient en sécurité, heureux avec ma mère, Exilda et Honoré.

CHAPITRE 15

Le ciel et la mer étaient d'encre, avec
des jets de bave sautant plus haut que
le mât.

VICTOR HUGO, *L'homme qui rit*

J'avais trente-cinq ans. Ma mère venait de partir pour
un monde meilleur. Une hémorragie massive au cerveau.
Je réalisais combien elle avait été importante dans ma vie.
Comme si je perdais mes repères. Je me souvenais aussi du
roman de Victor Hugo, *L'homme qui rit*, où, sur une mer
démontée, les pêcheurs attendaient le son de la bouée qui
indiquerait si le bateau était à gauche ou à droite des écueils,
la différence entre la vie et la mort. Mais je savais que, malgré le départ de ma mère, je choisirais la vie et mes enfants
et que je poursuivrais la quête de mon héritage mi'kmaq.

Il me restait encore ma tante Exilda et son mari. Ils me
rassurèrent. Les jumeaux étaient comme leurs enfants. Âgés
de trois ans, ils cherchèrent ma mère quelque temps avant
que ne s'estompe le souvenir. Je me sentais lâche de ne pas
prendre mes responsabilités, mais au moins, me disais-je, ils
allaient conserver une permanence, une continuité affective.
Et j'avais comme excuse de ne pas vouloir les déraciner de
leur milieu.

Je devins alors fasciné par le monde des émotions.
Obsédé par la souffrance des autres, je voulais aider, mais

sur le plan affectif. Comprendre, soulager, trouver un sens. Je m'étais inscrit à des cours de croissance personnelle où il fallait se dévoiler, enlever ses masques, aller au cœur de soi, devenir transparent. Il me restait moins de temps pour les balades aériennes, mais c'était un choix que je devais faire. Quoi qu'il en soit, j'eus l'occasion d'exercer ma nouvelle authenticité. Faisant de l'auto-stop dans la Péninsule acadienne, j'ouvris mon cœur à un pêcheur. J'utilisai les mots «vécu profond», «ressenti», «authenticité». Il m'écouta religieusement sans rien dire, puis parla bien simplement de sa vie sur la mer où son cheminement intérieur était pas mal plus simple. Je ne savais trop s'il avait compris ma démarche ou s'il avait l'impression d'être en face d'un innocent perdu dans la brume du large.

Je m'intéressais aux thérapies amérindiennes. J'étais allé dans une suerie (tente de sudation) aux chutes Pabineau. Un outil fabuleux qui traversait les Amériques depuis des millénaires pour se désinfecter le corps et se purifier l'âme. Comme un sauna spirituel. Un ami mi'kmaq m'avait raconté que son grand-père faisait cela en cachette et qu'un jour il fut pourchassé jusque dans la forêt par un missionnaire avec son goupillon. Le prêtre, qui voulait éradiquer toute trace de sa culture, cherchait à faire entrer de force le petit Jésus dans son cœur!

Des pierres nommées grand-père — car elles gardaient l'âme des ancêtres — étaient chauffées sur un feu de bois puis disposées au centre de la tente. Assis autour avec les autres, je suais à grosses gouttes pour retrouver le lien maternel, pour renouer avec mon âme amérindienne, vaste comme la forêt d'épinettes, farouche et libre comme l'orignal. Il y avait cette chaleur infernale, mais aussi l'odeur de la litière de cèdre et celle de la sauge sur la pierre chauffée. La sauge, herbe sacrée pour les Autochtones, comme les cheveux de notre mère Terre. Ce rituel de purification s'accomplissait au son du tam-tam. Comme pour les Blancs, l'encens et les cloches des églises.

L'odeur du tabac chatouillait les narines. S'élevaient alors les chants rituels, les sanglots et les gémissements de ceux qui cherchaient à se libérer de l'alcool, de la drogue ou tout simplement d'une vie absurde imposée par une civilisation décadente. Car pour les Autochtones et, de plus en plus pour moi, la spiritualité est partout : dans les arbres, les animaux, les pierres, les étoiles. Une divinité, Glooscap, qui était venue il y avait bien longtemps sur le dos d'une baleine, nous le rappelait.

Moments difficiles dans cette chaleur infernale avec les Mi'kmaqs qui psalmodiaient des mots encore incompréhensibles pour moi. Lors de cette première séance, l'angoisse devint quasiment panique face à l'obscurité rougeoyante ainsi qu'aux plaintes et aux sons gutturaux inintelligibles. Je me demandais si je n'étais pas en train de sombrer dans la croyance en de grotesques superstitions. Mon corps était en nage pendant que le meneur arrosait sadiquement, me semblait-il, les pierres brûlantes. Puis, peu à peu, je sentis surgir des images comme si j'entrais dans le ventre de la terre. J'étais enfant dans un village amérindien. Quelqu'un montait un wigwam avec de l'écorce de bouleau, mon grand-père m'offrait un sifflet taillé dans le tibia d'une sarcelle, puis j'entendais le chuintement des pierres rougies que l'on plaçait dans un récipient en bois, sorte d'auge pour faire chauffer l'eau et cuire les aliments.

Les séances dans la suerie confirmèrent mon chemin : poursuivre ma passion pour l'aérien, bien sûr, mais surtout me décaper le grain du cœur et apprendre à faire le bien. Mais avant tout accompagner mes enfants. Avec un tel idéal, me disais-je, ma compagne de vie se pointerait certainement le museau.

J'avais aussi compris toute l'importance de mes racines amérindiennes que je retrouvais également du côté de mon père, les d'Amour, petite noblesse qui avait marqué l'histoire de l'Acadie. Il y avait eu alliance avec le légendaire baron de Saint-Castin qui, au XVIIᵉ siècle, avait eu onze enfants avec les filles d'un chef abénaki du Maine; une de ses filles s'était glissée dans le lit d'un d'Amour. Je pris donc une décision importante, celle de faire enregistrer dans mon état civil mon nom de famille mi'kmaq. Mais comment le retrouver? Comme il n'en restait à peu près aucune trace après le passage des missionnaires et, par la suite, du conquérant anglais, que les Mi'kmaqs ne gardaient souvent que le prénom du père, et que le nom de Pominville n'était pas amérindien, je décidai de me rabattre sur le lieu où Relique avait vécu toute sa vie: Pokemouche. Je serais désormais Victorin de Pokemouche, le «de» pour une allusion à ma filiation noble.

CHAPITRE 16

L'huître, La Caraquette, qu'on eût servi
dans un plat d'or aux dieux de l'Olympe,
si les dieux de l'Olympe en avaient soup-
çonné l'existence.

Extrait d'un discours de 1884 par
Pascal Poirier, premier sénateur acadien

Mes jumeaux avaient quatre ans et moi trente-six lorsque je rencontrai Rose-Hélène. Elle avait dix ans de moins.
J'habitais à Mont-Saint-Hilaire, dans une rue nommée en
l'honneur du peintre Borduas; elle résidait à Moncton. Cela
avait débuté sexuellement en lion, mais avec une grande timi-
dité côté cœur, avant que l'amour ne surgisse après quelques
tergiversations de part et d'autre. Elle m'aimait profondément; moi aussi. De grands yeux noirs, une peau café au lait,
des cheveux frisés, elle avait gardé la sensualité des ancêtres
noirs de la lignée paternelle. Un autre lien nous unissait car,
comme nous, Acadiens, elle avait connu la discrimination.
Rose-Hélène m'envoyait des messages pleins d'humour et,
sur ses lettres, elle collait une étoile argentée que nous allions
atteindre, une étoile qui grossissait de page en page. Elle
voulait me confier tous ses secrets. Elle me ressemblait. Elle
était comme un enfant: pure, naïve, idéaliste, avec ce désir
de fusionner. Ensemble, nous étions des adolescents qui voulaient jouer sur un arc-en-ciel.

Elle voulait m'épouser.

Rose-Hélène se couchait de mon côté du lit — quand j'étais parti —, pour m'envoyer des messages à télépathiques. Son rire innocent et parfois taquin me berçait dans les moments sombres. Elle savait utiliser les bons mots pour bavarder sur le sens de la vie, de l'amour et de Dieu. Elle remarquait la dernière fleur avant l'hiver et la première au printemps.

Après des années de va-et-vient, elle ressentit l'urgence de ne plus avoir cet espace géographique entre nous, et elle se prépara à venir me rejoindre. Le plus vieux livre de sagesse chinoise, le *Yi-king*, qui dit-on peut prédire l'avenir, disait en réponse à sa question sur notre futur : « Le présent hexagramme ressemble au printemps qui mène de la stagnation de l'hiver à la fécondité de l'été… c'est une perspective d'espoir. » Curieusement, j'avais tiré le même texte à peu près en même temps, ce qui me laissait entendre que le destin nous indiquait la voie. Rose-Hélène me parlait avec son cœur : « Tu me connais en chenille, tu me connaîtras papillon… Dieu ne peut être cruel ; si je te perdais, je ne croirais plus, ce serait absurde. »

Je l'avais rencontrée à la veille d'un voyage en Europe, et les plaisirs de la chair avaient consisté, comme introduction, en une dégustation d'huîtres de Caraquet et en une brève étreinte. Je lui avais envoyé quelques cartes postales pour attiser la flamme. À mon retour, le téléphone avait sonné chez mes amis à Moncton. Elle ne pouvait refuser ma proposition de la voir sur-le-champ. Je me souviens de cette nuit-là, de ses seins menus qui avaient été créés sur mesure pour la paume de ma main. Je me souviens de ses yeux d'ébène, de ses dents blanches éclatantes, de son sourire d'enfant, de sa longue chevelure noire comme la nuit qui me caressait la peau lorsque je la prenais dans mes bras. Je me souviens de ces caresses volcaniques sur le sofa déglingué. J'avais entendu dire que certaines femmes pouvaient épuiser leur homme. C'était bien vrai, elle avait la passion des mystiques et pouvait faire l'amour jour et nuit.

Elle avait une sexualité saine et épanouie ; c'était d'autant plus attirant que, en Acadie, celles qui croyaient étaient parfois aux prises avec des réticences, des interdits. Pas Rose-Hélène. Faire l'amour était aussi naturel que manger. Elle pouvait me citer saint Paul ou philosopher sur la religion entre deux caresses. On se ressemblait : sexualité intense, besoin d'absolu, quête mystique et forte spiritualité, quoique je fusse plutôt un agnostique qui se questionnait.

Le sexe, impossible d'y résister, et je me confortais en sachant que même le précepteur d'Alexandre, le grand Aristote — un des maîtres à penser du docteur angélique, saint Thomas d'Aquin —, s'était mis nu à quatre pattes, sa maîtresse sur son dos. Elle le harnachait comme un cheval ; la preuve que la raison et la sagesse ne peuvent résister longtemps au torrent qui envahit le corps lorsque la femme adorée vous fait chavirer dans des effluves de volupté. D'ailleurs, Platon n'avait-il pas dit : « Le plaisir prive l'homme de ses facultés autant que la souffrance. »

Elle avait des seins fermes et soyeux et des mamelons longs et dodus ; le tout me rendait fou. J'étais obsédé par l'envie de les faire durcir en les roulant entre le pouce et l'index. Je comprenais pourquoi le Vatican avait mis tant de choses à l'Index ! J'avais constamment envie de flatter cette douceur fruitée. Quand elle se mettait à quatre pattes et que j'entrais en elle, je devenais carrément primitif ; je me glissais dans sa toison crépue alors qu'elle faisait danser son beau petit cul comme en un tango, puis elle cambrait le dos, le tout dans des roucoulements qui étaient, à ce moment précis, la preuve de l'existence du paradis. Elle avait les fesses bien rebondies et cela me rendait tigre. Parfois, elle s'abandonnait sur le dos, ses jambes en l'air s'étirant quasiment jusqu'au plafond. J'entrais en elle comme une vis sans fin, délicieux va-et-vient tantôt imperceptible, tantôt éloquent, mais toujours dans une sensualité complice ; nous étions des siamois réagissant au moindre frisson de l'autre.

Son odeur me chavirait. Je ne sais pas si un jour on arrivera à créer un tel parfum. Si oui, ce sera la fin ou le commencement du monde. Je me souviens particulièrement d'une nuit d'encre, sur un rocher surplombant la rivière Richelieu. Nus, lovés l'un contre l'autre. Le murmure de l'eau nous interpellait ; nos sens en ébullition aussi, l'impression à ce moment-là de faire l'amour avec la beauté millénaire des Amériques. Et quand je léchais son bouton de rose, encore plus. Et davantage quand je m'attardais aux petites et grandes lèvres qui rosissaient comme un crépuscule sur la baie des Chaleurs. Elle devenait folle de plaisir. Je vivais l'extase de son extase dans ce feulement retenu et ces crispations du visage où l'on ne sait plus si l'autre souffre ou s'il jouit.

Il n'y avait pas que passion et déchaînement. Elle adorait le film *La mélodie du bonheur*. On y racontait l'épopée de la famille von Trapp qui avait fui le régime nazi. Après une méditation à leur célèbre chapelle du Vermont, nous étions partis pique-niquer parmi les pâquerettes de la montagne. Étendus, immergés dans la tendresse et les confidences, nous goûtions à un bonheur intense qui, nous en étions certains, se prolongerait. Je voulais croire aux chants des oiseaux, croire que nous avions en puissance la semence du bonheur, croire à la renaissance. Croire que l'on pouvait s'abandonner au-delà du doute, au-delà de ces pièges, trahisons et ennuis du quotidien. Oui je voulais croire, comme elle le répétait, que l'amour éternel ne peut être éphémère. Qu'il y aurait dans ma vie un deuxième miracle amoureux qui avait pour nom Rose-Hélène.

Et, bonheur suprême depuis que Rose-Hélène était dans ma vie, mes douleurs avaient disparu. Enfin, il en restait parfois une trace fugace pour me rappeler que le monstre était toujours à l'affût, mais comme l'avait souligné mon urologue, il arrivait que la maladie hiberne lorsque les vies sexuelle et affective s'épanouissaient. Il hésitait à m'avouer cela, puisque ç'aurait été comme entrouvrir la porte aux pouvoirs de l'esprit sur le corps, ce que la médecine avait encore de la difficulté à admettre.

CHAPITRE 17

> Je ne vois que trop que vous êtes plus
> charmante que jamais ; mais au nom de
> toutes les peines que j'ai souffertes pour
> vous, belle Manon, dites-moi si vous
> serez plus fidèle.
>
> ABBÉ PRÉVOST, *Manon Lescaut*

La passion et la connivence avec Rose-Hélène étaient la partie facile, mais il me fallait aussi assumer le rôle de protecteur de la veuve et de l'orphelin. En effet, elle avait deux enfants en bas âge. À notre première rencontre à Moncton, debout dans le cadre de la porte, elle tenait un petit garçon d'un an dans ses bras, Donald, et un autre de quatre ans, Xavier, s'accrochait à sa jupe. Il regardait d'un air effarouché l'intrus qui cherchait une place. J'avoue que j'ai voulu à ce moment-là prendre la poudre d'escampette, mais mon cerveau d'en bas était sous influence.

La légende voulait que l'aïeul paternel de Rose-Hélène, le fils d'un roi local, venait de la Côte d'Ivoire. Pris dans une razzia, il avait été emmené aux portes de l'enfer sur l'île de Gorée, puis embarqué sur un rafiot pourri vers les Antilles. Un prince devenu esclave. *Racines*, de l'écrivain Haley, restait son livre culte, car il cherchait à retracer les lignées africaines des Noirs d'Amérique. C'est ainsi que Rose-Hélène avait retrouvé sa trace jusqu'en Côte d'Ivoire. Elle voulait aussi retrouver ses racines acadiennes à partir de quelques bribes entendues de la grand-mère maternelle, une Thériault, durant son enfance à New York. Avec le temps, elle devint aussi fière de son identité acadienne et de sa capacité à s'exprimer en français que le plus grand patriote. Elle me raconta que sa grand-mère refusait de se confesser en anglais de peur de ne voir ses péchés pardonnés. J'étais très fier d'elle, j'avais l'impression de l'aider à naître dans son identité profonde, ce qui me procurait une grande joie. Et l'amour étant une métaphore, j'étais d'abord tombé amoureux de son charme, bien sûr, mais aussi de son courage et de mon besoin de protéger une femme monoparentale qui se démenait pour survivre. Mais il y avait des obstacles de taille ; Donald souffrait d'un autisme sévère, ce qui requérait des soins quotidiens. Mais pas question pour Rose-Hélène de placer son enfant. Malgré mes réticences au début, je finis par lui donner raison. Quant à Xavier, c'était un enfant alerte, extraverti, avec la peau café au lait, qui ressemblait beaucoup à sa mère. Je pressentais les difficultés à venir, mais les liens amoureux étaient intenses et je me sentais incapable de m'en aller sans avoir essayé vraiment.

Mon travail au Collège aéronautique de Saint-Hubert me permettait une grande flexibilité d'horaire et je venais fréquemment visiter Rose-Hélène. Jamais plus de deux semaines sans nous voir. Parfois, quand mon petit avion n'était pas disponible, je prenais l'auto. Que de va-et-vient dans toutes les conditions ! Parfois dans la poudrerie et le givre, où j'étais le seul à parvenir à passer. Lors d'une inspection de l'auto, on trouva des traces d'un porc-épic ; je ne m'étais aperçu de rien.

Rose-Hélène désirait devenir travailleuse sociale. Elle devait finir ses études, payer ses dettes et prendre soin des enfants. Les besoins de ses enfants, surtout du petit Donald, grugeaient son maigre budget. Pas facile de prendre du temps pour elle en dehors de ses études. Souvent je gardais Donald, cela faisait partie des clauses non écrites du contrat. Mais j'aimais Rose-Hélène d'un amour-passion, d'une grande tendresse aussi, et notre union, me disais-je, donnerait une maman à mes enfants qui créeraient des liens avec les siens. Nous serions une famille.

Ce fut long avant que nous habitions ensemble. Ce n'était pas l'amour qui manquait de ma part, mais l'engagement face aux responsabilités familiales. S'ajoutait à mes difficultés d'engagement envers ses enfants le fameux problème d'argent, car elle était constamment endettée. Et le père des enfants, qui avait pris la poudre d'escampette, ne lui donnait pas un sou. Je devais donc payer les factures, couper sur les petites gâteries et les vacances, ne pouvant m'empêcher par ricochet de blâmer sa marmaille. Et je me reprochais de ne pas la sécuriser davantage dans mon engagement, ce qui l'incitait aux infidélités, à la recherche de l'homme idéal quand ça allait trop mal. Elle avait une capacité impressionnante de dissimulation et une façon de se faire pardonner comme un enfant sans défense pris la main dans le sac. Elle utilisait la séduction d'une façon intensive, subliminale, mais je ne sais pas si elle en était consciente. Elle faisait tourner les têtes sur son passage. Lors d'une soirée hommage à un cinquantième anniversaire de mariage, les jars du coin avaient quasiment provoqué une émeute pour danser avec elle.

Après trois mois de fréquentations, Rose-Hélène m'avait trompé avec un honorable gentilhomme que je connaissais assez bien, ce qu'elle m'avoua, prétextant mon non-engagement et ma réaction négative face au mariage qui la sécuriserait. J'aurais dû comprendre et partir. Mais elle avoua son écart avec une imparable candeur dans le regard et le serment d'un amour éternel. Impossible de lui en vouloir. Cela me fit mal, mais il me semblait que la réconciliation avait créé des liens plus forts.

Six mois plus tard, ce fut plus sérieux. Elle préparait son départ. Il y avait dans l'air une proposition de mariage de son dentiste originaire du Yémen qui mettait de la lingerie fine dans sa boîte aux lettres. Je ne me doutais de rien, si ce n'est que ces derniers temps, je trouvais que son éparpillement et son désordre dans l'appartement dépassaient les bornes, ce qui arrivait quand elle était angoissée. Quand je les surpris au lit, le cœur voulut me sortir du corps, il n'était plus question de nier… mais pas question pour moi de lâcher prise. Elle décida de fuir quelque temps à New York, chez ses parents. Je me rendis à l'aéroport où se trouvait son prétendant. Donald ne s'apercevait de rien, mais Xavier avait dans les yeux un grand point d'interrogation. Quelques bouquets de fleurs plus tard, des cassettes à émouvoir une pierre, dont une où je hululais en lui faisant l'amour, eurent raison de ses dernières résistances. Il y eut aussi l'intercession d'un ami prêtre, sage entre les sages, qui, utilisant ses pouvoirs psychiques et spirituels, m'avait assuré qu'elle reviendrait. Je le surnommais Bouddha, car il avait un ventre imposant — signe de prospérité — et un visage joufflu qui respirait la bonté. Il voulait devenir moine dans sa prochaine vie. Je lui avais dit en riant qu'il l'était déjà. Quoi qu'il en soit, Rose-Hélène revint, me sembla-t-il, plus amoureuse que jamais, contrite, me jurant cette fois-ci une éternelle fidélité.

Mes enfants, qui la voyaient à l'occasion, étaient très attachés à Rose-Hélène. Elle aussi les aimait. Ils avaient créé des liens avec les siens. On formait une famille. Cela pesa dans la balance. On reprit, plus fortement soudés. En même temps, je ne me fis plus de tracas quant à mes désirs obscurs et décidai de ne plus résister aux tentations qui s'offriraient à moi. J'avais droit à l'erreur. Comme elle. J'avais développé une bonne rationalisation pour être infidèle. Cela ne m'empêchait pas de l'aimer.

Trois ans plus tard, elle eut quelques parties de jambes en l'air avec des gens de l'université à une époque où cela allait bien mal dans notre couple. Mais impossible de lui en vouloir : elle respirait l'innocence et la pureté. Je savais qu'il fallait l'épouser pour la rassurer. Sinon, je devais la quitter. Je n'arrivais pas à m'imaginer responsable de ses enfants, surtout Donald avec qui je n'arrivais pas à créer de liens solides. Elle partit quelque temps pour des stages en service social dans le Maine. J'avais décidé de lever l'ancre définitivement, mais impossible de faire le saut dans le vide ; l'œil ouvert, je ne voyais pas ce qui pourrait remplacer cette passion et ce lien profond forgé par le feu des épreuves. Durant ces mois d'exil, elle m'écrivait des lettres ardentes où elle me demandait pardon de s'être laissé souiller, me disait que j'étais l'amour de sa vie, qu'elle voulait m'épouser et que, sans moi, elle mourrait.

Finalement, Rose-Hélène dénicha un emploi comme travailleuse sociale à l'hôpital Montfort, à Ottawa. Je fis alors le saut, abandonnant mon logis à Mont-Saint-Hilaire et en même temps mon poste au Collège de Saint-Hubert, car je ne voulais plus faire d'allers-retours. Je voulais devenir consultant privé pour les petits avions et la région d'Ottawa s'y prêtait bien. Comme j'avais accumulé quelques sous, j'achetai une superbe résidence ancienne à l'orée des grands

pins à Aylmer. Des pressions de plus en plus fortes s'exer-
çaient en vue du mariage. Et son père qui tenait à la sécurité de sa fille était aux premières loges. Auparavant, j'avais
l'impression d'une grande liberté, mais là je ne pouvais plus
partir avec mon baluchon. Pas question pour moi de mariage
religieux, ce qu'elle voulait ardemment. Je n'étais pas intéressé
par le long processus d'annulation de mon premier mariage
avec les autorités religieuses même si je l'aurais sans doute
obtenue. Je ne voulais pas raconter ma vie à des voyeurs
— même de bonne volonté — qui ne connaissaient pas vraiment la vie à deux. Finalement, je me remis la corde au cou.
Le juge attendait. Exilda et Honoré aussi. Ils aimaient bien
Rose-Hélène et nous voyaient comme le couple idéal pour
l'éternité. Mes enfants l'adoraient — c'était réciproque — et
ils étaient contents de nous voir ensemble. Ils vinrent habiter
avec nous ; ils avaient sept ans.

CHAPITRE 18

Tu penses, dis-tu, que l'amour doit rendre
le monde plus libre, plus grave. Moi, je
suis sûre que la masturbation fait davantage ; elle substitue à la réalité un monde
qu'on peut construire à son goût.

ALBERTO MORAVIA, *Moi et lui*

Les branches des grandes épinettes ployaient sous le poids de la neige, et des coulées argentées ciselaient des sculptures dans les sous-bois ; une forêt de cristal. Le ciel était d'un bleu marial et les skis glissaient presque sans crissement dans le blanc et la lumière. Nous étions heureux. L'air pur, la sensation merveilleuse de contentement, le moment présent dans toute sa pureté. Je suivais Rose-Hélène et, par moments, je contemplais son mouvement des hanches qui annonçait la suite. Je savais que nos corps gavés et brûlants se fondraient l'un dans l'autre dans une sensualité exquise.

Nous attendaient au petit hôtel de campagne de Val-David, un feu de foyer, l'odeur du bouleau, le crépitement du chêne et la danse des étincelles.

Nous attendaient aussi saumon fumé avec câpres, croquettes de crabes et figues au fromage bleu, sans oublier le petit sauternes qui sautillait déjà. Et finalement, si l'impatience ou la spontanéité du moment ne prenaient pas le dessus, le désir de se lover sur les fourrures de loutre qui tapissaient le grand lit finirait bien par imposer sa cadence. Rose-Hélène avait toujours une façon de me surprendre ; parfois elle se déshabillait lascivement puis commençait à se caresser. Ce qu'elle fit après quelques amuse-gueule pour m'exciter davantage.

Et ce fut dans le bain moussant du jacuzzi que se mêla aux effluves du corps une étreinte océane ardente. Où je priai Dieu, les anges et tous les saints de m'accorder la grâce d'adopter ses enfants comme les miens et ainsi pouvoir reposer mon cœur en toute sérénité.

Mais les vagues miroitaient sur une mer pas toujours étale.

Rose-Hélène avait un couple d'amis à Moncton : Pierre, originaire de Marseille, était devenu un spécialiste de Pagnol, et Aline, son épouse, native de Buenos Aires, enseignait aux enfants. Nous étions allés les voir à Moncton. Pierre semblait lorgner du côté de ma Rose-Hélène. Il y avait comme une ambiguïté. Quant à moi, je trouvais sa femme attirante, sans plus. Toujours est-il qu'après un souper bien arrosé, Pierre proposa une baignade nue, à la plage de l'Aboiteau. Je remarquai que Rose-Hélène acquiesçait avec empressement à cette suggestion et qu'Aline ne semblait pas réticente. Un peu d'herbe magique acheva de nous placer hors du temps et de l'espace. Bien fascinant, ce bain de minuit à la pleine lune ; la mer était chaude. La tentation de se frôler innocemment était grande. On ressemblait à un quatuor de dauphins cherchant à s'apprivoiser dans une chorégraphie sensuelle. Qui sait ce que l'avenir nous aurait réservé si une lumière insistante accompagnée d'une voix nasillarde ne nous avait pas interpellés ? Les gardiens de l'ordre. Nous sortîmes de l'eau ; difficile, en étant nus comme des vers, de montrer nos papiers d'identité! J'étais un peu sonné et saisi par la gêne des policiers qui ne savaient plus où fixer leur regard. Ma préoccupation première était d'éviter que les policiers ne nous accusent d'outrage à la pudeur dans un endroit public. Je devins l'acteur venant de France qui ne connaissait pas les lois en vigueur au Nouveau-Brunswick. Avec l'accent de la Provence en plus. Les autres entrèrent dans le jeu en adoptant une attitude respectueuse et conciliante. Nous réussîmes à amadouer les agents, à ramasser nos hardes éparpillées et à décamper en vitesse. Pour rejoindre l'auto par le chemin le plus court, nous traversâmes un petit marais. Dans l'énervement, Rose-Hélène perdit une lentille. À quatre pattes, nous essayâmes de la retrouver. Difficile à croire, mais un rayon de lune frappa l'objet qui scintilla pour indiquer sa présence. Fin de l'épisode qui aurait pu virer en attouchements et en luxure. Je n'étais pas sans réaliser que l'érotisme n'est pas toujours de tout repos!

Mais une suite s'annonçait que je ne soupçonnais pas. Pierre avait convaincu Aline de participer avec nous à un échange de couple. Elle avait donné son accord aux demandes de son mari compte tenu — et je le sus plus tard — qu'elle me trouvait attirant. Rose-Hélène semblait favorable à ce projet, trop à mon goût. Ce fut à Vancouver, où ils avaient déménagé, après un repas provençal succulent et bien arrosé, que la limite fut franchie. Chaque couple dans une pièce séparée. Je me retrouvai nu comme un nouveau-né avec Aline mais, de part et d'autre, on y alla progressivement pour faire monter le désir et calmer l'angoisse. Nous étions l'un et l'autre plutôt gênés. Une très belle femme, mais je ne ressentais à peu près rien physiquement. J'étais préoccupé par ce qui se passait à côté. Je n'eus pas d'érection et je ne sais même pas si elle parvint à l'orgasme.

Je fus un peu jaloux d'apprendre que mon amoureuse avait eu bien du plaisir. Ce fut la première et dernière fois que je vécus cette expérience. Mais je restai avec un relent d'amertume, d'autant plus que, quelques mois plus tard, Rose-Hélène m'annonça que Pierre, le beau moineau, était venu la voir clandestinement pour récidiver et qu'elle avait dû lui dire de partir. Rien de tel pour mettre un terme à une amitié. Il y a des codes d'honneur à ne pas transgresser.

Sa réaction face à Pierre me rapprocha d'elle. Quoique j'eusse un doute fugace sur la véracité de son histoire. Mais cette aventure ratée excita mes terminaisons vicieuses au plus haut point; je la pris là, sans préambule, sur la table de cuisine, entre les maquereaux au vin blanc et la tarte aux pommes.

CHAPITRE 19

[…] frappe l'air et le feu de mes soifs
coule-moi dans tes mains de ciel de soie
la tête la première pour ne plus revenir
si ce n'est pour remonter debout à ton flanc
nouveau venu de l'amour du monde
constelle-moi de ton corps de voie lactée
GASTON MIRON, « La marche à l'amour »
L'homme rapaillé

Rose-Hélène, qui apprenait l'espagnol à l'Université d'Ottawa, s'était fait une amie plus âgée dont le mari était psychiatre. S'ensuivit une invitation à souper. Ce gourou nous raconta qu'après une vaste expérience en milieu psychiatrique s'inspirant de la psychanalyse, il avait entendu parler de l'approche neurolinguistique. Depuis, il suivait formation sur formation et ne jurait que par cette technique miracle. Une approche qui étudiait les gens normaux, heureux, qui ont du succès, afin de découvrir leurs recettes — c'est-à-dire leur façon d'agir, de penser, de croire au positif, de persévérer de la bonne façon, de répéter les alliances bénéfiques — et de les vulgariser en mode d'emploi de psycho pop, comme savent si bien le faire les Américains. Au lieu de creuser le problème comme dans certaines thérapies traditionnelles, cette approche mobilisait les ressources, les talents, les aptitudes, l'espoir. Elle créait aussi une étroite alliance avec le client face au problème qui devenait commun. Le thérapeute apprenait à parler le même langage, à se mettre au diapason de l'autre. L'approche neurolinguistique avait surtout frappé l'imaginaire par une découverte : le mouvement oculaire — le REM — permet de savoir si la personne est dans son passé, son présent ou son futur et si ses pensées sont inspirées par le visuel, l'auditif ou le kinesthésique. Même les vendeurs d'autos suivaient ces cours. Il ne fallait pas approcher de la même façon le client attiré par la couleur de l'auto que celui fasciné par le ronronnement du moteur, ou l'autre par la sensation de confort. Je croyais à la force de ces thérapies brèves qui dans certaines situations — d'après les témoignages — dénouaient des problèmes complexes qui autrement auraient requis des séances interminables. Le hic était que cette approche miracle était trop souvent appliquée sans discernement à toutes les sauces par des gens plus ou moins formés qui n'avaient ni le flair ni la formation clinique appropriés.

Comme ma relation amoureuse était tendue, j'allai le consulter. Et comme il était psychiatre, je pouvais me faire rembourser un certain montant, car ce n'était pas donné. Deux heures de soin équivalaient à peu près au salaire hebdomadaire d'une employée du Tim Horton. Une trentaine de rencontres s'échelonnèrent sur une quinzaine de mois. Il avait le don de me rassurer. Jamais il ne me fit faire un quelconque exercice, ce qui m'étonnait, car cette approche utilisait habituellement une série de techniques pour guérir ou désamorcer des situations à première vue complexes. Sa technique nous rappelait que nos schémas mentaux, notre carte intérieure si on veut, ne correspondent pas toujours à la réalité de notre quotidien et qu'il fallait alors ajuster le mental au réel plutôt que l'inverse. Ce psychiatre semblait très observateur du non-verbal ; mes gestes, ma posture, ma respiration. Il avait une bonne écoute et je sentais la compétence du clinicien et du psychanalyste lors de ses rares interventions. Je serais bien embêté de vous dire ce qu'il faisait. Très calme et posé, il parlait lentement, ce qui forçait à écouter davantage.

La plupart des rencontres avec mon psychiatre (comme d'autres disent mon banquier) portaient sur ma relation amoureuse, mes frustrations, mes doutes ; il ne semblait pas croire que Rose-Hélène fût la femme qu'il me fallait, mais il ne le disait pas directement. Je ne pouvais donc pas prouver qu'il était partial, mais comme le non-verbal influence davantage que le verbal à partir de subtils signaux, il est possible que ses gestes ou silence ou emphase sur une phrase plutôt qu'une autre, que sa posture, son intonation ou autre m'aient incité à aller dans une direction plutôt qu'une autre. Quand je lui en parlai, évidemment il nia.

Puis il partit travailler en Arizona, question climat pour son arthrite et gros sous pour sa tirelire. Il revenait parfois au Québec, mais je ne sentais pas qu'il désirait me revoir ; j'étais un témoin gênant qui le ramenait à l'inefficacité de ses pratiques. J'étais resté un peu amer, car l'espoir que j'avais placé en lui pour atteindre la sérénité dans mon couple n'avait pas porté fruit et je lui en voulais de sa prétention à pouvoir tout guérir. J'aurais bien aimé le piquer un peu en lui disant que sa propre vie ressemblait à une catastrophe et qu'il aurait dû les appliquer à lui-même, ses miracles.

CHAPITRE 20

Vues des anges, les cimes des arbres peut-
être sont des racines, buvant les cieux ;
et dans le sol, les profondes racines d'un
hêtre leur semblent des faîtes silencieux.
RAINER MARIA RILKE

Ce n'est pas un cliché que de parler de la pureté de l'enfant. Un souvenir émouvant, celui de mon fils bien emmailloté que je berçais sur mon cœur et qui s'abandonnait totalement : il sentait bon, ses petites mains s'agrippaient à ma chemise comme à la vie, totalement immergé dans la beauté du monde. C'est ce qu'imaginent les enfants avec qui j'ai parfois connu le bonheur à l'état pur. Comme si je berçais un ange.

Un soir d'Halloween, alors qu'il était encore tout joufflu, je l'avais photographié à côté d'une citrouille dans laquelle on avait découpé un visage, ce qui laissait supposer quelques dents. Il m'avait demandé : « Papa, est-ce que les citrouilles rient ? »

Un jour, désespéré par l'interminable course à obstacles avec les enfants de Rose-Hélène, je m'étais retiré dans le grenier, pleurant comme un veau. Jérôme était venu me rejoindre. Il s'étendit près de moi et essuya mes larmes. C'était la première fois de ma vie que je ressentais une émotion si touchante, si pure, l'amour inconditionnel. Sa peine de me voir dans cet état était transparente comme du cristal et son désir de me réconforter le traversait tout entier. Je le sentais ainsi. Je me suis abandonné à la tendresse de mon fils. Moment merveilleux.

Il aimait la mer, se promener dans l'écume de la vague, bâtir des châteaux de sable, écouter le chant du pluvier siffleur et admirer la parade des hérons aux longues pattes. Il adorait creuser des trous à la marée basse pour y dénicher des coques. Parfois jaillissait de ma part un éclat de rire, qui le faisait rire aussi quand la coque refusait de sortir de son antre, que ses doigts glissaient, qu'il fallait recommencer. Il aimait particulièrement ramasser des huîtres à la pleine lune, clandestinement, puis ensemble nous faisions une petite soupe.

Parfois, il venait se nicher contre moi dans la galance d'Acadie où nous rêvions de lutins et de fées. Souvent, nous allions au cinéma. Ensemble, nous avons à peu près tout vu sur le merveilleux, le fantastique, l'espace. J'aimais voir le monde à travers ses yeux, j'aimais l'émerveillement de l'enfant qui découvre la beauté du moindre brin d'herbe. Cela me faisait un bien considérable de retrouver, à travers Jérôme, l'innocence de mon enfance.

Ma fille Annabelle était plus difficile à apprivoiser, plus farouche. Elle avait du caractère. Pour l'endormir, je lui racontais des histoires de princes, de princesses et de méchants dragons. Des moments de pur délice quand, heureuse, elle s'endormait dans mes bras. J'étais au septième ciel.

Il y eut l'époque des contes amérindiens dont elle raffolait. Elle aimait particulièrement l'histoire du gros ours à qui on avait volé son wampum, son collier de perles. Puis ces perles se transformaient en une série de petits oursons dotés chacun d'un pouvoir. Elle adorait aussi le conte où il n'y avait qu'une saison, l'hiver. Le Grand Manitou avait alors fait un trou dans l'azur pour qu'un peu de ciel arrive en bas avec le cycle des saisons. Venait ensuite l'époque de la forêt enchantée où les animaux se parlaient et où le chat ne chaussait pas des bottes, mais des mocassins enchantés. Puis le corbeau joueur de tours qui, pour se faire pardonner, apportait le feu aux humains.

Mais son histoire préférée et cent fois racontée lorsque nous étions emmitouflés dans la courtepointe évoquait une très ancienne légende mi'kmaque qui circulait sur la panthère des Maritimes ; elle représentait les quatre mondes : terrestre, céleste, aquatique et souterrain. Des Mi'kmaqs pouvaient encore montrer la célèbre fourrure bleutée, mais ces trophées remontaient à plusieurs générations. D'ailleurs, l'intrigante courtepointe de ma grand-mère était illustrée par des félins peints en bleu qui ressemblaient à des panthères. Ou était-ce le produit de mon imagination qui cherchait dans le monde de la fantaisie prétexte à l'évasion ? On racontait que la panthère se cachait depuis l'arrivée des Blancs. Vive comme l'éclair, elle pouvait, disait-on, hypnotiser de ses yeux de braise et avait la faculté de se rendre invisible. La légende ajoutait que quand elle disparaîtrait, la porte de l'Est se fermerait, le soleil serait alors caché et les Mi'kmaqs ne pourraient survivre. Mais alors, me disais-je, comment les Blancs survivront-ils ? Je savais bien que cette histoire de panthère mystérieuse était de l'ordre de la légende, mais rêver me faisait du bien. Annabelle y croyait toutefois, et cela nous procurait encore de merveilleux moments ensemble.

Je me souvenais aussi que souvent quand j'arrivais à la maison, elle courait se jeter dans mes bras. Les petits mots sincères, les dessins, les petits cadeaux de sa part étaient toujours préparés avec grand soin. Elle aimait particulièrement le jour de Pâques pour la chasse aux trésors ; un jeu avec énigme pour trouver les cadeaux. Nous devenions tous des enfants.

CHAPITRE 21

> Maintenant donc tuez tout mâle parmi
> les petits enfants, tuez aussi toute femme
> qui a connu la couche d'un homme,
> mais toutes les jeunes filles qui n'ont pas
> connu la couche d'un homme, laissez-les
> en vie pour vous.
>
> Nombres 31,17

Avec mes responsabilités familiales sans fin, je me sentais de plus en plus pris au piège dans un engagement que je ne pouvais assumer. Ce fut deux ans après notre mariage — j'avais quarante-trois ans — que la vapeur dans la marmite trouva une étrange porte de sortie. Un soir de party, sous l'effet de la drogue, simple marijuana — quoique j'eusse toujours cru qu'elle contenait un autre poison —, je sombrai dans une bouffée délirante paranoïde où je sentis mon cerveau vaciller, perdre pied. Sensation terriblement désagréable. J'avais peur des gens, je croyais qu'ils allaient m'attaquer, me faire du mal. J'avais beau me parler, me raisonner, une partie de moi était constamment en lutte contre l'autre. Des idées parasites m'assaillaient sans crier gare, parfois sans raison apparente et j'avais peur de perdre le contrôle de mon esprit. Je craignais que l'espace d'un instant mon cerveau se détraque, tout comme le moteur le mieux rodé a parfois un raté. Je me promenais sur le pont de la Chaudière, terrorisé à l'idée de me jeter en bas; cela m'arrivait aussi sur les caps de Grande-Anse ou de Caraquet. Quand je déambulais dans le métro de Montréal, surgissait l'image non pas d'être poussé, mais celle où je me jetais devant la locomotive, ce qui fait que je me tenais aussi loin que possible de la rame. Un morceau de vitre sur le trottoir évoquait la crainte de me mutiler sexuellement. Il en était de même avec les rasoirs, les couteaux, les ciseaux. Parfois surgissaient à l'improviste des images de saleté innommable où j'étais empêtré; cela me faisait honte, m'avilissait. Comme j'avais l'imagination fertile — et enfant je m'étais abreuvé des horreurs de l'Ancien Testament —, j'inventais les situations les plus terrifiantes. Pas moyen de savoir d'où venaient ces idées parasites, ni ce qui les déclenchait. À trop lutter pour m'en débarrasser, j'accordais de l'attention à ce que je voulais ignorer et ainsi l'obsession s'incrustait. La nuit, je me réveillais en sueur, le lit ayant comme survécu à une tornade. Sensation horrible où je m'endormais le soir en souhaitant me réveiller le lendemain loin de ce cauchemar.

Cela m'arrivait à n'importe quel moment de la journée. Cela avait un nom: phobie d'impulsion, peur d'avoir une impulsion et d'y céder. Peur de moi-même, finalement. Cela était déjà difficile à supporter quand j'avais ces idées parasites par rapport à moi-même, mais parfois c'était par rapport à l'autre, qu'il soit un étranger ou un être aimé, sans discrimination. La peur de perdre contrôle, de devenir violent, de commettre des gestes complètement dingues ou irréparables, me hantait par moments. Parfois, cela touchait à la sexualité et je craignais soudainement de toucher en public le sein d'une femme ou de lui passer la main entre les cuisses. Je ne me faisais plus confiance; je surveillais mon pilote automatique de peur qu'il ne se détraque. Mon cerveau tournait à vide sous l'emprise de mes obsessions. Je me rendais compte que ces dysfonctionnements revenaient davantage quand ma vie semblait dans un cul-de-sac, sans espoir.

J'enviais les couples apparemment heureux et sans histoire qui se levaient le matin sans avoir à vivre ces horreurs ; leurs préoccupations consistaient plutôt à savoir s'ils allaient changer les fenêtres de la maison ou quand ils auraient assez d'argent pour visiter Venise ou Moscou. Je pensais à mon ami Jean-Luc. Il avait eu quelques épreuves, mais il était bien marié, heureux avec sa petite famille et son travail. Il avait bien sûr une ou deux peurs, dont une phobie des plumes parce que, tout petit, il avait été enfermé par accident dans un ancien poulailler. Cela lui rendait la vie misérable lorsqu'il voyait une plume d'oiseau voleter dans l'air. Ou une perruche qui se déplumait. Une simple phobie qui par thérapie brève s'évapora en quatre sessions. J'aurais bien donné la lune pour me promener avec une petite phobie. Je n'osais même pas lui parler de ma folie, de peur qu'il rie de moi, me prenne en pitié ou me fasse enfermer.

Un collègue en aéronautique me suggéra Jean-Jacques qui l'avait aidé lors de son divorce. Mais il y avait une galaxie entre son problème et le mien. Mon thérapeute, bien gentil, bien connu, sommité universitaire, voyait les clients cinquante-cinq minutes à la chaîne, pas une de plus ; on coupait quasiment la dernière phrase au milieu. Agonie ou pas, il fallait repartir, reprendre l'ascenseur du neuvième et retrouver l'anonymat et la souffrance. S'inspirant de l'approche non directive, il s'agissait, par l'empathie, le reflet, de permettre à l'autre de dérouler son moi dans un climat chaleureux de façon à ce qu'il se reconstruise. Mais mon moi n'était que chaos et mon laboratoire chimique, mon cerveau, était en déséquilibre. Jean-Jacques était sans doute un thérapeute compétent pour ce qui était des problèmes de croissance personnelle et des tracas ordinaires de la vie, mais comme je n'avais pas un rhume, mais une vilaine pneumonie, il me fallait autre chose qu'une oreille empathique. Il n'intervenait jamais autrement que pour reformuler mon vécu, le refléter comme un miroir. Il fallait, disait-il, laisser monter le centre de soi par le focusing, selon les théories de Gendlin; je n'y comprenais rien, mais je m'accrochais à ma bouée. Je gardais en mémoire cette phrase fétiche et savante de ce gourou que je répétais comme un mantra: *Let the river flow*. Je voulais bien, mais elle semblait m'emmener dans des lieux d'apocalypse, entre volcans et tremblements de terre où j'étais en instance de désintégration.

Je tournais en rond avec mon psychologue barbu, d'ailleurs ils l'étaient tous, à se cacher derrière une barbe bien taillée: il devait bien, me disais-je, y avoir une explication freudienne à vouloir se dissimuler derrière la broussaille! En fait, je m'enfonçais de plus en plus dans le bourbier. L'approche dite non directive devenait un dogme qui m'emprisonnait sans aucun outil pour ouvrir la porte de ma cellule, j'étais maintenu globalement dans un cadre qui me retournait constamment ma détresse et mon impuissance.

J'aurais dû avoir une bonne dose de médicaments, mais comme il était plutôt contre, ce qui confortait ma peur des pilules, je n'insistai pas. Finalement, lors d'une séance où j'étais étendu sur le tapis en position fœtale, mûr pour l'asile, il me proposa de rencontrer une psychiatre de ses amis. Mais pour le moment, elle était en vacances. Après pratiquement deux ans de perte de temps, d'argent et d'espoir, me voyant au bord d'une hospitalisation, il s'était finalement rendu à l'évidence.

Rose-Hélène, qui m'avait enduré comme elle avait pu, n'en pouvait plus. Nous en étions à notre septième année ensemble ; je voulais sortir de ma peau et je commençais à prendre en grippe Donald qui nous rendait la vie de plus en plus difficile. J'avais tout pour être heureux avec Jérôme et Annabelle qui étaient de bons enfants, qui réussissaient bien à l'école primaire, qui s'entendaient bien avec Rose-Hélène et ses enfants, mais, mal dans ma peau, j'étais souvent renfrogné, distant et bourru.

Ma folie, symbole de l'étouffement, m'empêchait aussi de partir, car j'avais peur de me retrouver seul, démuni, vulnérable. Et j'aimais Rose-Hélène.

CHAPITRE 22

L'odeur de son sexe — une odeur de mer
et de coquillage, comme si la femme était
sortie des eaux, telle Vénus — se mêlait à
l'odeur de la fourrure et les baisers de…
ANAÏS NIN, *Les petits oiseaux*

Mon couple et ma vie familiale étaient dans l'impasse la plus totale. Je surnageais dans une sorte de délire psychotique à bas bruit, une sorte de torture perpétuelle où seul le plaisir démesuré des sens pouvait me calmer temporairement. Difficile à comprendre pour un non-initié, mais je ne souhaite pas cela à mon pire ennemi. Un cerveau chimiquement déséquilibré qui aurait dû prendre une médication adéquate pour calmer la terreur et la folie.

Mon thérapeute Jean-Jacques nous avait rencontrés — Rose-Hélène et moi — deux ou trois fois ensemble pour tenter de démêler l'écheveau. Cela n'était pas la norme, le thérapeute n'est plus très objectif et le nouveau client n'est pas toujours certain de la soi-disant neutralité de l'autre. J'avais alors fait une pause avec Jean-Jacques. J'avais choisi un autre thérapeute surnommé Bodino ; son petit curriculum était alléchant avec formation en gestalt — l'importance du ressenti, du ici et du maintenant ou, de façon plus terre à terre, de vivre le moment présent, le *carpe diem* pour faire plus cultivé —, sans compter des formations en Europe et ailleurs aussi, jusque dans des déserts, aux balancements des chameaux pour faire plus exotique. C'était la mode des dynamiques de groupe où des gens se réunissaient en cercle sous la férule d'un gourou afin de plonger dans les méandres de leur subconscient. Cela pouvait durer des jours et des nuits pendant lesquels se mélangeaient le soufi, le zen et le bouddhisme aromatisé au *peace and love*... le tout saupoudré de bio-énergie à la Lowen, de psychanalyse jungienne et de gestalt à la Pearls. Ce dernier devin racontait, entre autres, ses orgies à Big Sur en Californie et ses réflexions sur la vie dans son dernier livre, *Une-Poubelle-Vue-Du-Dehors-Et-Du-Dedans.*

J'avais donc faussé compagnie au psychologue Jean-Jacques qui, je l'appris, n'aimait pas mon nouveau magicien, car il le trouvait dangereux et incompétent. Quant à moi, désespéré de ma noirceur et assoiffé de plaisir, je retenais de lui surtout l'aspect ludique. Dans un décor de rêve, tout y passait, y compris des aventures dans un climat de liberté et d'exploration de son petit moi, sans interdits et loin de la réalité, avec des gens en quête d'un certain miracle. Je me demandais parfois durant mes hauts et mes bas si je n'étais pas atteint du syndrome bipolaire. Que d'interdits ont pris le bord sous les verts feuillages près du lac, que de cris juteux se sont perdus dans le cosmos — c'était peut-être cela le message des extraterrestres tant attendu —, que de bouches et de langues se sont glissées dans le nectar et le miel... sur des clitoris ou des glands gorgés de désir, crachant l'écume comme un pulsar marin. Tout y passait, les philosophies et les théories psychologiques les plus diverses, les exercices de dévoilement, les séances de paranormal, les traditions exotiques remontant à la préhistoire, enfin tout pour attirer le voyageur, comme si le pauvre pré de mon village et ses riches coutumes n'avaient pas suffi. J'avais même imaginé que ces séances se tiendraient un jour à l'île Caraquet, avec huîtres et homards en prime.

Puis s'annoncèrent, pour le mois de mai, trois semaines en Grèce, un voyage de noces thérapeutique. À l'instar d'Ulysse, un voyage pour me fuir ou me retrouver, comme la quinzaine de participants, des femmes sans conjoint, un couple hétérosexuel et un mâle seul, moi. Chacun naviguait dans sa quête personnelle, au bord d'un changement majeur — de carrière, de couple — ou pris dans une impasse, tout en espérant une solution grâce à ce voyage d'exotisme et de liberté. Je me tins particulièrement avec un trio féminin, qui disait tout et qui partageait tout. Que pensez-vous qu'il nous arriva après quelques sessions de nombrilisme au son des marées, gavés de mets succulents, de vins capiteux, de danse, de musique et de mythologie ; je fais confiance à votre imagination. Osez, vous serez en deçà de la vérité !

De retour de Grèce, notre couple allait évidemment de plus en plus mal, car Rose-Hélène n'avait pas trop aimé mon escapade. Mes enfants recevaient encore mes cartes postales. Ils étaient contents de me retrouver, mais ils sentaient cette tension diffuse, du moins je l'imaginais. Je fuyais mes émotions, n'étant bien nulle part.

Quant à Rose-Hélène, ce fut un père monoparental rencontré à la garderie qui lui servit de bouée de sauvetage. Je trouvai dans la poubelle des brouillons de lettres qui ressemblaient étrangement aux lettres d'amour éternel qu'elle m'avait écrites. Le ressentiment, la rage me sortaient par le museau. Nous reprîmes, mais de mon côté quelque chose d'irréparable s'était brisé. Je passai de longs moments dans le salon, au coin du feu, à imaginer que je franchissais définitivement cette porte ou encore, lorsque je faisais du vélo, j'imaginais un appareil magique qui me permettrait en pesant sur un bouton de changer instantanément d'espace-temps.

CHAPITRE 23

> On ne connaît que les choses que l'on apprivoise, dit le renard. Les hommes n'ont plus le temps de rien connaître. Ils achètent des choses toutes faites chez les marchands. Mais comme il n'existe pas de marchands d'amis, les hommes n'ont plus d'amis. Si tu veux un ami, apprivoise-moi.
>
> SAINT-EXUPÉRY, *Le petit prince*

Mon cerveau s'envolait dans toutes les directions. Je ne voyais qu'une seule issue, la fuite. Et mes enfants trouvèrent sans le savoir l'alibi temporaire. Ils étaient amis avec un couple de jumeaux, Jeanne et Jacques, originaires de Haute-Aboujagane et ils désiraient les revoir. Ils voulaient aller en vacances dans leur village dont le nom amérindien signifie collier de perles ; c'était d'ailleurs le cadeau déniché au marché d'Ottawa que ma fille voulait offrir à Jeanne. Ils voulaient aussi survoler le ciel de l'Acadie du sud-est et visiter les villes et villages ayant un nom mi'kmaq, mais habités par des Acadiens. Un triangle d'une centaine de kilomètres délimitait à peu près ce territoire. Cela me fit immensément plaisir, car je sentais que leurs racines amérindiennes les interpellaient aussi.

Nous partîmes dans mon petit avion. Mes tracas ne m'empêchaient pas de piloter, au contraire, j'étais encore plus vigilant. À peu près cinq heures de vol. Toutefois, le voyage fut un peu orageux, car autant mes jumeaux pouvaient s'aimer et se suivre à la trace, autant ils pouvaient se chicaner sans fin pour des peccadilles. Enfin, c'était peut-être plus important que je ne le croyais. Jérôme dénigrait le jeune garçon qu'Annabelle trouvait de son goût depuis quelques semaines. J'avais l'impression que pour la première fois de sa vie Jérôme se sentait rejeté par sa sœur qui auparavant lui donnait toute la place. Devant les éclats de voix qui envahissaient le cockpit, je dus intervenir en disant tout simplement ce que je croyais. Jérôme bouda un bon quart d'heure, jusqu'à ce que sa sœur commence à le chatouiller.

Le nuage s'était dissipé quand nous survolâmes la rivière Petitcodiac, qui veut dire « rivière courbée comme un arc », surnommée Le Coude par les premiers Acadiens, car elle en a la forme — ce que l'on voyait du haut des airs à Dieppe-Moncton —, rivière connue jadis pour son splendide mascaret.

Tout près de la pointe rocheuse des Beaumont, je posai mon Cessna Cardinal dans un champ qui servait de petit aéroport. J'avais en tête l'image du Cessna de Marthius Rust qui, en 1987, atterrit à Moscou, sur la place Rouge. Nous allâmes visiter la petite chapelle mi'kmaq avec clocheton dédiée à sainte Anne. Je passai un long moment dans le cimetière amérindien, cherchant en vain les traces des Pominville (nom de famille de ma grand-mère Relique), au point que mes enfants s'impatientèrent. Les vieilles pierres ne les faisaient pas vibrer.

Puis surgit la belle vallée de Memramcook, qui signifie « champ jaune » avec ses champs dorés comme les cheveux du Petit Prince. Les terres ondulaient au gré des vergers en fleurs et des petits fruits, comme une promesse que nous trinquerions aux liqueurs de pommes, framboises et prunes. Les aboiteaux s'éveillaient dans ces marais magiques et cela suscita la curiosité de Jérôme. Je lui expliquai que les premiers Acadiens qui venaient du Poitou et de la Vendée avaient sans doute eu vent des connaissances des Hollandais venus aider leurs ancêtres de France pour l'irrigation des terres. En Acadie de la Nouvelle-Écosse et de certaines régions du Nouveau-Brunswick, pas besoin de défricher des forêts, il s'agissait plutôt d'irriguer les marais à l'aide d'aboiteaux qui consistaient en digues aménagées avec, à certains endroits, un dalot en bois muni d'un clapet qui empêchait les marées d'entrer dans les marais salants tout en permettant l'évacuation des eaux de pluie. Moyen ingénieux qui contribuait ainsi à l'assèchement et au dessalement des prés pour favoriser la culture. Un concept de ces « défricheurs d'eau » qui fascina Jérôme.

Nous reprîmes les airs. À quelques kilomètres au sud, Shemogue, du mi'kmaq *Semogoig* ou *Oosomogwek*, qui signifie « rivière fourchue à cause de deux branches de la rivière » ou « rivière ayant la forme d'une corne ». À croire que les Mi'kmaqs l'avaient vue des airs. Shemogue, bordée par la mer Rouge en raison de la couleur de la terre, Shemogue entourée de noms évocateurs : Tidiche, Cap-Pelé, Robichaud, Tintamarre, Baie-Verte, Jolicœur… On apercevait, s'élevant dans le ciel, le clocher de l'église en bois de Barachois et la fumée des boucanières de Cap-Pelé où l'on préparait le hareng pour les Antilles. J'eus l'occasion de raconter aux enfants les pérégrinations de mes ancêtres amérindiens qui se rendaient en mocassins ou en raquettes jusqu'au fort Beauséjour — qu'on survola. Mes ancêtres amérindiens qui avaient aidé les Acadiens prisonniers à fuir après la chute du fort en creusant un tunnel.

On arriva finalement à Haute-Aboujagane où je pus poser mon appareil. Jeanne et Jacques attendaient impatiemment; mes enfants aussi. Il y eut un bon souper aux fruits de mer bien arrosé, préparé par la famille, un repas accompagné d'échanges et d'anecdotes savoureuses. Cela fit bien rire mes enfants quand la grand-mère parla des bessons, un vieux mot acadien qui signifie jumeaux. Je dormis profondément cette nuit-là, épuisé par toutes ces émotions.

Nous avions comme projet de nous rendre au parc Kouchibouguac — à une centaine de kilomètres au nord — pour camper quelques jours. J'avais loué un «motorisé». Après quelques minutes de route, je donnai une petite leçon d'histoire aux adolescents sur Shédiac ou Chédaïque ou Es-ed-eiik, qui signifie «cours d'eau qui s'enfonce profondément dans les terres», où est sise la ville de Shédiac qui se nommait auparavant La Batture. Le temps était magnifique, la plage accueillante et un bon repas nous attendait dans cette capitale mondiale du homard. J'étais fasciné par la complicité entre mes jumeaux. Parfois, sans se concerter, ils manifestaient le même désir. Souvent, ils ressentaient ce que l'autre ressentait. J'étais fasciné aussi par la complicité entre les couples de jumeaux.

Puis nous arrivâmes à Scoudouc, tout près, qui veut dire «Grandes prairies», qu'on écrit ou qu'on prononce, comme pour tous ces noms amérindiens, de diverses façons: Schoudouc, Squidouc, Squédouc, Shadoue. Je ne sais trop pourquoi, mais Annabelle, qui retombait en enfance, voulait que je lui raconte des histoires. Cela me fit plaisir et, comme la nuit tombait, je lui parlai de cette légende inscrite dans le ciel de Scoudouc: il y avait trois étoiles qui représentaient trois Mi'kmaqs partis un jour en canot en direction de la Grande Ourse et de l'étoile Polaire. Je la taquinai un peu en faisant semblant de remettre la fin à plus tard. Mais elle commença à me chatouiller et à répéter sans relâche mon nom, Victorin, ce qui accéléra il va sans dire le dénouement de l'histoire. «Ils ne seraient jamais arrivés!» lui dis-je en riant.

Le lendemain, nous reprîmes la route, traversant Cocagne qui, en langue amérindienne, signifie «on-retourne-toujours-chez-nous». Difficile d'être plus évocateur pour cette terre d'abondance. Une escale était prévue à Bouctouche. Mes enfants voulaient connaître l'origine du mot. J'étais content de leur apprendre qu'il venait du mi'kmaq *Chebooktoosk* qui veut dire «grand petit havre», à la fois un abri pour les déportés dès 1763 et pour la flotte de pêche. Dans l'ancien temps, il y avait des navires qui venaient d'Europe, ainsi que des goélettes de la Barbade, pour approvisionner la région en mélasse. Quant à mes ancêtres mi'kmaqs, ils allaient partout avec leur grand canot. J'étais heureux non seulement de leur faire connaître leurs racines amérindiennes, mais aussi acadiennes. Nous avions décidé de nous promener sur la majestueuse dune de Bouctouche qui longe la rive sur douze kilomètres. Jérôme et Jacques avaient chacun un petit tambour amérindien pour rythmer nos pas, pendant qu'Annabelle et Jeanne chuchotaient tout bas leurs petit secrets amoureux. Puis on visita le pays de la Sagouine. De bons moments à se faire lire les cartes dans lesquelles l'avenir n'était que bonheur sans fin, à écouter Viola Léger qui nous fit bien rire avec son monologue sur le recensement et l'identité acadienne, pendant que le phare de l'Île-aux-Puces lançait ses cristaux de lumière pour fêter tout simplement la vie.

Trente minutes plus loin, à Richibouctou — là où se trouvait un temps la tribu mi'kmaque la plus puissante des Maritimes —, nous aperçûmes une rivière en feu, car le soleil couchant s'y mirait. Certains prononcent Kitchipogteo, ce qui signifie «le grand feu». Ce fut l'occasion de raconter la légende du trésor des De Grasse. L'ancêtre d'origine espagnole était venu avec la flotte de secours française pour en finir avec le blocus naval anglais qui risquait de faire avorter la révolution américaine. Il était ensuite venu essaimer en Acadie et y enterrer un trésor dans la région de Richibouctou. D'après la légende, on voyait l'or briller quand le soleil se mirait dans l'eau de la rivière!

Lorsque la lune se leva, nous attendait Kouchibouguac, «Grosse rivière par là», rivière aux longues, aux grandes marées, bordée au nord par Escuminac qui signifie «jusqu'ici il y a des graines fruitées». On se leva tôt. Les enfants avaient hâte d'explorer. Jérôme était heureux dans la nature sauvage, tout comme Jacques qui ne tenait plus en place dans ce parc magnifique: lagunes, marais salants, tourbières, bocage fabuleux. Pendant qu'ils partaient à la recherche du balbuzard, l'emblème officiel du parc, j'observai les phoques se prélasser au soleil, tandis qu'Annabelle et Jeanne sillonnaient les dunes criblées de coques.

La nature avait fait un cadeau à Jérôme et Jacques: l'aigle pêcheur s'était montré, tenant un éperlan dans ses serres. Mon animal totem manifestait sa présence. Heureux étaient mes enfants et moi de même au repas du soir. Avec amour, j'avais préparé un bouillon aux coques. Je m'ennuyais de Rose-Hélène. Les prairies à verge d'or murmuraient à une rare orchidée, le papillon colibri dansait avec celui à gorge rouge, et l'étoile de mer écarlate s'amusait avec la fauvette flamboyante. Je sentais monter du sol, du village de Saint-Louis jusqu'à Cap-Lumière, une mélopée amérindienne sauvage et primitive, un chant d'une exquise pureté, bercé à Richibouctou par la rivière en feu qui plongeait ses racines dans un terreau complexe et fertile. La nuit, je rêvais que l'ours noir se gavait de bleuets et de framboises, puis se roulait dans l'argile qui guérit. Mais moi, j'avais beau m'étendre dans les tourbières, je ne guérissais pas et je revenais au chaos dans ma tête en dépit des moments exquis avec mes enfants et de l'harmonie de la nature au parc de Kouchibouguac.

Le lendemain, Jérôme eut un moment de tristesse. Il avait appris l'histoire du parc, les luttes épiques contre l'expropriation comme une seconde déportation et, entre autres, la fin du beau village de Claire-Fontaine. Il avait appris que la ruse du renard roux n'avait pas suffi quand les flèches littorales avaient pleuré, que les rivières Kouchibouguac et Saint-Louis s'étaient retournées dans leur lit. C'est là qu'intervinrent Annabelle et Jeanne. Elles ajoutèrent un commentaire au site internet afin d'évoquer ce drame humain. J'y ajoutai : «On protège le pluvier siffleur, mais où sont les humains des villages du parc pour travailler à la réconciliation et au devoir de mémoire?»

CHAPITRE 24

Il ne reste que la fuite…
HENRI LABORIT, *Éloge de la fuite*

Bien sûr, je ne pouvais pas fuir tout le temps. Le retour fut brutal. Je n'arrivais plus à tolérer le désordre de Rose-Hélène. J'avais beau me dire que cela amplifiait le mien, qui était intérieur, rien n'y faisait. Une fois, je l'avais suivie à la trace pour savoir comment elle pouvait virer une maison à l'envers aussi rapidement. Elle faisait trois choses en même temps : une tarte, le lavage, le lit ; il y avait finalement de la farine partout. Quant à Donald et Xavier, ils ne ramassaient rien et mes enfants pas davantage ; dès le hall d'entrée, il fallait enjamber bottes et manteaux.

Un psychologue, vague connaissance d'amis communs, tenta de me convaincre que mon problème se situait à un niveau plus profond qui était relié à ma difficulté d'engagement, que je ne savais pas qui j'étais et ce que je désirais ; cela ne me dérangeait pas trop à la condition qu'il y ait une solution à l'horizon, mais le chemin qu'il me proposa semblait tellement nébuleux et l'issue était si incertaine par rapport à ma demande initiale que je me sentis découragé à l'idée de devoir naître à nouveau. Après cinq ou six séances, ayant tenté de me convaincre qu'il fallait gratter plus creux dans les tréfonds de mon âme déjà pas mal labourée par les rides de l'existence, je conclus à l'inutilité de cette démarche, d'autant plus que je commençais à sentir poindre une sourde colère contre cette façon de voir les choses.

Un autre psychologue — qui avait loué mes services pour survoler la région de Pontiac — connaissait mes difficultés. Après trois cents thérapies, il avait, disait-il, trouvé la voie royale avec la thérapie de l'abandon corporel — c'est d'ailleurs au cours d'une de ces thérapies qu'il avait, semble-t-il, rencontré la femme de sa vie. Je pris donc rendez-vous. Dès la première rencontre, il y eut un irritant : les tarifs exorbitants. Puis il questionna mes motivations à revenir étant donné que je devais déplacer le rendez-vous suivant pour assister à la confirmation du fils de Rose-Hélène, laquelle me reprochait de ne pas m'impliquer avec sa progéniture. Le gourou croyait que c'était une façon de ne pas m'engager dans la relation thérapeutique. Face à ce fanatique, qui ne semblait pas comprendre que je venais aussi pour un problème de couple qui s'atténuerait si je participais davantage aux activités familiales et que cela n'avait rien à voir avec une fuite de ma part, je mis brusquement fin à cette rencontre.

Un avocat qui partageait avec moi la passion des avions m'avait parlé d'un dénommé Rosky. Il avait publié un livre, *La magie de la catharsis*, s'inspirant de la théorie psychanalytique, voulant que des affects ou actes refoulés qui remontent à la conscience facilitent la guérison. Il avait, semblait-il, trouvé un outil dans cette veine permettant de guérir rapidement phobies, obsessions et autres tourments. C'était un chimiste, je crois, qui venait de découvrir la fontaine de jouvence, la pierre philosophale qui aurait permis de guérir le tout et son contraire.

Il était certainement tombé sur un filon intéressant, mais il appliquait sa technique à toutes les sauces. Dans certains milieux, cette thérapie *fast-food* était la découverte de l'heure. Ce gourou avait-il trouvé, me demandais-je, un raccourci pour accéder à l'inconscient des uns, ou tout simplement aux niveaux de mémoire des autres?

Il devait d'abord s'assurer que je n'avais pas de graines de psychose — il y en avait une qui avait brisé ma vie, finalement —, car il avait été l'objet de poursuites lorsque son truc avait empiré l'état de certains clients. Après une brève entrevue, plutôt froide me sembla-t-il, Rosky me fit regarder un écran où tournait une spirale. Il m'encourageait à me laisser aller. Une image apparut sur l'écran, un peu floue d'abord, puis elle s'imposa: un cobra, la tête dressée comme chez les charmeurs de serpents, ce qui n'était pas bon signe, présumais-je. L'image venait de mon esprit. Elle devait indiquer, me disais-je, un petit fond paranoïaque, une projection de la peur de me faire attaquer ou rejeter, ou encore l'appropriation de cette peur en devenant l'objet menaçant, en l'occurrence le cobra. Une bestiole pas facile à apprivoiser, pour beaucoup de gens. Une déité dans certaines religions.

Ce faiseur de miracles voulait donc qu'un psychologue de ses amis m'administre un test de projection, le Rorschach, afin de s'assurer de l'absence de psychose. Un test conçu au début du XXe siècle par le même Rorschach, un psychiatre suisse. Dans un hôpital psychiatrique, il avait créé une centaine de dessins plus ou moins bizarres, pour finalement n'en garder qu'une dizaine qui semblaient révéler les couches les plus profondes du subconscient. Le client disait ce que représentait une tache différente sur chaque carte. Et il n'y avait pas de bonnes ou de mauvaises réponses. Pas de repères habituels. Embêtant! Je pris rendez-vous. Le psychologue en question, compte tenu de ma bouffée délirante d'antan, ne me montra point les planches du Rorschach et ne m'encouragea pas à poursuivre avec Rosky. Il mentionna que cette technique avait de nombreuses limites. Sage conseil. Dans ma recherche tous azimuts pour trouver la paix de l'esprit, je ressemblais à la personne qui, atteinte d'un spleen incorrigible, se lance dans les sensations fortes et les thérapies pour apaiser son mal. Les thérapies étaient devenues ma drogue.

Puisque j'étais atteint d'un mal incurable du cerveau — comme d'autres ont le Parkinson ou la sclérose en plaques —, cherchant avec l'énergie du désespoir la protéine miracle, ma relation amoureuse avec Rose-Hélène ne tenait plus qu'à un fil. Il y avait de longs moments de rapprochement, puis le *merry-go-round* repartait.

CHAPITRE 25

Le front aux vitres comme font les
veilleurs de chagrin. Je la cherche par-
delà l'attente. Par-delà moi-même. Et je
ne sais plus tant je t'aime lequel de nous
deux est absent.

PAUL ÉLUARD

La rupture eut lieu avec Rose-Hélène. Je dois reconnaître
qu'il aurait fallu un miracle. Je m'en voulais aussi de ne pas
être allé en thérapie de couple ; mais j'avais peur paradoxalement d'avoir à accepter sa charge familiale. La relation était
vouée à l'échec, au-delà de nos infidélités.

Mes enfants, âgés de quatorze ans, avaient de la peine.
Je les privais d'une famille. Ils aimaient Rose-Hélène. Ils
avaient créé des liens avec ses enfants. Mais je n'y pouvais
rien. Je pensais au suicide, j'avais des phobies d'impulsions,
des images surgissaient dans ma tête, par exemple me jeter
avec mon auto sur le premier poteau venu. J'étais fasciné
par ce fil entre la vie et la mort, par la seconde qui précède
le geste irréparable.

La relation avec Rose-Hélène avait quasiment duré dix
ans ; une grande intensité dans le haut comme dans le bas.
Difficile de tourner la page. Je souffrais dans ma petite
chambre louée le temps de me virer de bord. Un mois après
la rupture, toujours pas de sons ni d'images. Il faut dire que

mon répondeur ne fonctionnait plus; je ne pouvais donc savoir si elle avait laissé un message. Je n'avais jamais autant détesté les machines. Rose-Hélène qui avait toujours été là au moindre de mes désirs s'était évaporée. La rupture devenait de plus en plus réelle et me rentrait dans le corps comme un coup de poignard. Un soir, n'en pouvant plus, je décidai d'aller cogner à sa porte. Elle refuserait peut-être de me parler ou alors elle serait d'une neutralité gentille sans plus, ou pire encore elle serait au bras d'un nouveau chevalier.

Dès la porte d'entrée, son regard s'illumina. Elle était contente de me voir. Je lui avais manqué. On s'installa sur la fourrure du foyer, devant le petit feu. Ses enfants dormaient. Annabelle et Jérôme étaient en Acadie chez Exilda et Honoré. Une nuit d'amour, entrecoupée de confidences, de souvenirs heureux, de pleurs, de rires et de caresses sans fin.

Nous avons parlé de tout. Des tourments des dernières semaines, de tendresse, d'amour, de la sensualité qui nous habitait encore l'un face à l'autre, une sensualité qui avait huilé les gonds de porte lorsque les irritants paraissaient insurmontables. Ce qui sans doute avait permis de survivre plus longtemps à un destin inéluctable. Nous évoquions les acrobaties réalisées pour satisfaire nos désirs, ne serait-ce qu'à Paris, dans une salle de bain minuscule, entre la baignoire et le bidet, comment nous avions réussi chaque soir, dans des positions extrêmes, à ne pas réveiller les enfants qui dormaient dans une chambre grande comme ma main.

Même après cette nuit d'amour, le fil était trop faible pour reprendre et pour résoudre le problème que j'avais avec ses enfants; elle le savait. Et je savais qu'elle n'y pouvait rien. Mais j'insistai. La rencontre qui eut lieu le lendemain soir montra bien qu'un ressort s'était irrémédiablement brisé. Le rêve de la nuit me retrouva en train de la chercher partout dans une maison vide, jusque dans les garde-robes. Éloquent.

Le vertige me prenait à l'idée de reprendre mon chemin seul, de recommencer. Rose-Hélène avait teinté ma vie de belles couleurs vives ; du noir et du gris aussi. Malgré tout, je m'étais attaché à Xavier, un petit génie aux échecs. Quant à Donald, je ne lui en voulais pas ; il était attachant et attaché à moi. Mais je n'avais pas la patience qu'il fallait. Surgissait l'hydre à sept têtes de la culpabilité, de la honte surtout. Il me fallait parler avec mes amis… J'avais le cœur cassé.

Annabelle, ma fille, vivait sa peine face à la rupture en m'en parlant constamment, en évoquant les beaux moments, alors que Jérôme entrait dans sa coquille. Ils se consolèrent un peu, puisque Exilda et Honoré vinrent habiter avec nous dans la maison à l'ombre des grands pins. Cela me soulagea.

CHAPITRE 26

On n'a plus beaucoup de musique en soi
pour faire danser la vie, voilà.

LOUIS-FERDINAND CÉLINE,
Voyage au bout de la nuit

Annabelle était née la première — de quelques minutes —
et elle fonçait dans la vie comme un train à grande vitesse.
Elle était femme maintenant et ne venait plus comme avant
se coller sur son père ni, bien sûr, se faire bercer. Moi aussi,
je ressentais une certaine gêne, ne sachant trop comment
redéfinir notre nouvelle intimité. Avant, elle me contait tout,
là, elle ne me disait plus rien à part sa passion pour l'informatique qu'elle partageait avec moi. Sujet neutre, si l'on
peut dire.

Quant à Jérôme, il était plus introverti mais plus rési-
lient ; c'était un adepte de la nature, de la forêt, comme mon
grand-père maternel et mes ancêtres mi'kmaqs. Lui non plus
ne me parlait plus comme avant. Nous nous rejoignions
encore lorsque nous marchions en forêt et lorsque nous
jouions aux échecs.

La première vague passée, je me rendis compte que
Jérôme et Annabelle me tenaient responsable de la rupture
avec Rose-Hélène. C'en était trop ; leur peine décuplait la
mienne. Rose-Hélène me manquait terriblement, davantage
car elle n'était plus accessible. J'avais pris la décision de la

reconquérir. Mais l'arrimage était complexe. Rose-Hélène me répétait que la rupture était définitive, mais je n'y croyais pas, je me disais qu'elle cherchait ainsi à se protéger mais qu'elle m'aimait toujours.

Je revis Bodino. Rien de particulier dans ma thérapie, si ce n'était le bruit de la tirelire du thérapeute et le cul-de-sac dans lequel je me retrouvais. Pour entrer dans ce bureau, il fallait utiliser un code que j'oubliais tout le temps — un beau lapsus et la solution à mon problème était sous le verrou —, puis je faisais face à une assistante administrative, froide comme un glaçon de l'Antarctique, qui ne savait pas dire bonjour. Mon gourou trônait sur une sorte de chaise sur laquelle il appuyait les genoux pour soulager son mal de dos. Je ne retrouvais plus le gai luron des voyages de noces de la psychologie. En peu de temps, il était devenu quelqu'un d'autre, sérieux et rangé depuis sa lune de miel avec une psychanalyste alsacienne. Lui même ne jurait que par le silence ou l'interprétation. Sauf la fois où il me reprocha mon retard alors que, pris dans un embouteillage, je m'étais quasiment tué pour respecter l'horaire.

Au lieu de secourir la partie saine en moi qui cherchait à faire son deuil, mon gourou avait encouragé mon mouvement de reconquête en me disant que l'amour était semé d'embûches et qu'il fallait travailler fort. Devenu apprenti psychanalyste, je le soupçonnais d'être plus catholique que le pape. Je ne savais trop ce qui se passait, mais il me décapait couche après couche ; mes mécanismes de défense devenaient poreux. Je n'avais jamais compris l'expression « réducteur de tête », mais là j'avais vraiment l'impression que mon cerveau rapetissait, ou en tout cas, si j'avais eu à nommer cet état, je serais probablement arrivé à cette description. C'est ainsi qu'on comprend l'universalité de certaines métaphores poétiques. Comme nuit blanche ou grasse matinée. Il aurait dû savoir que, ayant eu une bouffée délirante sous l'effet de la drogue, je n'étais pas un candidat pour ce genre de thérapie. D'autant plus que mon délire psychotique d'antan avait attaqué la fondation que j'avais tant bien que mal rafistolée. Je n'avais plus la même résistance. J'étais fragile. Je dérapais en même temps que la relation.

Ma dépression s'annonça par des troubles du sommeil sur lesquels je n'avais aucune emprise. J'étais devenu le roi des tisanes. Ce manque de sommeil, ou ce sommeil non réparateur, m'amenait tranquillement vers le monde des zombis et je m'enfonçais peu à peu dans la dépression profonde et la mélancolie. Le soir, je prenais un cachet d'Ativan, parfois j'alternais avec un autre anxiolytique, le Serax. Je dormais alors quelques heures de plus. Ou je prenais carrément un somnifère, l'Imovan, qui me laissait un goût de métal dans la bouche. J'étais inquiet de devoir passer un examen qui m'interdirait de piloter et d'être alors incapable de payer mes factures.

Le matin, je n'avais ni l'énergie ni le goût de me lever. Je pleurais souvent. Un ami psychiatre, d'origine haïtienne, me prescrivit finalement un antidépresseur, le Désyrel, un médicament de l'ancienne génération mais qui avait aussi des effets soporifiques. Il fallait attendre deux ou trois semaines avant que cela agisse. Les premiers jours, je me sentais surexcité et l'ajustement de la posologie prit un certain temps. Je prenais aussi du Rivotril (pour remplacer l'Imovan qui avait un effet d'accoutumance), ce qui aidait à diminuer l'angoisse et prédisposer au sommeil. La nuit, mon lit devenait un sauna. Au moins, plus d'insomnie. Je n'avais jamais autant rêvé. J'avais l'impression que mon cerveau était un réservoir inépuisable de films. Défilaient les scènes de mon enfance tout enchevêtrées, souvent déformées, une tentative pour refaire la configuration du disque dur, je crois. Je me souvenais avoir entendu à la radio le témoignage d'un patient à qui on avait administré des électrochocs pour le sortir d'une dépression profonde. Il racontait que des souvenirs extrêmement vivaces remontaient alors.

Le Désyrel me faisait bander comme un taureau, un des effets secondaires, et je me réveillais la nuit avec une gigantesque érection. C'était presque du priapisme — mot inspiré par le dieu Priape qui avait un phallus énorme et une érection quasi permanente —, ce qui arrivait parfois dans des cas extrêmes. C'est très dangereux, car après quelques heures les tissus s'épuisent, meurent et adieu à la moindre érection. J'étais vaguement inquiet et souhaitais ne pas faire partie des statistiques malheureuses.

Je lisais beaucoup sur la dépression. En de rares situations, la médication n'agissait pas et la personne continuait à rester prostrée dans son coin. Même dans ces cas extrêmes, les électrochocs, la dernière solution, n'étaient pas toujours efficaces. Je savais que des recherches expérimentales parlaient d'un genre de stimulateur, comme un régulateur cardiaque, qui envoyait des ondes dans certaines zones du cerveau ; la personne renaissait à nouveau au soleil. Comment ne pas voir le cerveau comme un laboratoire où se mêlaient la biologie, la chimie et les ondes électromagnétiques ? Un léger déséquilibre dans cette triade et hop ! on ne se sentait pas bien ou on devenait euphorique. Mais je ne faisais pas encore partie des cas désespérés, les médicaments faisaient effet. Il y avait de fugaces moments de joie, et les phobies d'impulsion, de même que les idées terrifiantes, commençaient à s'évaporer dans la stratosphère.

Sans cela, j'aurais sombré dans un coin, sans même trouver l'énergie pour bouger le petit doigt. Toutefois, mon ami psychiatre était préoccupé par mon état mental, car il trouvait que j'avais la formule idéale pour alimenter ma dépendance affective de même que ma maladie. Il me demandait avec de plus en plus d'insistance de ne plus revoir Rose-Hélène. De ne plus aller gratter à sa porte pour un regard, une étreinte ou parfois davantage. Le psychiatre me disait que c'était aussi très difficile pour Rose-Hélène, qui souffrait de ne pouvoir retrouver l'amour d'antan. Elle ne reviendrait pas, le fil était cassé, la magie évaporée, et je le savais. Mais autant demander à un noyé d'abandonner le bois d'épave qu'il serre tellement fort que ses ongles s'y incrustent. J'étais aussi dans la même situation que les esclaves du casino. Ils espèrent inlassablement ce gros lot qui se dérobera toujours. Rose-Hélène me gardait encore au bout de sa ligne à pêche ou plutôt je mordais à son hameçon. Après de grands tourments, j'étais propulsé vers des sommets vertigineux lorsqu'elle succombait à la tendresse ou au désir. Et je savais qu'après une telle intensité les autres femmes m'apparaîtraient aussi insipides que du gruau sans sucre.

Je lisais beaucoup. J'avais terminé *Voyage au bout de la nuit*, mais je n'avais pas assez de musique dans le cœur pour faire danser la vie. Lors de l'absence prolongée de mon psychiatre, Bodino, inquiet de me voir sombrer, me fit rencontrer son médecin personnel qui, me disait-il, était un grand connaisseur des psychotropes. Il me proposa de changer mon antidépresseur pour le Serzone, ce que je fis. Mais dans le corridor de la transition, c'est-à-dire la diminution de l'un et

l'augmentation de l'autre, j'eus des étourdissements impor-
tants et je me sentis terriblement mal dans ma peau. Je dus
revenir au Désyrel. J'appris plus tard que le Serzone avait été
retiré du marché, car il pouvait causer des dommages au foie.
Décidément, ce Bodino n'était pas bon pour moi. Il me mit
toutefois en contact avec un psychiatre de ses amis qui tenta
de me rassurer. Je dus passer comme tout le monde par le
dossier public, ce qui, je l'avoue ici, ne figure pas dans mon
curriculum vitæ.

CHAPITRE 27

Et Yahveh dit : Il n'est pas bon que
l'homme soit seul, je lui ferai une aide
semblable à lui.

Genèse 2,18

Mes douleurs dans le bas du corps étaient revenues après une dizaine d'années de presque totale hibernation. Comme si le dragon crachant le feu était caché dans une grotte et attendait son heure. Je n'étais pas sans me rendre compte que j'avais une prostatite chronique — ce qui en soi est un calvaire — pour laquelle les urologues se sentaient impuissants. Il y avait celle causée par des bactéries non vénériennes, difficiles à traiter, et les autres sans bactéries évidentes, même si certains urologues soupçonnaient leur existence. D'autres croyaient que sous certaines conditions des bactéries qui existent dans le corps en quantité industrielle se réveillaient et causaient l'inflammation, donc la douleur. Comme on ne trouvait jamais d'entité invisible et que la douleur ne se manifestait à peu près pas quand j'étais en relation amoureuse et que ça allait bien, il me fallait admettre que mon cerveau avait pris l'habitude d'activer l'inflammation quand je ne faisais plus partie du circuit normal de la vie. Comme le dit si bien la Bible : « Il n'est pas bon que l'homme soit seul. » Ainsi, la gonorrhée d'antan avait créé dans ma tête une sorte de stress post-traumatique marinant dans la honte, qui déclenchait la douleur à certaines occasions. Comme la douleur fantôme, qui est, paraît-il, ressentie après l'amputation d'un membre. Sauf que je n'avais perdu ni bras ni jambe et que ma maladie témoignait d'un terrain fragile, physiologiquement parlant, souvent activé par des raisons psychiques. Je n'étais pas loin de l'invention du nœud gordien.

Ma situation était déjà suffisamment compliquée avec un problème physiologique apparemment insoluble, digne d'un roman infernal, il fallait encore que je sois détenteur d'un second problème insoluble (sauf avec médicaments pour calfeutrer), c'est-à-dire les éléments de psychose, de chaos, de phobies d'impulsion et de dépression qui flottaient dans ma mare à canards. Je me disais alors que les deux problèmes étaient reliés, mais la somme de deux problèmes chroniques ne pouvait donner qu'un plus gros problème sans issue. Comment m'en sortir? Je me sentais comme le bipolaire sans lithium, le schizophrène sans antipsychotique, le diabétique sans insuline. Mais mon cerveau refusait de croire que le mot impossible était français, que l'espoir n'était pas quelque part. En fait, mon énigme ressemblait à une triade interreliée: prostatite, déséquilibre chimique du cerveau, carence dans mes relations féminines. La réponse était simple: il fallait tomber amoureux de la bonne personne et le rester. Simple, en effet! En fait, il aurait été plus simple de tomber en amour avec moi, mais je n'étais pas rendu là.

CHAPITRE 28

Les plus désespérés sont les chants les plus beaux
Et j'en sais d'immortels qui sont de purs sanglots.
ALFRED DE MUSSET

La psychiatre Léona — celle que m'avait recommandée le thérapeute Jean-Jacques, mais qui n'avait pu me voir en raison de ses vacances — avait pris le relais de mon ami haïtien qui prolongeait son séjour en Haïti et qui au fond ne voulait plus mélanger amitié et soins professionnels. Léona était d'une grande compréhension et d'une immense gentillesse. En raison de mes obsessions récurrentes, elle avait changé le Désyrel pour l'Anafranil — un médicament de l'ancienne génération — dont je devais augmenter la dose chaque semaine jusqu'à atteindre celle d'un éléphant. Ce médicament agissait sur la dépression, mais aussi sur les obsessions et les phobies d'impulsion. Elle croyait que, compte tenu de ce qu'elle connaissait de moi, je pourrais tolérer des doses élevées. Je partis donc pour l'Acadie en juillet, confiant qu'il y avait là une solution. Sur l'autoroute survint un besoin pressant, une diarrhée monumentale causée par les médicaments. Dans l'énervement, je perdis mon portefeuille et ne pus le retrouver ; il ne me restait qu'à continuer ma route en souhaitant ne pas rencontrer de policiers. Sans papiers, sans le sou et pas très bien dans ma tête.

Je m'étais installé dans ma maison de Pokeshaw que je prêtais à Honoré et Exilda lorsqu'ils venaient en Acadie avec les enfants. Les souvenirs m'envahissaient, surtout dans mes rêves où surgissait Éléonore habillée dans son costume de première communion, Éléonore que je confondais avec Annabelle, ou encore je voyais Jérôme en train de plonger du grand quai alors que c'était plutôt moi. J'en étais rendu à une quinzaine de pilules par jour. Je ressentais des symptômes étranges et l'inflammation de l'urètre augmentait de pair avec la douleur qui me rendait fou. Sans oublier tous les scénarios d'eunuque que j'imaginais. J'étais très inquiet, j'avais peur de me chavirer et de me jeter en bas du cap. Je hurlais ma détresse dans la forêt par des nuits sans lune. J'étais vraiment seul, en fait, je ne voulais voir personne dans cet état. Même pas mes amis Jean-Luc et Fabiola qui, de toute façon, étaient absents, partis en expédition sur la rivière Ristigouche.

Une seule bonne nouvelle. Mon portefeuille m'avait été posté à mon adresse de l'Outaouais et Exilda s'était chargée de me communiquer la bonne nouvelle. Il y a beaucoup plus de bons Samaritains qu'on pense. J'étais bien soulagé, car je n'avais pas l'énergie pour renouveler toutes mes cartes : permis de conduire, carte d'assurance maladie, cartes de crédit…

Je téléphonais souvent aux enfants mais je leur cachais mon cauchemar. Je cherchais plutôt à les consoler du départ de Rose-Hélène. Je sentais que peu à peu ils tournaient la page. Mais comme ma douleur dans le bas du corps devenait insupportable, je revins dans l'Outaouais pour passer sur la table d'un urologue indien. L'effet du Démérol me faisait naviguer dans l'euphorie. Pas pour longtemps, je le savais trop bien. Sous anesthésie générale, le spécialiste fit une dilatation de l'urètre. Au moins, le cancer ne cognait pas à ma porte. De toute façon, j'imaginais déjà bien pire. Je me voyais comme un lépreux en phase terminale ou atteint du sida. Étant donné l'état de l'inflammation, le médecin m'avait avoué qu'il aurait enlevé ledit organe si j'avais été plus âgé. J'en frissonne encore. Plus tard, j'eus une explication sur l'inflammation épouvantable qui me brûlait. La quantité astronomique d'Anafranil dont je me gavais bloquait les mécanismes d'éjaculation, engorgeant les organes génitaux. Impossible d'éjaculer à moins de m'acharner comme un obsédé.

Plusieurs urologues préconisaient une activité sexuelle régulière pour bien activer la glande. D'autres parlaient d'abstinence. En même temps, trop de sexe semblait augmenter l'inflammation. Trop c'était comme pas assez! Pas facile d'orchestrer cela avec spontanéité. Mes douleurs diminuaient ou augmentaient parfois après la masturbation; difficile à prévoir. Mais seulement le lendemain, comme si l'organisme prenait son temps pour cogiter. La masturbation, même comme mesure d'hygiène, devenait pénible. Ce qui aurait pu me procurer quelques moments de plaisir devenait, dans mon cas, source de douleur. Comme dans la Bible, j'étais puni par où j'avais péché.

Le matin, je m'éveillais avec le phallus dressé comme un mât de goélette. Et pour un temps, je devins obsédé par mes érections. Pourtant, elles étaient fidèles au rendez-vous, toujours prêtes comme le scout en moi. Je faisais des tests avec les films pornos pour voir si l'érection et le jet resteraient satisfaisants; j'avais besoin — ou du moins je le croyais — de sensations fortes pour livrer la marchandise, tentant de me convaincre que le désir accentué par l'image allait lubrifier les conduits et aider à la guérison. Je devenais mon propre sujet d'études.

Mais, bonne nouvelle, j'avais parlé à mes enfants de mes misères. Ils s'étaient rapprochés de moi. Ils étaient inquiets de me voir prendre tant de pilules. Comme je ne voulais pas carburer éternellement à ces médicaments — qui en plus exacerbaient mes douleurs —, l'Anafranil avait subitement pris le chemin de la cuvette. Le sevrage fut terrible, car je ne suivis pas le protocole d'une diminution graduelle, et ma tête recommença à pédaler comme un vélo anarchique. Je me rendais compte que la peur était toujours restée tapie au fond de moi. Ma tête était souvent prise dans un tourbillon de pensées désordonnées ; j'avais l'impression de perdre le contrôle, de me désintégrer. Sensation atroce. Certains étaient hantés par des voix, d'autres par des images, moi j'avais mal aux idées. Toute ma vie serait-elle sous l'influence de cette partie malade, avec par moments pensées et obsessions bizarres ? L'alcool, le sexe, les voyages, l'aventure deviendraient-ils une façon de me calmer, d'oublier ?

Mais que s'était-il passé ? Mon père aimait ma mère profondément. *Idem* pour ma mère. Ils attendaient, dans l'amour, un fils. J'étais venu au monde, attendu, désiré. Pourquoi ma vie avait-elle dérapé ? Pourtant, je n'avais pas vécu de sévices ni d'abus dans ma petite enfance. Bien sûr, la belle-famille acceptait mal ma mère en raison de ses origines amérindiennes — sans réaliser l'influence autochtone de la lignée paternelle, les d'Amour. Bien sûr, on me criait des noms durant l'enfance. Les épisodes de quolibets (« les grandes caneçons ») et de harcèlements à l'école m'avaient-ils marqué à ce point ? La vie était sévère, la religion, bourrée d'interdits, mais j'avais des parents qui m'aimaient. Alors quoi? Mes terreurs étaient-elles rattachées à l'Ancien Testament que je prenais au pied de la lettre? Cette explication en valait bien une autre. Ma vie avait pris le fossé; il fallait faire avec. Je n'étais plus dans le pourquoi, les causes sans fin, mais dans l'ici et le maintenant, le comment arriver à un avenir serein. Ce serait ma quête pour des décennies.

Je finis par lâcher prise sur mon amour évaporé avec Rose-Hélène, mais combien de fois me suis-je surpris à arpenter la forêt environnante dans le désarroi le plus total, à hurler après mon ange gardien qui ne répondait pas. Cela prit deux ans avant que je remonte sérieusement la pente. Comme toutes mes grandes peines d'amour, celle avec Rose-Hélène fut terriblement longue à guérir. Comme si j'étais en sevrage de drogue.

J'avançais dans la mesure où je ne pouvais plus reculer. Finalement, le feu, la douleur au bas du corps se calma. Et mes jumeaux témoins de ma peine avaient cessé de m'en vouloir. Je sentais qu'ils m'aimaient. Et qu'ils se faisaient du souci pour leur père.

CHAPITRE 29

Ils continuèrent de marcher en s'entrete-
nant, et voici qu'un char de feu les sépara
l'un de l'autre, et Élie monta au ciel dans
un tourbillon.

Deuxième livre des Rois 2,11

Avec Jérôme et Annabelle, les discussions à table tournaient autour de la magie, des animaux mythiques, des
civilisations disparues et des prophéties sur l'avenir de l'humanité qui n'avaient rien de bien réjouissant. Même Merlin
l'enchanteur s'en était mêlé et, un jour, Jérôme arriva avec
son livre de prophéties. Ces échanges demeuraient une façon
agréable de me rapprocher de mes enfants et de connaître
leur monde d'adolescent. Pour jouer le jeu, nous avons
cherché un endroit où nous réfugier en cas de catastrophes.
Certainement pas près de zones côtières! Nous avons pensé
à la plus haute montagne du Nouveau-Brunswick, le mont
Carleton. Ou au Québec dans la région du mont Tremblant.
Mon fils avait une idée plutôt originale, une sorte d'arche de
Noé en forme d'œuf, insubmersible, qui contiendrait un kit
de survie pour un mois. L'idée lui était venue en regardant
une invention acadienne, l'Ovatek, qui servait de canot de
sauvetage et qui avait justement la forme d'un œuf.

Annabelle avait toujours un élément nouveau à me
montrer. Quand ce n'était pas sur le calendrier maya qui

s'arrêtait en 2012, cela avait trait aux textes du passé qui semblaient parler des extraterrestres. Il y avait les textes bibliques racontant la montée du prophète Élie au ciel. Pour Annabelle, cela ne pouvait être que dans une fusée ou une soucoupe volante. Et d'où venait le feu du ciel qui avait soufflé Sodome et Gomorrhe et changé Lot en statue de sel ? Il y avait encore des textes sacrés hindous qui parlaient d'objets volants crachant le feu. Les villes devenaient cendres, les rivières, toxiques, les gens mouraient en perdant leurs cheveux. Comment, argumentait ma fille, ne pas y voir le feu nucléaire et la radioactivité ? Comment ne pas y voir la présence d'une technologie avancée ? Ce qui expliquait l'émergence rapide des Mayas — et aussi des Égyptiens — qui avaient eu accès, selon elle, à une connaissance particulière, peut-être les derniers survivants atlantes qui, selon la légende, auraient fui leur pays détruit en raison d'une mauvaise utilisation des pouvoirs du cristal.

Mon fils, quant à lui, parlait de tous ces animaux mythiques, la licorne, les dragons et le Yéti. Souvent on trouvait dans l'Himalaya des traces de pas étranges et des paysans témoignaient de ce grand singe intelligent ; mais pas de trace d'ADN. Jérôme — qui voulait un jour aménager les forêts comme on cultive un jardin — ratissait les lieux sauvages des alentours, parlait aux chasseurs et correspondait avec des chamans amérindiens à la recherche d'indices sur la légendaire panthère à sept griffes des Maritimes. Panthère qu'on pouvait voir avec un peu d'imagination sur la courtepointe mi'kmaque de l'héritage maternel.

Pour un temps, les rencontres familiales portèrent exclusivement sur les catastrophes appréhendées. Je nommais cela nos séances de fin du monde. S'y joignaient parfois Exilda et Honoré. Ce dernier avait fait ses classes. Il nous ramena soixante millions d'années en arrière, alors qu'une météorite avait heurté la péninsule du Yucatán; l'équivalent de dix mille fois tous les arsenaux nucléaires. Certains attribuaient la fin des dinosaures à cet astéroïde. J'en avais entendu vaguement parler. Plusieurs affirmaient qu'une éruption volcanique intense avait projeté dans le ciel une couche de poussière provoquant ainsi une pluie torrentielle. Chaque mythologie ne témoignait-elle pas d'un déluge avec une poignée de survivants? indiquait Annabelle. Et Jérôme avait son mot à dire concernant les Amérindiens du Canada qui, avec quelques justes comme Noé, se sauvèrent dans un immense canot en attendant le jour où reviendrait le paradis terrestre avec orignaux superbes et ses framboises juteuses.

Entre deux plongeons dans la piscine, Annabelle évoquait l'influence des grands courants océaniques générés par les eaux froides qui viendraient en contact avec les courants tropicaux. La mer deviendrait stagnante; la vie s'étiolerait peu à peu. Comme je voulais impressionner ma fille, je fis étalage de statistiques pour montrer qu'un dérapage dans le mouvement des astres pouvait arriver avec cette mécanique céleste qui allait à toute vitesse. En effet, la Terre tourne sur elle-même à 1 200 km/h, autour du soleil à 108 000 km/h, et notre système solaire tourne autour de la Voie lactée à 900 000 km/h. Mais cela tournait trop vite pour Jérôme qui n'était pas, ce jour-là, en mode catastrophe; il voulait plutôt me donner une raclée aux échecs. Depuis peu, je n'arrivais plus à le battre et mon orgueil en prenait un coup.

Mais cette fois-ci, j'avais réussi à piéger sa reine. Il se tortillait sur sa chaise, appréhendant la défaite. Mais Annabelle, toujours branchée sur la fin du monde, ne me lâchait pas.

Elle parlait du champ magnétique terrestre qui nous protège des rayons dangereux de l'Univers et de ceux du Soleil, disait que sans cet écran de protection toute vie sur terre et dans les océans serait anéantie. Je fus absorbé un moment par son discours et Jérôme en profita pour me tendre un piège. J'étais échec et mat. En plus, il me narguait ; je lui aurais tordu le cou. Son désir de me battre aux échecs était bien légitime, mais depuis peu il était distant avec moi et laissait poindre une sourde colère.

Je décidai de l'inviter à une promenade en forêt. Je voulais lui parler.

— Je sens que tu as des frustrations envers moi. Je ne suis pas assez présent dans vos vies ?

Au début il nia, puis admit finalement, la larme à l'œil, que c'était vrai.

— On s'ennuie de toi, papa. Tu es souvent parti.

Sa peine expliquait son agressivité. Je n'étais pourtant pas moins présent qu'avant, mais depuis le départ de Rose-Hélène, la configuration familiale avait changé et il ressentait davantage mon absence.

— Je suis content que tu me parles. Nous allons passer plus de temps ensemble. À l'avenir, tu me diras ce qui te chicote.

— Promis, papou, petit nom affectueux dont il m'affublait quand il était content.

Je le serrai dans mes bras ; c'était bon.

C'était bien différent avec Annabelle. Ce qui était un jeu commençait à m'inquiéter, car elle semblait de plus en plus obsédée par la fin du monde. Elle avait développé la crainte que s'effondre le système informatique de la planète. Elle me parlait de la prochaine tempête solaire qui serait d'une violence inouïe et qui pourrait griller tous les circuits électroniques de la planète, scénario probable si le champ magnétique était affaibli. Tous les systèmes contrôlés par des ordinateurs tomberaient alors en panne ; les réacteurs nucléaires se mettraient à chauffer, puis exploseraient.

— C'est prévu pour quand ? lui demandai-je.

— Chaque pic de tempête arrive à tous les onze ans. En 1989, le réseau de transport d'Hydro-Québec a été endommagé par une tempête solaire. Celle de 2011-2012 devrait être terrible.

— Mon ange, cela nous donne du temps. Puis rien n'est sûr avec ces prédictions.

Mais je n'arrivais pas à la rassurer. Elle mangeait de moins en moins, une forme d'anorexie. Jérôme m'en avait parlé ; il avait la sensibilité des jumeaux et il ressentait les inquiétudes d'Annabelle. Il me confia qu'elle pleurait souvent en pensant à Rose-Hélène et qu'elle s'ennuyait de Xavier, mais surtout de Donald qu'elle avait pris sous son aile.

Une nuit d'insomnie, j'aperçus de la lumière sous sa porte. Échevelée, les yeux cernés, elle me montra le texte de l'Apocalypse selon saint Jean — les descriptions les plus horribles de toutes — qui disait que le conflit partirait du Moyen-Orient et que le monde disparaîtrait dans le soufre et le feu. Elle agitait frénétiquement le texte biblique : « Je vis l'agneau ouvrir le sixième sceau, et il y eut alors un grand tremblement de terre. Le soleil devint noir comme un sac de crin ; la lune entière devint comme du sang ; les étoiles du ciel tombèrent sur la terre comme un figuier précipite au sol ses fruits encore verts quand il est secoué par un vent violent. Le ciel se retira comme un livre qu'on roule ; toutes les montagnes et toutes les îles furent arrachées de leur place. »

En plus, elle avait couvert un mur de photos de volcans et voulait absolument me montrer des images sur son ordinateur. Je sentais ma fille prête à craquer.

— Il y a les super-volcans, nommés caldera, cent fois plus redoutables qu'un volcan ordinaire. Le dernier a explosé il y a soixante-quatorze mille ans en Indonésie; la terre fut recouverte d'un nuage de poussière. Peu d'organismes ont survécu. Et regarde ce que dit l'ordinateur: depuis quelques années, le fond du lac Yellowstone qui surplombe le caldera s'est soulevé d'une trentaine de mètres sous la pression du magma; ce volcan aura une capacité de cracher sous haute pression un magma de lave qui pourrait obscurcir le soleil pendant des mois, la température chutera et l'agriculture deviendra impraticable.

Elle tremblait et se mit à pleurer. Je la pris dans mes bras. Elle blottit sa tête contre mon épaule comme la petite fille que j'avais bercée souvent. Après un temps, elle se calma.

— Ma chérie, je suis inquiet pour toi. Il faut que tu arrêtes de passer tes nuits sur l'ordinateur. Tu nourris ta peur, ton obsession.

— Je sais, papa, mais c'est plus fort que moi.

Je réussis à la convaincre cette nuit-là de voir une thérapeute pour adolescents, une spécialiste des angoisses et des dépressions.

Je connaissais une femme extraordinaire, une vraie grand-maman, qui, je l'espérais, pourrait aider ma fille davantage que tous les thérapeutes que je collectionnais.

CHAPITRE 30

Ses yeux, qui sont les yeux d'un ange,
savent pourtant, sans y penser, éveiller le
désir étrange d'un immatériel baiser.

PAUL VERLAINE

Une énigme revenait souvent en thérapie. Comprendre cette attirance pour la femme mince, élancée, qui me prenait dans ses mailles à chaque dandinement. Bien sûr, tous les hommes ou presque sont titillés par ces sirènes, mais plusieurs sont attirés aussi par les grassouillettes, les corpulentes, les bien enveloppées. Pas moi. Et plus souvent qu'autrement, mes reines de beauté se révélaient être des femmes complexes et compliquées, pas bonnes pour moi. Des femmes très coquettes, séductrices, difficilement accessibles. J'avais beau me le répéter, mon cerveau reptilien restait insensible aux tourments de mon cerveau raisonnable et continuait à produire des hormones de désir qui m'asservissaient. J'étais constamment en conflit avec mes cerveaux, entre autres celui entre les deux jambes qui contredisait constamment celui qui voulait m'apprendre la sagesse et mesurer le risque.

Les premières années de ma vie s'étaient déroulées entouré de trois femmes : ma mère, ma grand-mère paternelle et la sœur de mon père, Éva. Toutes trois étaient minces, élancées, un teint bronzé, des yeux noirs ou bruns. Bien sûr, avec l'âge, la croupe callipyge de ma grand-mère avait pris d'autres formes. Ma tante Éva, femme chaleureuse, séductrice et très talentueuse, aurait aimé devenir actrice… à Hollywood. Mais la marche était trop haute. J'étais témoin de ses ébats amoureux par la grille du système de chauffage du grenier. Quand son mari arrivait de la pêche après une semaine en mer, le lit se disloquait quasiment. Je me disais que mes liens affectifs forts avec Éva et mes premiers émois sexuels avaient enclenché une libido forte. En plus — et sans pouvoir le prouver —, j'avais l'impression de descendre, côté paternel, d'une lignée de chauds lapins. Une vieille tante m'avait confié que pendant longtemps elle avait fait l'amour chaque jour et que, veuve à quatre-vingt-cinq ans, elle se languissait encore.

Mon père, qui aimait profondément ma mère, passait son temps à la prendre dans ses bras devant nous et à la bécoter dans le cou. Le frère unique de mon père, quant à lui, n'avait pas résisté longtemps à l'appel de la chair. Peu de temps après son retour de la guerre de Corée avec sa dulcinée des Philippines, il avait, selon les rumeurs, parsemé son chemin de maîtresses. J'avais donc trouvé une savante explication à ma lubricité exacerbée.

Il était plus difficile de vérifier la libido de ma filière maternelle mi'kmaque. L'histoire nous enseigne que les Amérindiens avaient une grande liberté sexuelle et peu d'interdits, contrairement au legs judéo-chrétien. Mais impossible de savoir comment était Relique… Ma mère était prude et très réservée, mais allez donc savoir ce qui se concoctait dans la marmite. J'avais toujours hésité à aborder ce sujet avec elle. Quant à sa sœur Exilda, elle était heureuse en ménage. Et certainement fidèle. La morale religieuse concernant le plaisir défendu était aussi omniprésente, mais la sensualité lui sortait encore par tous les pores de la peau.

Il y avait donc eu un mélange de puritanisme et de religiosité démesurée — surtout du côté paternel —, mais en même temps une libido intense qui bouillait sous le couvercle, certains devant prier sans relâche pour se calmer les sens. Ce bagage transgénérationnel de refoulement avait éclaté avec moi. J'avais conservé une libido exacerbée, en même temps que la honte et la culpabilité. J'étais obsédé par le féminin, son mystère, sa saveur, certes, mais pas davantage que le chat de ma fille n'était obsédé par la mouche au plafond. Rien d'autre n'existait dans son univers. Finalement, après des heures de danse à deux, il finissait par l'attraper. Et personne ne disait que le chat était névrosé, on disait plutôt : c'est dans sa nature.

Enfant, une figure importante d'identification avait été ma tante Éva et je cherchais constamment à renouer avec cette copie carbone à travers des femmes superbes, mais qui ne m'offraient que des relations de carence. Comment, me disais-je, aurais-je pu résister à cet « *imprinting*», comme le canard qui suit le premier objet qu'il voit, même s'il est en bois ou en verre. Je recherchais donc — sans trop m'en rendre compte — un type de femme qui ressemblait à Éva. Comme si ce n'était pas assez, il fallait que je trouve aussi dans la même relation le maternage de ma mère. Je savais qu'elle m'aimait, mais je ne l'avais jamais vraiment ressenti. J'eus l'occasion en thérapie de gratter dans ma déficience sur le plan relationnel amoureux, mais cela ne m'aida pas beaucoup à dénouer un vieux schéma et à vivre dans le présent. J'eus aussi l'occasion de scruter ma dépendance affective, mais au moins, me disais-je, je n'étais pas seul, puisque je faisais partie d'un club comprenant la moitié de la planète. Et il fallait quasiment me ligoter pour que je ne coure pas après ces mirages. Je savais aussi que, quand le cœur n'est pas assez nourri par la relation amoureuse, la dépendance affective augmente, et j'avais le don de me choisir des femmes de cet acabit. Les autres compatibles, douces et aimantes, m'attiraient autant que le pain sec.

Enfin, mon explication en valait bien une autre. Éléonore avait été l'exception dans laquelle j'avais trouvé tous les ingrédients requis. En être conscient n'était pas suffisant. Il fallait encore changer et faire de bons choix. Éviter les femmes sirènes qui, bien sûr, levaient le camp rapidement et ne me laissaient pas beaucoup de marge de manœuvre quand je leur trouvais des défauts ou que je m'emportais.

Ces liens tordus avec les femmes faisaient un beau cocktail voué à l'échec. En même temps, je ne pouvais jurer que cela était toujours relié aux manques de l'enfance. Je connaissais des gens carencés, barouettés dans des foyers nourriciers, battus, violés, qui avaient rencontré la femme de leur vie, avec laquelle ils étaient parfaitement heureux et avaient eu des enfants sains et épanouis.

Aucune thérapie ne semblait aider en quoi que ce soit mes liens amoureux ou mes phobies d'impulsion. Un temps, je m'étais intéressé aux séquelles du stress post-traumatique, me disant que c'était bien cela qui se perpétuait et que, à la suite de mon épisode psychotique sur la drogue, j'étais resté avec des images horribles gravées au fond du cerveau dont j'avais toujours réminiscence ou qui revenaient dans telle ou telle circonstance. Je m'étais intéressé au mouvement des yeux, désensibilisation et retraitement (EMDR en anglais), où il faut revivre ces scènes terrifiantes en imagination, dans un autre contexte, pendant que de simples mouvements des doigts du thérapeute, en agissant dans le champ de vision, pouvaient, disait-on, nettoyer la blessure incrustée dans le cerveau profond. On utilisait beaucoup cette technique avec les soldats traumatisés et les femmes victimes de viol. Mais dans mon cas, malgré le calme plat pendant de longs moments, je sentais toujours les cauchemars enfouis dans mes neurones. Je préférais alors cultiver l'oubli.

Ma dépendance s'était transposée en thérapie et je n'en finissais plus d'amener Éros sur le divan des gourous.

CHAPITRE 31

Je ne suis pas si vilaine avec mes sabots (bis)
Puisque le fils du roi m'aime…
Avec mes sabots dondaine. Oh! oh! oh!
Avec mes sabots.

En passant par la Lorraine

Annabelle avait tissé un bon lien avec la thérapeute Rosa. Mais elle ne mangeait pas davantage et restait toujours inquiète. Ce n'était pas difficile de choisir dans son lot de mauvaises nouvelles: tsunamis, sécheresse, feux de forêt, méthane qui sortait du pergélisol de l'Arctique… Qu'il semblait loin le temps où ma fille écoutait la chanson *En passant par la Lorraine* tout en rêvassant au fils du roi.

Finalement, une bonne nouvelle. Il y avait eu d'après certains une mauvaise interprétation du calendrier maya. D'après les théories à la mode, la catastrophe qui devait arriver au solstice d'hiver 2012, le jour le plus court de l'année, surgirait plutôt au solstice d'été, le jour le plus long, le 24 juin 2020. Rosa avait réussi à trouver des textes en ce sens, ce qui avait procuré une accalmie chez ma fille. Mais pas pour longtemps, car elle avait un argument de taille.

— Mais la catastrophe n'en sera que retardée de quelques années. Puis il n'y a rien de rassurant pour juin 2020; entre-temps un astéroïde doit frôler la Terre, ce qui pourrait être fatal.

Il y avait encore, selon ma fille, la probabilité que la côte ouest des États-Unis s'écroule dans le Pacifique à la suite d'un tremblement de terre dans la faille San Andreas. Comme si cela ne suffisait pas, quelques-unes des vingt-sept mille ogives nucléaires pourraient tomber entre de mauvaises mains. J'écoutais cette litanie de catastrophes chaque jour ; parfois, je l'interrompais, je cherchais à lui changer les idées, je passais davantage de temps avec elle. Mais son insécurité, son obsession, était plus forte que tout.

Il me fallait trouver une façon de contrecarrer le mal. Inutile d'aborder le sujet de front. Il fallait dénicher dans cette lutte entre le Bien et le Mal des éléments de victoire. Mais comment ? Heureusement, je me sentais moins seul, puisque ma fille acceptait que sa thérapeute me parle de sa situation. Dans sa phase anorexique, Annabelle se trouvait grosse alors qu'elle était maigre comme un clou ; sa thérapeute l'aidait à regarder dans un miroir pour réaliser sa maigreur. Il y avait, d'après Rosa, un désir chez ma fille de rejoindre sa mère Éléonore.

— Pourquoi ? demandai-je.

— Parce que, me répondit Rosa, sa mère est morte alors qu'elle se rendait à un examen médical durant sa grossesse. Votre fille se sent coupable, comme si elle était responsable de l'accident et de sa mort. Son anorexie est un suicide à petit feu.

— Mais pourquoi maintenant ?

— Probablement parce que les catastrophes appréhendées de la fin du monde qui sont de plus en plus à la mode réactivent un sentiment d'imprévisibilité, qu'elle n'a pas de contrôle sur son destin, comme pour sa mère.

Les émotions se bousculaient dans ma tête, les idées aussi.

— Cette explication ne me satisfait pas, lui dis-je.

Après un long silence, Rosa me confia :

— Je ne voudrais pas alimenter votre culpabilité, mais en toile de fond elle réagit à la perte, au lien brisé avec Rose-Hélène et ses enfants. Comme si, pour Annabelle, on ne pouvait être sûr de rien, comme si tout était éphémère.

Elle ajouta :

— Rose-Hélène pourrait-elle la rencontrer et la rassurer sur son affection ?

— Mais elle est retournée à New York ! Je vais lui parler. Elle pourrait lui écrire, lui téléphoner.

J'étais très angoissé.

— Que va-t-il arriver ? Que puis-je faire ? Devrais-je lui interdire de fouiller dans ces poubelles de l'Apocalypse ? Limiter l'accès à l'ordinateur et aux livres de prophéties ?

Rosa répondit à ma dernière inquiétude sans hésitation.

— Non, ne lui interdisez rien — ça ne ferait que la provoquer davantage. Mais passez plus de temps avec elle pour la distraire et l'assurer que votre amour est inconditionnel.

Rosa semblait confiante quant à l'évolution de la santé de ma fille.

— Il faut garder espoir. L'abcès vient de crever. Elle a un bon lien avec moi. Des médicaments pourraient peut-être aider pour ce processus obsessionnel, mais elle refuse. Il faudrait l'aider à trouver une solution heureuse à ces histoires de fin du monde.

— Mais comment ?

Cette question était sans réponse pour le moment. Je n'étais pas sans réaliser que ma fille avait comme moi une propension aux obsessions et cela me chagrinait beaucoup, comme si je lui avais transmis cette mauvaise graine.

CHAPITRE 32

C'est comme pour la fleur qui se trouve
dans une étoile. C'est doux, la nuit, de
regarder le ciel. Toutes les étoiles sont
fleuries.

SAINT-EXUPÉRY, *Le petit prince*

Ces émotions avec Annabelle me ramenaient à ma relation avec Rose-Hélène et alors ressortait l'indéracinable
culpabilité issue du péché originel. Mais les beaux moments
avec Éléonore devenaient ma planche de salut. Elle était mon
ultime fuite. Éléonore. Mon si bel amour. Je me souvenais
des moments où elle venait s'asseoir sur moi et où l'on se
mirait dans les yeux de l'autre. À califourchon sur l'une de
mes cuisses, elle m'excitait au plus haut point; chair contre
chair, le haut de mon genou lové au cœur de la vie.

Parfois, chez ses parents, on se caressait sur le sofa du
salon comme des assoiffés qui atteignent l'oasis après une
longue traversée du désert. Il y avait en permanence le risque
de se faire surprendre par sa mère qui, dans la cuisine, sauvait
l'honneur en jouant au chaperon à distance. Les hormones
nous aveuglaient. La fermeture éclair baissée, mon membre jaillissait du fourreau comme un ressort trop longtemps
retenu et sa main l'effleurait tel un papillon de soie. J'avais
mes doigts dans sa petite culotte toute mouillée, dans la rosée
de l'amour. Une partie de mon cerveau restait à l'écoute au

cas où le chaperon aurait surgi dans le cadre de porte. J'avais calculé qu'en une seconde mon membre saurait rentrer dans sa cachette et que ma dulcinée pourrait rabattre à temps sa jupette par-dessus sa lingerie fine. Son orgasme devait venir en silence et moi de même, alors que le sperme éclaboussait partout. Nous en étions à l'époque où la décision d'aller au bout de l'acte nous taraudait, mais je respectais le cheminement d'Éléonore qui n'était pas tout à fait prête. Je sentais toutefois qu'à la moindre brise et occasion favorable elle se laisserait aller. J'avoue qu'en y pensant aujourd'hui, le fait de ne pas franchir une certaine barrière nous érotisait au plus haut point.

Parfois, je retrouvais la maison de mon enfance — la résidence d'été d'une cousine, la fille d'Exilda et d'Honoré —, deux étages avec lucarnes, galerie à l'avant, maison ancrée dans le roc depuis quasiment deux siècles. Elle avait résisté à toutes les intempéries. Enfant, je l'imaginais comme un château céleste : ses lucarnes touchaient presque le ciel lorsque les oiseaux volaient bas, les feux follets dansaient dans la cheminée quand le vaisseau fantôme se promenait au large. Une immense galerie l'embrassait tout autour et l'escalier de chêne donnait le vertige. Les fondations de la maison semblaient s'étirer jusqu'au cœur de la planète. Le feu ne pouvait la brûler. Elle devenait bateau quand la marée pianotait les bardeaux en filant les caps. Nourrice du soleil, les fleurs s'éveillaient au matin quand l'or brillait à ses fenêtres. Chaque bardeau racontait une histoire, chaque porte avait été témoin des morts et des naissances, chaque fenêtre avait vu défiler la vie, les moments amoureux comme les grandes douleurs. Des chambres noires, nommées ainsi car dépourvues de fenêtres, parlaient de recueillement et de solitude. Les marches du vieil escalier de chêne avaient porté les pas des enfants qui couraient d'un étage à l'autre, tout comme ceux des mères et des grands-mères qui, avec une lampe à huile, faisaient une dernière ronde pour s'assurer que les enfants étaient plongés dans le sommeil et rêvaient aux petits lutins. La berceuse racontait la vie des femmes qui ne dormaient quasiment pas de la nuit lorsque, durant les grands froids, les tuyaux de la fournaise, chauffée au charbon, rougeoyaient comme le cratère d'un volcan sur le point d'exploser.

Je me souvenais de ces beaux moments dans le grenier à voyager avec Jules Verne sur la lune ou au centre de la Terre, avec Stevenson dans *L'île au trésor* ou avec le comte de Monte-Cristo dans son cachot du château d'If. Les craquements des poutres quand la tempête sifflait sur la baie me rassuraient ; je savais que la maison ne s'envolerait pas, que, si elle le faisait, je serais autant en sécurité que sur un tapis volant d'Arabie. Quand je sentais le vent s'engouffrer dans les lucarnes, j'étais content, car plus fortes étaient les probabilités que je fasse l'école buissonnière ou bien que je ne sois pas obligé d'aller servir la messe.

Les jours d'été, je pouvais contempler la mer et les bateaux en partance ou qui s'amarraient au quai après la pêche ; certains étaient chargés de bois de pulpe, d'autres, venus d'Europe, regorgeaient de contes et de légendes. Je vivais des moments intenses à me baigner jusqu'au bout du long quai, à plonger parfois du mât des chalutiers, au risque d'y perdre la vie, dans la plus totale inconscience. Des dizaines d'enfants de cinq à douze ans sans surveillance, les mères en ayant plein les bras d'assurer notre subsistance, pourtant aucune tragédie, comme si, inconsciemment, chacun veillait sur l'autre. Le soir, lorsque les criquets se taisaient, j'entendais le va-et-vient de la vague, je voyais apparaître à intervalles réguliers la lumière des phares et celle de la bouée noire.

Mais quand je revenais à la vieille maison, c'était le souvenir d'Éléonore qui me rattrapait. Dans le grenier, nous pouvions passer des heures collés l'un sur l'autre, à nous faire des confidences, à nous taquiner et, parfois, tout simplement à ne rien dire. La tête sur son ventre chaud, elle me caressait les cheveux.

C'est dans le grenier de la vieille maison que, pour la première fois, nous avions fait l'amour, l'un et l'autre bien timides. Je l'avais prise dans mes bras ; elle m'avait donné un petit baiser tendre mais rapide dans le cou, puis s'était esquivée dans l'autre pièce, comme si elle jouait à la cachette. Je l'avais suivie. Éléonore s'était assise sur moi, ma cuisse nue entre ses jambes chaudes. J'avais dégagé son soutien-gorge ; deux magnifiques seins s'étaient révélés à moi et je n'avais pu m'empêcher de les prendre tour à tour dans ma bouche. Mais comme le désir montait, je lorgnai du côté de sa petite culotte azurée et rapidement mes mains remontèrent le long de ses cuisses, par-dessus le tissu effleurant son sexe ruisselant. Mon érection me faisait mal.

Ce fut tout mon être qui entra en elle, ce fut toute son âme qui s'ouvrit à moi, ce fut un grand amour pur qui nous enveloppa. Elle était vierge, une entrée chaude et trempée de désir, étroite et parfumée qui m'enserra le gland comme un gant trop petit, mais qui lentement s'ajusta. Je craignais de lui faire mal ; son visage montrait la douleur et le plaisir entrelacés à mesure que cédait l'hymen pour ne montrer finalement que les teintes du bonheur, de l'extase, de l'orgasme. Dans le don virginal rougi par le sang.

CHAPITRE 33

Rien n'a calmé ces mains que j'ai de te connaître
Gardant du premier soir ce trouble à te toucher
Je te retrouve amour si longuement cherchée
Comme si tout à coup s'ouvrait une fenêtre
Et si tu renonçais à toujours te cacher.

ARAGON, *Lorsque s'en vient le soir*

J'appréhendais le moment où je devrais parler à Rose-Hélène. Je craignais d'ouvrir à nouveau une blessure, mais j'étais prêt à me jeter dans un brasier s'il le fallait pour secourir ma fille. Rose-Hélène fut contente de m'entendre. Je la sentis vaciller au bout du fil, devinant ma peine, hésitant à me confier qu'elle avait un amoureux. Elle me parla de Donald qui progressait grâce à une thérapie miraculeuse venue d'Israël pour les enfants atteints d'autisme. Elle me raconta les aventures de Xavier qui était devenu un prodige des échecs et qui se destinait à l'astronomie. Puis Rose-Hélène rassura ma fille sur son affection et lui dit combien elle lui manquait. J'entendais des éclats de rire. Cela me fit un bien considérable; une conversation qui eut un effet de levier.

Graduellement, avec Jérôme et Annabelle, la discussion s'orienta sur la fin d'un monde plutôt que sur la fin du monde, c'est-à-dire une ère où les civilisations se mettraient au service de l'homme et de la nature. Cette hypothèse était plus rassurante. Peu à peu, Annabelle redevint souriante et reprit goût à la vie. J'avais trouvé une façon de me rapprocher d'elle : faire la cuisine ensemble. Nous avions essayé une série de recettes avec des huîtres et des moules. Son poids augmenta et elle commença à se trouver belle. Elle consacra ses énergies à militer pour l'avenir de la Terre. Bonheur suprême. Les repas se déroulaient entre l'alpha et l'oméga. Annabelle n'était pas encore totalement convaincue de la véracité des hypothèses et, en bonne scientifique, elle cherchait la preuve. Elle avait nommé son site informatique Oméga.

Nous avions sur le mystère du temps des discussions passionnantes. Est-ce le temps qui est fixe et nous qui bougeons, ou l'inverse ? Le temps formait-il une boucle et les événements majeurs revenaient-ils ? Dans leur notion du temps, les Mayas parlaient de bornes évolutives, de marqueurs. Pour eux, le temps n'était pas linéaire, il défilait par cycles qui revenaient à intervalle régulier. Le passé, le présent et le futur pouvaient se fusionner dans une boucle. Selon les Mayas, l'époque du cinquième soleil devait se terminer le 21 décembre 2012, au moment où le soleil passerait entre notre planète et le centre de la Voie lactée, ce qui n'arrive qu'à chaque vingt-cinq mille ans. La Voie lactée qu'ils nommaient le Grand Serpent. Mais un événement inusité vint encourager la lente remontée d'Annabelle. En dépit du fait que les conquistadores espagnols avaient tout détruit, et brûlé tant de documents avec une frénésie sans bornes pour se débarrasser d'une civilisation plus évoluée que la leur, on venait de trouver dans le fond du lac Titicaca une stèle de pierre qui continuait le calendrier maya. Ouf ! la fin du monde était remise à plus tard !

Parfois, nos échanges touchaient aux phénomènes paranormaux. Annabelle nous faisait part de ses découvertes. Le scientifique Vernadski avait postulé que la biosphère était comme une interface vivante entre le cosmos et la planète. La Terre était entourée d'un espace mental, la noosphère, où convergeaient toutes les pensées de l'humanité. Chaque humain y contribuait et pouvait y avoir accès, ce qui expliquait la télépathie. Chaque civilisation construisait les marches de l'escalier de l'évolution ; une synergie se développait et parfois le passé, le présent et le futur se confondaient. Dans la même veine, Teilhard de Chardin possédait une vision de l'humain devant mener à un palier supérieur, à une harmonisation des consciences avec l'Univers, à une évolution morale. Pour Teilhard, plus l'homme évolue, plus il se rapproche de la matière divine. La fin d'un monde serait l'arrivée à ce point oméga. Cela ne pouvait toutefois se faire sans une évolution biologique. L'histoire en témoignait, nous racontait Annabelle : d'abord les cellules primitives puis les animaux marins, puis les primates, puis l'humain avec la station debout, ce qui libérait les bras. Avaient suivi le sourire, l'amour face à face, le langage, l'humour, l'art, l'écriture, puis la technologie avec des cycles de plus en plus rapprochés. L'évolution était de plus en plus rapide et le nombre d'années entre chaque passage était toujours moindre. L'humanité était prête pour un autre bond. L'homme avait surgi de l'animal en développant une conscience de lui-même. Déjà une race humaine avait supplanté l'autre ; les hommes de Cro-Magnon, nos ancêtres, avaient survécu aux Néandertaliens. Ces derniers, bien que plus robustes, étaient moins ingénieux et ils avaient dû céder leur place. Autre curiosité : les derniers vestiges de l'homme de Néandertal se retrouvaient au rocher de Gibraltar. Le roc, ce symbole, n'avait pas suffi !

Annabelle retrouvait son énergie en nous parlant de ses théories, et moi, je retrouvais la quiétude face à ma fille adorée. Et pour renchérir, j'avais expliqué à Jérôme et Annabelle que les lignes de leur main témoignaient d'une grande espérance de vie. Ils dépasseraient de loin la date fatidique de 2010 ou 2020. Ils seraient centenaires !

CHAPITRE 34

Beaucoup sont séduits... Chez nombre
de femmes, la ruse serpentine l'emporte
terriblement sur la simplicité colombine.
Aussi, tu dois les fuir comme le serpent :
« *tanquam a facie columbri* » [...] Elles
sont câlines et félines. Dents blanches ;
âmes noires. Leur cœur est plus truqué
qu'une machinerie de théâtre.

G. HOORNAERT, S.J.,
Le combat de la pureté

Tout cela était bien beau, j'étais maintenant rassuré pour
Annabelle, mais ma vie amoureuse restait un désert et mon
esprit n'arrivait pas aisément à trouver la sérénité. Je me souvins d'une histoire que racontait mon père. Lorsque sur la
mer s'élevait une tempête, au lieu de revenir vers la côte
— au risque de briser le navire sur les caps —, il dirigeait la
goélette vers le centre de la tempête, carguait les voiles, plaçait des poids dans la cale pour baisser le centre de gravité et
jetait l'ancre. Puis il attendait que le calme revienne. Il fallait
avoir du courage pour aller au cœur de la tourmente.

Je décidai de faire de même en plongeant dans le danger, le paradoxe, dans la démesure du sexe, de l'alcool, des
voyages. Et aussi des thérapies qui étaient ma nouvelle drogue.
Je cherchais un apaisement dans l'étourdissement des sens,
dans cette quête de plaisir et d'érotisme qui ressemblait à un

désir d'absolu et de mysticisme comme chez les moines ; une solution à mes misères physiques et morales. En fait, je tombais sous l'emprise de l'obsession-compulsion. L'obsession consistait à vouloir trouver le remède à mes maux et la paix de l'esprit, alors que la compulsion consistait en excès des sens, en recherche de l'amour et en consultations thérapeutiques qui me soulageaient temporairement. Pour trouver un remède, je multipliais les rencontres avec des experts de la médecine traditionnelle, auprès de psychiatres, de psychologues, d'urologues ou encore de praticiens des médecines dites douces. Certains étaient des gens sérieux, d'autres des charlatans ou des illuminés tous azimuts des approches ésotériques. Je butinais sans fin en vue d'une relation amoureuse. La compulsion ne réglait pas l'obsession et le bal reprenait. Je comprenais bien le désespoir des gens pris dans des problèmes insolubles et comment ils devenaient des proies faciles pour les faiseurs de miracle. Difficile pour moi d'accepter que j'avais peut-être le sida de l'esprit et qu'il n'y aurait pas de guérison. Difficile à comprendre pour les adeptes de la pensée positive. Il me semblait que j'avais toujours été différent. Certains jours, je me sentais comme un monstre égoïste et inadapté devant la vie. Pourtant rien dans la génétique de mes ancêtres connus ne laissait présager ce destin.

Après ma bouffée délirante et la rupture avec Rose-Hélène, ma vie ne fut que vaines tentatives de m'arrimer, de me normaliser : fuites, ruptures, peines d'amour, solitude, recommencement, extases. Et un abonnement perpétuel aux salles de cinéma et aux centres commerciaux où j'avais l'illusion de rencontrer des humains tout en respirant le même air recyclé. Comment, dans ces conditions, garder mes amis ?

Déjà étonnant, me disais-je, qu'il m'en reste après ces ruptures, déménagements et recommencements.

J'avais perdu espoir et conclu que je ne pourrais jamais retrouver une vie normale, une relation saine, que ma carence profonde ne se traitait pas, qu'Éléonore avait été un miracle dans ma vie, que cela ne reviendrait jamais sous une autre forme et qu'il valait mieux profiter de ce qui se présentait en gardant quand même une certaine moralité. C'est alors que commençai à vivre « sur la rumba ». Ainsi je n'étais pas constamment dans la douleur du corps et de l'esprit ; la tendresse, l'affection, l'amour et le sexe me procuraient des moments de béatitude.

Je me souviens particulièrement de Christine — de père grec et de mère québécoise —, farouche et altière, cheveux de geai, yeux noirs comme le sable volcanique de Santorini. Elle dansait comme une gitane et marchait en balançant la croupe d'une façon qui m'hypnotisait. Je l'avais rencontrée au Centre de Santé d'Eastman — endroit idéal pour le recueillement, le dorlotage et les rencontres —, mais malgré une cour assidue, je n'avais pu dépasser les politesses d'usage. Son inaccessibilité me la rendait évidemment encore plus attirante. J'étais donc résigné à l'échec lorsque peu après, ma ténébreuse me téléphona sous un quelconque prétexte dont je ne fus pas dupe.

La première fois qu'elle vint chez moi à Aylmer — les enfants étaient à Pokeshaw — elle me prévint qu'elle ne resterait pas en raison d'une conférence à terminer. Après le repas, elle commença sa manœuvre sexuelle : deux pas en avant, trois en arrière, deux de côté. Elle voulait partir, mais elle restait, elle ne voulait pas faire l'amour, mais se laissait caresser. Quand je cherchais à la retenir, elle résistait, car elle avait toujours une conférence à donner, mais quand je lui souhaitais une bonne semaine et un bon retour, elle s'incrustait. Sur le seuil de la porte, elle voulut voir la couleur de mon slip. J'eus le droit de regarder le sien, de la toucher ; elle était ruisselante. J'étais fou de désir !

Durant la nuit, je rêvai que je prenais trop rapidement un virage et que je me retrouvais dans le champ. Je ne savais trop où j'en étais avec cet être d'une grande complexité. J'étais quelque peu paranoïaque. J'ai toujours eu peur du pouvoir de séduction des femmes, surtout de celles qui sont habiles à « monnayer » leurs élans. Et j'ai toujours eu de la difficulté à faire la différence entre la femme qui joue pleinement le jeu de la séduction et l'agace-pissette. D'ailleurs, ce pouvoir des femmes sur les hommes pouvait être si « pervers » d'après le Vatican que ce dernier avait cherché par tous les moyens à faire une équation entre l'attraction féminine et le démon.

Après sa conférence sur la linguistique à Longueuil, nous nous retrouvâmes à l'auberge Handfield, du nom de l'ancêtre qui, pendant les déportations, avait dû expulser sa belle-famille ; pas de pitié, pas d'exception. Un slow collé confirma le désir de part et d'autre, désir qui semblait encore bien présent lorsque nous bûmes un petit cognac dans la chambre. Un jeu s'installa qui finit par m'irriter : je lui faisais des avances, elle reculait ; je restais neutre, elle s'approchait. Elle me disait que les orgasmes l'épuisaient. Je reculais, elle avançait ; j'avançais, elle s'esquivait. Finalement, avant de me laisser envahir par les frustrations et après un bref massage de tête, je lui souhaitai une bonne nuit et me retournai sur le côté pour dormir.

Le lendemain, j'étais plus calme. Je lui expliquai que ces montagnes russes affectives me sciaient. Elle semblait réceptive. Elle voulut me faire une fellation. Elle me caressa avec sa bouche : ses lèvres pulpeuses encerclaient le gland et louvoyaient jusqu'à la base du pénis dans un va-et-vient langoureux. Mon membre s'excitait, prenait de la vigueur, durcissait. En même temps, je déposai goulûment ma bouche et ma langue, prolongement de mon corps tout entier, sur son volcan chaud et mouillé ; mes doigts dansaient sur ses cuisses satinées, laissant entrevoir une histoire passionnante et la promesse de longues extases amoureuses.

Elle aimait le cuir et le fouet. Pas moi. Évidemment, les coups de trique étaient plutôt doux. Souvent survoltée, elle aimait que je lui morde le cou par en arrière comme le font les félins, en même temps qu'elle oscillait entre le oui ou le non pour un peu plus de cravache sur les fesses, ce qui l'excitait au plus haut point ; ainsi, je goûtai au métier d'acrobate ! Un collègue qui s'abreuvait des théories du psychanalyste Lacan m'avait confié que son nom, Christine, qui venait du mot Christ, avait créé (avec d'autres facteurs, bien sûr) une association avec le fouet, car, comme on le sait, Jésus y avait goûté pour effacer les péchés du monde.

J'adorais cuisiner. Influence de ma mère sans doute qui nous préparait des tables magnifiques à la mesure de son amour. J'adorais jouer avec les épices, et je me souvenais avec bonheur de quelques heures d'émerveillement passées dans le marché aux épices à Istambul : un paradis d'odeurs et de couleurs dans un amoncellement de sacs ; une foule à la fois animée et recueillie, comme dans une église. Je n'oubliais pas non plus les odeurs de thym et de romarin de la Provence et le violet des champs de lavande. Mais manger devenait aussi un excès. Le centre des émotions et celui de la faim sont proches l'un de l'autre. D'ailleurs, un test de personnalité millénaire, l'énéagramme, me décrivait comme étant surtout de type deux : généreux qui donne trop ; alors il devient frustré et mange ses émotions.

Avec Christine, je préparais des plats superbes : éperlans grillés, morue à la crème de la baie Sainte-Marie, coquilles Saint-Jacques et gigot d'agneau à l'ail et à la moutarde de Dijon à l'ancienne. Quasiment à chaque repas, alors que le plat mitonnait, je la prenais à brûle-pourpoint dans mes bras, presque toujours entre le réfrigérateur et la cuisinière, alternant le froid pour calmer le chaud ! Le volcan Christine déclenchait souvent des éruptions de lave, et dans l'énervement, je n'arrivais pas à lui enlever ses jeans serrés, la fermeture éclair résistait et ma main restait coincée sur son ventre.

Je n'avais qu'à lui effleurer un sein et elle tombait en transe. Long baiser, mains baladeuses alors que durcissaient sous mes doigts les mamelons soyeux, puis je posais une main sur son entrejambe, comme les premiers mouvements d'une symphonie, y allant par petites touches impressionnistes sur le haut de la cuisse, jusqu'aux abords de la toison, puis sur la petite culotte. Petit à petit, ma main glissait à l'intérieur, vers l'arrière, dans la fente des fesses, pianotant autour de la rose d'amour mais jamais directement dessus. Christine devenait écume comme la mer Égée à la veille de la guerre de Troie. C'est alors que, presque imperceptiblement, je caressais les petites lèvres, effleurant à l'occasion le clitoris. Il durcissait ; je le pinçais un peu plus fort ou je le faisais rouler sous mes doigts. Elle ronronnait comme une panthère noire. Ma bouche n'était pas inactive, sur la sienne, son cou, ses seins. Comme elle finissait par avoir les jambes molles, nous allions dans la grande berceuse, elle s'assoyait sur moi en présentant son dos. Je la pénétrais en la mordillant dans le cou comme le tigre sa tigresse et je pétrissais ses seins tout en suivant le mouvement de la berceuse.

Il y a en Acadie tout un art du bercement, l'amplitude, la cadence, le rythme, tout cela nourri par une histoire épique. Parfois, je me mettais à genoux devant elle, et le mouvement de la berceuse me faisait goûter à son nid d'amour. Parfois, excité comme un démon, je m'étendais sur elle au risque de briser l'antique fauteuil victorien qui n'avait pas été conçu pour ce genre d'épreuves. Il va sans dire qu'ainsi rassasié, les plats qui sortaient du four arrosés de bon vin me semblaient au palais d'un goût plus exquis.

Elle souffrait d'une grande insécurité et de jalousie, piquant des crises chaque fois qu'elle sentait qu'elle n'était pas au centre de ma vie, interprétant chaque geste que je faisais. Un regard, un oubli, tout était synonyme de rejet. Une paranoïa à fleur de peau. Elle faisait ses valises pour des peccadilles. Par exemple, parce que j'avais oublié de lui passer le sel ou le poivre. J'avais beau savoir que son père la battait et la terrorisait lorsqu'elle était enfant, et elle-même en était consciente, cela ne changeait rien à la situation. Nos échanges charnels volcaniques aidèrent à prolonger la relation plus que nécessaire. Bien sûr arriva ce qui devait arriver quand elle commença à trop me faire souffrir. Un jour, n'en pouvant plus, je la mis carrément à la porte.

CHAPITRE 35

Faux plaisirs, vains honneurs, biens frivoles
Aujourd'hui, recevez nos adieux
> Cantique acadien

Mes amis voulaient m'aider et ils avaient pour moi quelques questions : Trouverais-je la paix de l'esprit ? Celle du corps ? Et une compagne ? Saurais-je lâcher prise ? Je n'avais pas revu Jean-Luc et Fabiola depuis des années et je pus leur faire partager mes péripéties — ils firent de même. Je leur racontai tout et rien en particulier sur le monde merveilleux des acupuncteurs, lesquels furent légion à me piquer partout.

J'avais entendu parler d'un Marseillais gentil. Il donnait des rendez-vous à des heures bizarres, genre 15 h 40, et un jour il me fit poireauter deux heures ! On me laissait quelque temps dans la salle d'attente puis, quand je commençais à m'impatienter, la réceptionniste m'autorisait à entrer dans la salle des miracles pour que je puisse m'étendre sur une couchette. Où je continuais à m'impatienter encore. Finalement, il arrivait avec son accent chantant. Il prenait religieusement mon pouls, d'abord le poignet droit, puis le gauche. Il affirmait sentir ainsi la faiblesse ou la force de tel organe, disait que l'énergie de mes reins était faible, statuant que la partie féminine, le yin, était trop forte au détriment du masculin, le yang. Qu'il fallait retrouver l'équilibre. Il utilisait rarement l'électricité car, disait-il, même si ce procédé pouvait soulager sur-le-champ, il y avait risque aussi de drainer mon énergie. Donc, exit Hydro-Québec. Il préférait le moxa, branche d'armoise chauffée qu'il plaçait à quelques millimètres de la peau. Il fallait supporter le plus longtemps possible. Sous la torture, je ne résisterais pas bien longtemps! Heureusement, je n'étais pas allergique aux aiguilles. Il me piquait d'abord sur le postérieur, puis quinze minutes plus tard sur le ventre. Bien installé sur sa table comme une pelote à épingles, j'obtenais un soulagement temporaire.

J'avais fini par disjoncter et aller aux sources. De vrais Chinois bien gentils avec le sourire constamment accroché au visage. Difficile de savoir si cela faisait partie d'un accueil sincère ou d'un rituel, mais je les aimais bien. Il y avait le Dr Li, formé à Pékin, un vrai médecin qui avait finalement dérivé vers l'acupuncture. Et puis son fils biochimiste et acupuncteur. La femme de ce dernier venait enlever les aiguilles et masser les endroits endoloris avec un appareil. Il y avait aussi la femme du Dr Li qui me plaçait des diachylons à bille sur les lobes d'oreilles, bille qu'il fallait presser plusieurs fois par jour pour stimuler la prostate. Il y avait finalement le Québécois réceptionniste marié à la fille du Dr Li. Une affaire de famille. Une ruche. On ne répondait jamais clairement aux questions concernant le pronostic. Installé sur une petite couchette suspendue, avec les pieds qui dépassaient, chacun dans sa stalle, séparé par des rideaux, on ne voyait rien mais on entendait tout. Comme on rencontrait parfois les autres patients dans la salle d'attente, on finissait par identifier qui se plaignait de quoi.

La propreté n'était pas une valeur sûre, en tout cas pas en ce qui concernait la poussière. Je m'inquiétais pour les aiguilles, mais on m'assura qu'on les stérilisait. Plus tard, on augmenta les tarifs, car on utilisait des aiguilles neuves à chaque traitement. Il y avait l'appareil pour l'électricité ; et dans mon cas une électrode sur une aiguille au pourtour de l'anus, les autres autour des reins. Il s'agissait d'endurer le maximum de douleur pour atteindre le maximum d'efficacité. Mes gentils thérapeutes engrangeaient les sous. Il y avait encore ces fameuses concoctions, un mélange d'herbes et de racines bizarres qu'il fallait faire bouillir. La potion pouvait servir trois soirs de suite. On la gardait au réfrigérateur ; elle prenait à la longue des teintes bizarres. Il faut dire que c'est à peu près comme ça qu'on a découvert la pénicilline. Je buvais cela avec la ferveur des croisés qui voulaient reprendre Jérusalem. Amer et infect. Puis le magma resta collé au fond du chaudron et termina sa course dans les poubelles.

J'en avais parlé au bon docteur qui remplaça les herbes par des pilules composées d'herbages des plus exotiques, six pilules à prendre trois fois par jour. Le discours officiel était le suivant : les prostatites chroniques n'ont pas été nettoyées complètement dans la phase aiguë de la gonorrhée et des bactéries pathogènes restent en veilleuse, ce qui cause l'inflammation. Bien évidemment, seule cette médecine chinoise-là pouvait traiter le mal !

Lors des vacances d'été, alors que le D^r Li était absent, je cognai à la porte d'un certain Du Toto, professeur diplômé de médecine traditionnelle chinoise du ministère de la Santé du Viêtnam et acupuncteur diplômé de Paris. Bref, bardé de diplômes. Le piquage ne se faisait pas à la même place ; les aiguilles étaient placées en avant, perpendiculaires au pubis, et il utilisait aussi l'électricité. Il tournait les aiguilles davantage. Il y avait le jeune fils bien sympathique affublé d'un tic nerveux, accompagnant ainsi le père qui boitait. Une bien drôle de chorégraphie. Ils m'expliquèrent qu'il y avait plusieurs méridiens, que cela pouvait expliquer leur approche différente. Difficile à dire si cela aidait davantage. Ils vendaient eux aussi des pilules venant de Chine, mais la composition était différente. Du Toto m'encourageait à rester assis quelque temps sur des cubes de glace pour atténuer l'inflammation, alors que le D^r Li, lui, préconisait les bains chauds. J'avais résolu le problème en alternant. Il me semblait que cela donnait de meilleurs résultats. Mais des bains de siège, j'en avais pris suffisamment pour me déplumer les fesses!

Du Toto n'avait pas la même optique concernant la pratique sexuelle que le D^r Li. Il me conseillait de faire l'amour souvent mais pour de courtes périodes, alors que le D^r Li parlait d'une abstinence de quarante jours. Qu'allais-je choisir: le plaisir de la jouissance immédiate ou l'abstinence pour une guérison hypothétique? Je préférai la première alternative. Deux cents séances plus tard, j'étais tanné de mes Chinois que j'avais fréquentés pendant deux ans, parfois deux fois par semaine. J'en avais ras le bol des piqûres. J'en avais aussi ras le bol de la crise de la cinquantaine.

CHAPITRE 36

Tu ne monteras point par des degrés à
mon autel afin que ta nudité n'y soit pas
découverte.

Exode 20,26

J'aimais les vols de nuit, en sécurité dans le cockpit, le moteur ronronnait, les cadrans dégageaient une lueur irréelle. Parfois, je tapotais le tableau de bord pour mieux sentir la puissance de mon coursier ; j'avais l'impression de faire un avec le ciel dans ma flèche dorée, rêvassant à la vie qui se mouvait sans doute dans les constellations. Mais pas besoin d'aller si loin, chaque maison scintillait comme une étoile et je tentais d'imaginer le quotidien des gens, les joies et les cris des enfants, la soupe fumante qui attendait au coin du feu, l'étreinte amoureuse. D'en haut, l'agitation des humains m'apparaissait d'une telle futilité, sauf les rêves des enfants. Pour rester dans l'enfance, j'avais suspendu un petit capteur de rêves et parfois je m'enfonçais dans une profonde méditation au cœur de la nuit. Mais je ne fus pas toujours dans ce cocon serein. Un soir, malgré les prévisions météos optimistes, une brume épaisse couvrit le ciel ; je ne voyais ni le sol ni le firmament. Puis un orage s'annonça, les éclairs zébrèrent l'obscurité et la foudre — ce qui n'est pas supposé arriver — frappa mon Cessna Cardinal. Alimenté par les réservoirs d'essence, le feu prit sur chacune des ailes ; j'étais maintenant une flèche de feu qui traversait le firmament. La fumée remplit mes poumons presque aussi rapidement que le cockpit. Je distinguais à peine mes cadrans, plus rien pour indiquer la vitesse, l'altitude, la direction. Pas une seule voix pour me guider, me rassurer ; tous les appareils électriques et les indicateurs mécaniques avaient cessé de fonctionner normalement. La radio n'émettait que le grésillement du désespoir. J'étais comme un aveugle dans la nuit filant à deux cent soixante-dix km/h, sans aucun repère. Je craignais de frapper une montagne ou de m'incruster à jamais dans les feuillages. L'avion émettait un son inquiétant, la carlingue se plaignait dans un sifflement incessant. Je me sentais au bord de la panique. Malgré tout, je gardais confiance envers mon joujou que j'avais entretenu avec le plus grand soin. Assez doué en mécanique, je vérifiais tout avant chaque vol, du moteur à la queue. Je décidai de prendre de l'altitude pour tenter d'aller au-delà de la brume, des nuages, afin de pouvoir piquer par la suite et prendre de la vitesse pour éteindre l'incendie. Mon appareil tanguait sur une mer démontée. L'orage, heureusement, avait diminué la force de l'incendie. J'atteignis finalement un espace plus dégagé où je vis un lit d'ouate au-dessous de moi dans lequel j'aurais aimé m'étendre, tandis qu'au-dessus, il n'y avait pas d'étoiles pour me guider. Je ne savais pas ce qui m'attendait en bas, terre ou océan. Je serrai les commandes à m'en blanchir les doigts. Je décidai de descendre en piqué et de tenter un atterrissage d'urgence, d'aller au ras du sol en souhaitant le voir avant l'inéluctable. Finalement, j'aperçus la cime des arbres rabougris dans la région de Blanc-Sablon. J'avais l'impression d'être ce sapin décharné qui voulait à tout prix s'agripper à la terre. Il me fallait atterrir rapidement, mais où ? Il n'y avait nulle part d'endroit approprié et je ne pouvais réduire davantage ma vitesse. Quand je sentis les hoquets du moteur et le frémissement de l'hélice, je sus qu'il fallait prendre une décision. Je fis mon choix en une fraction de seconde et alors je vis défiler le souvenir d'Éléonore et des images de mes enfants. Heureusement, les commandes pour faire rentrer les roues fonctionnèrent. J'avais une petite chance de me poser dans le seul endroit sans arbres, dégagé: la rivière, ce qui serait excellent en plus pour éteindre le feu. L'avion heurta l'eau comme une masse de plomb. Je perdis conscience.

On me retrouva vivant, mais mon fidèle compagnon n'était qu'un amas de métal tordu et fumant. Je ne comprends pas encore aujourd'hui comment j'ai pu survivre, de là ma conviction que mon ange gardien me protégeait. J'étais sérieusement amoché. On me conduisit à l'hôpital de la région. J'en sortis avec les deux jambes dans le plâtre, une balafre au visage et plusieurs poils roussis.

Pendant ma convalescence, j'eus l'occasion de réfléchir sur la fragilité de la vie. J'en profitai aussi pour relire la Bible illustrée de mon enfance. À l'époque, je prenais tout au pied de la lettre, à tout le moins ce que je ne pouvais décoder. Pas étonnant que je devinsse confus et déjà coupable de quelque chose. Je voulais comprendre. Adam et Ève vivaient dans le jardin d'Éden, heureux et nus ou inversement. Quand ils eurent transgressé l'interdiction de Yahveh de ne pas manger le fruit de l'arbre en question — la femme, grande séductrice, avait fait sombrer l'homme dans le péché —, ils se sentirent honteux de leur nudité. Il fallait donc qu'après le péché d'orgueil vienne celui de la chair. Rien pour encourager les camps de nudistes sur les plages paroissiales de notre idyllique Acadie!

Après que Caïn, fils d'Adam et Ève, eut tué son frère Abel par jalousie — mais Yahveh ne l'aidait pas en préférant les offrandes d'Abel —, il se sauva loin et prit femme ; il eut une longue lignée. Quelqu'un pouvait-il m'expliquer où il avait trouvé son épouse ? Trois possibilités : sa mère, une sœur dont il n'était fait mention nulle part ou bien encore un mystère. Et puis comment Seth, le troisième fils d'Adam et Ève, avait-il pu prendre femme et avoir une progéniture ? Je voyais cinq possibilités : sa mère, une sœur, la femme de Caïn — dont on ne sait d'où elle sort —, une fille de ce couple ou encore un mystère. Qu'on envisage cela sous tous les angles, même comme un conte de fées, cette histoire biblique ne glorifiait que la perversion et l'inceste. Seule certitude, il était impossible qu'Adam ou Ève aient un nombril !

Et il y avait l'histoire de Sodome et Gomorrhe, où Yahveh, devant les vices innommables de ses habitants, demanda à Lot de trouver dix justes pour sauver la ville. Mais cela fut impossible et sa famille dut fuir avant que ne tombe le feu du ciel, qui d'ailleurs changea la femme de Lot en statue de sel, car elle avait défié un interdit en osant regarder. Quelques lunes plus tard, n'ayant pas d'hommes à portée de la main, les filles de Lot couchèrent avec leur père après l'avoir soûlé. Elles eurent chacune de nombreux rejetons. Aujourd'hui, la prison serait au rendez-vous et les enfants seraient stigmatisés pour la vie. Difficile de faire plus tordu comme mythe fondateur ou modèle d'inspiration. Et je n'étais rendu qu'à la page vingt de l'épopée de l'Ancien Testament !

Ensuite, Abraham répudia un de ses fils qui accidentellement l'avait vu nu. Rien pour nous faire aimer le corps. Je me souvenais aussi du Jacob de la Bible, le fils d'Isaac, lui-même fils d'Abraham. Jacob avait épousé sa cousine Rachel, mais coucha le soir de ses noces — sans trop s'en rendre compte! — avec Lia, sa belle-sœur. Une ruse du beau-père pour respecter la coutume qui demandait que l'aînée soit donnée avant la cadette. Toutefois, sept jours plus tard, Jacob eut droit à Rachel. Comme cette dernière n'enfantait pas, elle lui permit de prendre sa servante Bala qui eut deux enfants. Rachel les considéra comme les siens. Jacob eut aussi plusieurs enfants de Lia. Puis comme cette dernière n'enfantait plus, elle permit à Jacob de coucher avec sa servante Zelpha, laquelle lui donna des enfants... Et ainsi de suite. Imaginez aujourd'hui un témoignage semblable en cour pour convaincre le jury de la légitimité d'un tel imbroglio et pour déterminer à qui appartiennent les enfants. Beau modèle religieux pour l'enfant que j'étais et qui embarrassait bien mon père qui ne savait comment justifier ou expliquer cela. D'autant plus que l'adultère était le démon incarné. Si Dieu, me disais-je, avait permis à Jacob d'avoir autant de femmes, ne pourrait-il m'en accorder une seule, une âme sœur comme l'avait été Éléonore?

Pas étonnant, me disais-je encore, que mes désirs impurs me brûlent les entrailles par des urétrites, prostatites et autres «ites» sous le regard sévère d'un Dieu vengeur qui me fouettait la verge à coups de trique! Et ce n'était pas la verge d'Aaron qui fit jaillir l'eau dont parlait la Bible!

Culpabilité et honte toxiques. Je cherchais, avec la légendaire ténacité acadienne, à briser ce carcan.

Je voulais connaître ma maladie. J'avais donc accumulé des documents sur mes éternelles préoccupations: les prostatites bactériennes aiguës, les bactériennes chroniques, les nonbactériennes avec douleur sur lesquelles n'agissaient pas les antibiotiques. On soulignait la difficulté d'établir la différence avec la prostatite bactérienne et celle qui ne l'était pas, l'anti-biotique devant parfois trancher, mais souvent, en raison des difficultés du médicament à bien pénétrer dans les lobes de la prostate, la guérison n'avait pas lieu. On pouvait encore, si l'on voulait vraiment, y aller avec des anti-inflammatoires, des anti-douleurs, de même qu'une liste assez longue de méthodes alternatives non garanties, y compris la relaxation et la visualisation. Je soupçonnais — et cela devenait une certitude — que si je pouvais établir une relation affective et sexuelle satisfaisante avec la femme rêvée, mes problèmes s'évaporeraient. J'étais donc de plus en plus convaincu que ma prostatite, si elle se manifestait par le corps et la douleur, avait souvent des déclencheurs psychologiques. Mais le savoir ne me donnait pas la clé pour dénouer l'impasse.

Je connaissais l'hypertrophie bénigne de la prostate — dont est affublée une majorité d'hommes de cinquante ans et plus —, quand elle enfle et titille la vessie. Par périodes, je devais me lever la nuit, ou alors je n'avais pas le choix, au cinéma, en plein milieu du suspense, d'aller uriner à la course. Parfois, pendant des mois, tout se passait normale-ment, puis hop! sans crier gare... Mais mon spécialiste me disait que je n'avais pas vraiment besoin de médicaments pour l'inflammation étant donné qu'elle se manifestait de façon irrégulière. De toute façon, je ne voulais plus de médicaments.

Je me renseignai sur Internet: livres scientifiques, essais, biographies, romans sur les patients opérés pour un cancer, les risques de récidives, les guérisons. J'avais de la difficulté à lire ces articles qui m'angoissaient, mais en même temps la curiosité l'emportait. En tout cas il n'y avait pas de quoi rire: un mâle sur cinq passera au bistouri... et plusieurs goûteront à l'inconfort, à l'incontinence, à l'impotence. Curieusement, la peur d'un cancer de la prostate ne m'atteignait pas ; j'avais dépassé le stade de l'hypocondrie. C'était la douleur, bien avant la peur de l'impuissance, qui m'irritait.

Sur la Toile, aux mots « prostate et roman » apparut une longue liste non pas de romans mais de « roman catholic church » et de cancer de la prostate. L'abstinence sexuelle (y inclus la masturbation) semblait jouer un rôle dans le cancer de la prostate. Tout comme il y avait un taux plus élevé de cancer du sein chez les religieuses, ce qui pouvait laisser croire qu'il ne fallait pas aller contre la nature. Mais enfin les voies du Seigneur ne sont-elles pas impénétrables ? En même temps, il me semblait que si le petit Jésus nous avait créés avec la capacité d'assouvir ces désirs « honteux », il ne fallait pas succomber au crime de lèse-majesté et contrecarrer son plan divin. Mais le Créateur, me disais-je, aurait pu me donner une petite libido ; eh bien non, ça me sortait constamment par les naseaux comme d'autres passent leur temps à compter leurs sous, à manger, à frotter ou à envier le voisin. Toucher, être touché me permettait de m'abandonner comme un enfant, de laisser tomber toutes mes défenses, d'arrêter l'activité cérébrale effervescente, d'oublier que la douleur me guettait et de ne me connecter qu'au plaisir du corps et recharger mes accus.

Je lisais l'abondante correspondance de ceux atteints par ce mal ; certains riches et célèbres, d'autres pauvres et anonymes. Quelques-uns devenaient carrément fous à se promener d'urologue en urologue, doublement impuissants. Un patient avait trouvé un répit temporaire dans des herbages exotiques bouffés par des aligators et venant du fond de l'Amazonie, un autre dans des cristaux de lumière se laissait illuminer par les derniers rayons du soleil couchant de l'Everest, et un troisième trouvait un soulagement grâce aux massages qu'il se donnait lui-même avec le doigt. La décence m'empêche d'aller plus loin, mais ce dernier traitement semblait le plus efficace, puisqu'il permettait aux lobes de la prostate de mieux se drainer, technique d'ailleurs utilisée anciennement par les urologues, mais qui, il va sans dire, grugeait trop de leur temps pour l'argent que cela procurait. Donc Internet donnait profusion de détails sur le quand, le où, le comment et le pourquoi de ce massage.

Tant qu'à faire, autant disserter sur l'irrigation du côlon. Une infirmière en recherche d'aventures et de sensations fortes m'avait, dès la première rencontre, administré ce traitement peu romantique. Elle semblait passionnée ou obsédée, question de point de vue, par cette technique censée purifier les tripes, et qu'elle me fit subir à quelques reprises. Le livre, *Éloge des vidanges*, reste à écrire, et il va sans dire que le clapet de l'aboiteau du bas du dos a préséance sur tout, même les organes nobles comme le cœur et le cerveau ; essayez de survivre autrement. Ces séances avaient été entrecoupées de moments de relaxation plus sulfureux et fort agréables entre nous deux… sur lesquels je ne m'étendrai point.

La prostate, cette glande cachée, obscur serviteur du désir, était devenue mon obsession. Arriva aussi la perte de désir ; ça, je ne l'aurais jamais cru ! Pour un temps, en dehors d'une vague inquiétude, je me sentis libéré des hormones et de la servitude du désir.

Le choc passé, tout m'apparaissait plus simple. L'entrée au monastère m'apparut alors comme source possible d'illumination.

CHAPITRE 37

Quand vous, les Acadiens, êtes arrivés
ici il y a plus de 400 ans, nous vous
avons souhaité la bienvenue ; mais voilà,
nous avons oublié alors de vous demander combien de temps vous étiez pour
rester.

Le juge Graydon Nicholas

Je collectionnais tous les livres qui existaient sur les
Amérindiens. Je sus que les Mi'kmaqs et les Gaspésiens
n'étaient qu'une seule nation, tout comme le furent les
Acadiens des deux côtés de la baie des Chaleurs. Mais je ne
me rendis pas plus loin dans ma collection de livres, car lorsque mes jambes eurent retrouvé leur vigueur, je me rendis à
la suerie de Pabineau.

Les images montaient. Je voyais les Blancs arriver. Les
Mi'kmaqs les accueillaient sur leurs terres et les aidaient à
s'adapter aux rigueurs de l'Amérique. Curieux rapport au
monde ; les Blancs clamaient que la terre et la mer leur
appartenaient, alors que c'était l'inverse. Ils vantaient les
mérites de la civilisation qu'ils avaient quittée pour les
rigueurs d'un pays qu'ils détestaient. Les Blancs devenaient
comme des animaux en rut face à nos femmes. À croire qu'ils
n'en avaient pas chez eux ! Ils nous considéraient comme
des barbares et voulaient nous convertir en détruisant notre

culture. Je réalisais que les gouvernements avaient parqué mes ancêtres mi'kmaqs dans des régions incultes et envoyé les enfants dans des pensionnats blancs pour leur laver le cerveau. Certains, qui ne voulaient aller dans les « réserves », perdaient leur statut de Mi'kmaq et les quelques avantages qui en découlaient.

Face à la rage qui montait, je me suis finalement calmé. Je voulais voir le côté positif des choses. Que m'avait légué la lignée mi'kmaque, moi, Victorin, qui pouvais me considérer comme un métis acadien ? Avais-je gardé cette capacité comme certains de mes ancêtres à communiquer plus facilement avec le monde de l'invisible ? Pourquoi n'avais-je pu maîtriser, comme dans les traditions amérindiennes — sous l'influence des champignons magiques —, les forces de l'inconscient alors que j'avais sombré dans une sorte de folie ? Si j'avais la capacité de lire le livre de la nature et peut-être de guérir, pourquoi n'avais-je pas développé celle de me guérir moi-même ? Où étaient ma sagesse, mon jugement, ma capacité de leadership dans ces éternels tourments ?

Lors des sueries aux chutes Pabineau, je m'étais lié d'amitié avec Tsigog, un Mi'kmaq qui avait dû affronter la justice à la suite d'une agression sous l'effet de l'alcool. Un voisin l'avait traité de nain et Tsigog lui avait cassé la mâchoire et quelques dents. Sa taille était son point sensible ; une rage l'habitait. Son père, un géant, ne l'avait jamais reconnu en raison de sa petite taille, laquelle était tout de même dans la moyenne. Dépassant six pieds, je n'avais jamais vraiment réalisé l'avantage d'être grand ; pas besoin dans une foule de me hausser sur la pointe des pieds, pas besoin de me casser le cou à regarder plus grand que moi. En général, les femmes sont attirées par les grands, et la haute taille est associée bien sûr à la prestance, mais aussi à la force, à l'élégance, au sentiment de protection. Chanceux, je l'étais, car dans la lignée maternelle on rencontrait des géants, forts et doux, mais jamais ils n'auraient méprisé plus petit que soi. Des anecdotes circulaient sur leur compte ; l'un avait déplacé un arbre gigantesque qui barrait le chemin, un autre avait débloqué une embâcle en un temps record et sauvé des vies, un troisième, mandé pour maintenir l'ordre lors d'une noce — ceux qu'on nommaient les rois de bal —, face à l'éternel batailleur, l'avait tout simplement étampé du revers de la main et le fanfaron avait léché le plancher pour ensuite devenir doux comme un agneau.

Dans les sociétés dites primitives et chez les Acadiens d'antan, cette qualité d'être un homme grand et fort était extrêmement valorisée, car elle permettait de s'imposer et même de devenir un héros et un modèle. Je pensais à Yvon Durelle en Acadie, et, au Québec, à Maurice Richard, Jean Béliveau, Louis Cyr, tous d'origine acadienne.

J'appris sur la justice telle que pratiquée par mes ancêtres. Le village participait à la sentence, mais aussi à la réparation, et la victime était partie prenante du cercle de guérison. Le délinquant devait affronter sa victime si cette dernière le désirait ou se sentait capable de le faire. Il s'agissait alors de trouver un remède à l'offense. Justice réparatrice plutôt que punitive, donc. Les gens du village étaient assis en cercle et chacun à tour de rôle prenait la parole pour donner son opinion sur le délit. On racontait comment l'accusé était un produit de la pauvreté et de l'alcoolisme, très souvent la conséquence d'une identité morcelée. On n'oubliait pas non plus de témoigner par des anecdotes, bonnes et mauvaises, concernant le coupable. Les échanges étaient intenses, émotifs. Un système dur où il fallait affronter les siens et s'amender, mais qui donnait de meilleurs résultats que la justice des Blancs. Il y avait des échecs, tout comme dans le système traditionnel, mais cette formule semblait mieux adaptée aux valeurs amérindiennes. Puisqu'il fallait un village pour élever un enfant, le village devait faire aussi partie de la solution lorsqu'il y avait échec.

Tsigog, pour en revenir à lui, avait eu l'appui de sa communauté et la réconciliation avait eu lieu entre le père et le fils.

Cette réconciliation me procura un moment d'intense bonheur, car cela voulait dire que les problèmes dits insolubles pouvaient avoir des solutions.

CHAPITRE 38

[...] l'espace tout autour de lui était
déjà saturé d'Amor et Psyché. Il y a
une évidence du parfum qui est plus
convaincante que les mots, que l'apparence visuelle, que le sentiment et que la
volonté. L'évidence du parfum possède
une conviction irrésistible, elle pénètre
en nous comme dans nos poumons l'air
que nous respirons, elle nous emplit,
nous remplit complètement, il n'y a pas
moyen de se défendre contre elle.

PATRICK SÜSKIND, *Le parfum*

Le VIH avait fait son entrée dans la cour des grands.
Et un soir dans la furie du moment, après une soirée de
«cruising bar», le condom que je portais s'était percé. Le
lendemain, il me semblait que j'avais des accès de fièvre et
des démangeaisons. Il me semblait aussi que, dans le fond
de la gorge, sur le bout de la luette, une rougeur s'étendait
comme un crépuscule en feu. Cette fois-ci, j'en étais sûr,
j'avais touché le gros lot. L'attente infernale avant de pouvoir passer les tests. Je cherchai un endroit neutre — et en
même temps sécurisant — où je pourrais attendre la sinistre
nouvelle, le cas échéant. Comme je ne tenais plus en place à
Aylmer et que j'aimais les chambres d'hôtel de luxe, je m'installai à Montréal, au Ritz. J'ouvris une bouteille de cham-

pagne et allumai une cigarette, ce que je n'avais fait depuis des lustres. Pendant un temps infini, je tournai en rond au téléphone, mais on ne pouvait me donner les résultats. Il fallait se rendre sur place afin de s'assurer que j'étais bien la personne concernée. Je conclus que si l'on voulait me voir en personne, c'était pour m'annoncer une mauvaise nouvelle.

Je fis des plans de suicide tout en sachant que j'en serais incapable. La corde, le fusil, l'électrocution dans la baignoire, tout cela me semblait trop violent. Il restait le gaz d'échappement de l'auto ou encore les pilules, mais je savais qu'il fallait en prendre une quantité industrielle et se faire oublier pour un certain nombre d'heures. Et puis j'aurais aimé disparaître, mais non par suicide, car je ne savais trop si l'assurance-vie laisserait de l'argent à mes enfants. Je voulais aussi qu'ils gardent un bon souvenir de mon passage dans cette vallée de larmes. Mon dilemme était donc le suivant : comment disparaître par accident sans que cela soit violent ? L'auto qui tombe en bas d'un cap... brr... La noyade, peut-être, mais on était en hiver et l'eau était plutôt froide, et il aurait fallu creuser un trou dans la glace. M'exiler incognito dans un pays étranger ne guérirait pas le mal qui me rongeait. Je pensais à ce vieillard «inutile» qui, dans *Le dernier havre* d'Yves Thériault, partait vers le large sur son esquif pour ne plus jamais revenir. J'étais vraiment découragé de ne pouvoir quitter cette terre librement et sereinement.

J'avais besoin d'une présence, silencieuse, affectueuse, d'un accompagnement pour m'aider face à la mort éventuelle. Comme un soleil incandescent, j'avais peur de la regarder dans le blanc des yeux. Je pensais à Éléonore. Je me consolais en me disant que j'allais la rejoindre. Je me sentais à l'article de la mort, perdu dans l'Antarctique glacé.

Dans ma chambre au Ritz où avaient circulé les grandes vedettes de la planète, je réfléchissais à mon sort. Ma vie dans les affres du sexe et de la tourmente amoureuse: tentations, désirs, culpabilité, souillure, extase. Pourquoi ces désirs devaient-ils procurer tant de joie ou tant de souffrance? Pourquoi cette incapacité à avoir une relation sereine?

Mais un bonheur est si vite arrivé et la joie que me procura la nouvelle que je n'avais rien me fit presque instantanément oublier mes idées noires. Ce fut une des rares fois où je fus très heureux de ne pas être positif!

C'était une journée pluvieuse et m'habita toute la journée le souvenir d'Éléonore.

J'adorais la pluie quand je me berçais avec Éléonore. Parfois, le souvenir heureux ou douloureux ruisselait sur ma peau.

J'aimais la pluie quand je m'installais dans mon petit nid, au bord de la mer avec elle. J'adorais davantage quand je me réveillais le matin, dans la chaleur de mon amoureuse, nous deux couchés en petites cuillères, une main sur son ventre ou sur son sein.

Je ne suis pas un homme du matin, mais il m'arrivait dans ces moments d'avoir une respectable érection, de même que le désir d'aller plus loin avec Éléonore. Bien lentement, paresseusement, langoureusement, car les voiles de la nuit et les rêves d'autres univers m'habitaient encore. J'hésitais entre les confidences et le goût des caresses, alternant entre le désir et le dévoilement, cherchant à découvrir par le toucher chaque mystère, chaque joie, chaque souffrance inscrits sur la peau de ma bien-aimée, allant chercher les codes les plus secrets dans les replis, les rides et les blessures du corps.

J'adorais la pluie quand elle tambourinait sur le toit, qu'elle chuintait à ma fenêtre et qu'elle accompagnait le mouvement de mes caresses. Quand la chaleur du lit se confondait avec la chaleur et la tendresse d'Éléonore.

Que je m'ennuyais d'elle lorsque ma vie amoureuse était un gâchis! Elle habitait souvent mes rêves. Je la berçais sur mon cœur et cela me nourrissait un temps, jusqu'à ce que je repasse au ralenti dans ma tête le film de l'accident; je tentais de le transformer, de changer l'issue tragique. Inutile, ma caméra interne résistait. Il ne me restait d'Éléonore que les souvenirs, heureux ou douloureux. Mais aussi souffrants fussent-ils, je ne voulais pas m'en départir.

Toutefois, la réminiscence de son odeur m'aidait à m'endormir dans les moments de tracas et son parfum m'excitait parfois dans les moments de vide. L'odeur, drogue ultime depuis le début de l'humanité, responsable de ce foisonnement de vie.

Et ce jour-là au Ritz, une femme passa qui portait le parfum d'Éléonore. J'avais lu et relu le roman *Le parfum* de Patrick Süskind, fabuleux voyage au pays de l'odorat. Mais l'odeur seule ne pouvait ramener Éléonore. Il fallait aussi le son, l'image, le goût, le toucher...

Cette nuit-là, je dormis comme un bébé bien langé dans la chaleur d'Éléonore.

CHAPITRE 39

> Jean Valjean était entré au bagne sanglo-
> tant et frémissant ; il en sortit impassible.
> Il y était entré désespéré ; il en sortit som-
> bre. Que s'était-il passé dans cette âme ?
>
> VICTOR HUGO, *Les misérables*

Il y eut, devant l'impasse des traitements scientifiques tant pour la douleur physique que pour les affres de l'esprit, de brèves incursions dans le monde de la magie, de l'ésoté-risme, du nouvel âge, du chamanisme. C'était la quête du Graal, la quête mystique de l'inaccessible étoile, du bonheur, de la sainte paix. Ou bien plus simplement, je ne voulais plus avoir mal dans mon corps ou dans ma tête. Objectif légitime.

Sur l'île Miscou, j'avais assisté à une session de groupe sur l'énergie avec des octogénaires de Bretagne. Elles se disaient sorcières et voulaient remettre à l'honneur cette vocation — si l'on peut dire — tellement stigmatisée par l'histoire. Au demeurant, c'étaient des guérisseuses fort sym-pathiques, qui semblaient épanouies et qui, paradoxalement, avaient les pieds bien sur terre. J'eus droit à la panoplie de l'inédit avec la musique des bols tibétains, des anecdotes sur les courants telluriques et l'énergie des lieux sacrés, souvent les anciens sites païens où la Sainte Église catholique, apos-tolique et romaine avait bâti ses cathédrales. Ces sorcières racontaient qu'elles avaient purifié quelques lieux maudits de leurs influences maléfiques. L'une d'entre elles m'avait fait un traitement en passant ses mains à quelques centimètres de mon corps, sans me toucher; il y avait paraît-il des boulets encore accrochés à mes pieds, boulets qui dataient de l'époque des galères du roi de France. Cela me faisait penser à Jean Valjean condamné au bagne pour avoir volé du pain afin de nourrir sa famille. Pas étonnant que j'eusse de la misère à traîner ma carcasse! L'autre sorcière m'avait confié que, dans une autre vie, j'étais une courtisane qui avait fait languir bien des hommes. Ce qui expliquait très bien que Rose-Hélène — je lui en avait parlé —, que j'avais fait souffrir dans une vie antérieure alors qu'elle était un homme et moi une femme, me rende la pareille aujourd'hui! Tout devenait lumineux! Mes sorcières voulaient se brancher sur l'énergie millénaire du continent à travers ses peuples amérindiens. Plongé dans le rêve et la mythologie, il me semblait que je touchais au cœur des Amériques en me fusionnant aux racines irréductibles de ce pays d'embruns, l'Acadie. Les territoires mi'kmaqs de la Péninsule habités par des Acadiens en témoignaient éloquemment: Miscou, Lamèque, Shippagan, Pokemouche, Tracadie, Tabusintac, Neguac, Pokesudie, Caraquet, Pokeshaw. Cette séance de presque exorcisme à Miscou me fit du bien. J'y allais davantage pour meubler l'ennui que pour mes douleurs physiques qui hibernaient depuis un temps.

Mais elles revinrent. J'avais entendu parler d'une technique miraculeuse, qui guérissait même le cancer, la méthode holo-énergétique. Le spécialiste étudiait le pouls de Nogier pour découvrir la maladie et les blocages énergétiques. Chaque vaisseau sanguin du poignet était considéré comme un canal radio qui répondait à une fréquence, la maladie étant une panne provoquée par le système nerveux quand intervenaient des commandes contradictoires. On utilisait la lumière ambiante et des filtres Kodak, eh oui! et ainsi le système nerveux se programmait à nouveau de façon appropriée. Le guérisseur était chirurgien vasculaire. En plus, il connaissait l'acupuncture, l'homéopathie uniciste et l'ostéopathie. Il se disait aussi adepte de l'auriculo-médecine, discipline qui prétend que chaque point de l'oreille correspond à une partie du corps.

Étendu sur une table pour une trentaine de minutes, quelques filtres de couleur sur le corps, j'attendais que se régénèrent mes cellules. Je me voyais comme le disque dur d'un ordinateur sous traitement. Je ne sentis aucune diminution de mes douleurs, mais j'éprouvai curieusement une fatigue extrême après ce traitement. Était-ce là un signe que quelque chose agissait?

J'appris par la suite que le docteur en question avait été radié à vie de la profession médicale. L'Ordre des médecins lui reprochait de négliger les examens cliniques appropriés et d'exclure les tests en radiologie. Un expert français était venu expliquer que cette méthode était une nouvelle façon d'aborder le malade, permettant de constituer en quelque sorte le cheminement énergétique du patient, mais que cela était insuffisant pour servir dans un plan de traitement. Je demeurais toutefois convaincu qu'un jour nous aurions des cures simples, comme dans les romans de science-fiction; qu'un jour, avec la lumière (images ou couleurs) et les sons (bruit ou musique), on arriverait à guérir la partie du cerveau qui avait besoin de douceur. En fait, certaines interventions s'apparentaient à ce concept, par exemple les électrochocs qui, bien dosés, en une douzaine de sessions, permettaient à des patients réfractaires à toute thérapie et médication de sortir d'un état dépressif végétatif et même de diminuer des paranoïas extrêmes. Je me souvenais encore d'un film où l'extraterrestre devait être opéré à la suite d'un traumatisme crânien. Ses amis se dépêchaient de le retrouver avant que ces barbares ne lui ouvrent le crâne. Mais en attendant, les charlatans sereins, imbus de leur narcissisme profond, pullulaient. Nos évangélisateurs d'antan.

Toujours dans les univers parallèles, on m'avait parlé d'une acupunctrice très douée, Rosemonde, qui travaillait dans un centre de médecine douce avec divers thérapeutes : il y avait là médecins, diététiciennes, massothérapeutes de diverses écoles, médiums dont l'un recevait des messages des anges, tandis qu'une autre, qui faisait du channelling avec une entité de l'étoile la plus brillante du ciel, Sirius, avait réponse à toutes les questions. Évidemment, si ça ne marchait pas, il fallait raffermir sa foi, passer par des rituels plus complexes et, surtout, mettre fréquemment sa main dans son gousset. Il y avait aussi une psychologue qui s'intéressait aux vies antérieures, mais comme j'en avais plein mes bottines avec ma vie présente, je décidai de ne pas la consulter.

Rosemonde, qui croyait beaucoup au synchronisme et au hasard, me confia qu'elle avait choisi ses parents ainsi que sa polio, qui avait surgi à l'âge de six mois ! Elle m'apparaissait compétente et gentille ; pas trop à cheval sur ses croyances. Mais après deux rencontres, les sessions furent renvoyées aux calendes grecques, car elle partit, sac au dos, pour rencontrer les guérisseurs des autres continents. Elle me disait que son nom, Rosemonde, contenait le mot monde, lui signifiant ainsi d'en faire le tour. Par ses cartes postales reçues à la clinique, je savais que tout se passait bien, même dans les coins les plus reculés. Aux Philippines, elle fut très déçue lorsqu'elle réalisa que ceux qui opéraient à main nue pour sortir du corps des substances malsaines étaient en fait des illusionnistes. Au retour, tout juste avant d'arriver chez elle, elle eut un accident de voiture et elle se cassa le poignet droit. Plus d'acupuncture ni de sous pour un temps. Avait-elle choisi aussi son dérapage? Allez donc comprendre quelque chose aux mystères de la vie!

Pour poursuivre dans la drogue thérapeutique ou ésotérique, j'avais décidé de suivre une session intitulée «Le paradis maintenant!», session donnée par un gourou connu mondialement et porté aux nues dans certains cercles. J'espérais que ma persévérance ouvrirait la porte de la caverne d'Ali Baba. Une session qui ne m'attirait pas vraiment, mais j'étais tellement découragé du vide de mon existence que j'étais prêt à tout.

La curiosité ajoutée à la monotonie de la fin de semaine fit pencher la balance. Comme je ne pouvais arriver à l'heure dite, je tentai de négocier avec mon marchand de tapis volants une somme moindre. On entendait déjà le tintement des piécettes dans sa cagnotte. Une vingtaine de participants. Je ne trouvais personne de beau dans le groupe et je ne devais pas l'être, moi non plus. Tous souffraient de maladies somatiques, psychomatiques ou mentales importantes, ce qui confirmait que les plus belles personnes, quand elles sont malades, deviennent ternes. Leur beauté s'étiole. Ces gens avaient essayé sans doute toutes les thérapies classiques et alternatives de la planète. Toutes prêtes pour le miracle exotique.

Les sessions ressemblaient à des exercices monastiques. Pratique de la présence et du moment présent. Il fallait être attentif à sa respiration et vigilant face à ses états de conscience. Je me disais que la voisine, quasi centenaire et mère de quinze enfants, n'avait pas eu beaucoup de temps pour se flatter le petit moi, hormis des «vacances» de sept jours à l'hôpital à chaque naissance; pourtant, je la sentais plus épanouie que moi.

Allongé sur le dos et écoutant une musique nouvel âge, je travaillai mon souffle. Il fallait «retrouver en amont de notre inspiration le chemin d'avant notre naissance et, en aval, au moment de notre expiration, le lieu d'après notre vie». Toute une mission! Il y avait aussi la pratique du silence pour renoncer à nos habitudes langagières. Il fallait aussi, bien sûr, explorer le mode de l'art et notre créativité. Au son d'une musique élévatrice de l'âme, nous faisions des mandalas avec des crayons à colorier; un cercle tracé à l'intérieur duquel nous laissions parler notre inconscient. Enfin, heureux moment, le chef de la secte nous accordait des entretiens individuels de trente minutes pour «démêler, à l'aide des mots, ces maux qui nous turlupinent, ces désirs qui nous habitent et ces peurs qui nous restreignent». J'ai toujours cru en la poésie!

Je devais ressortir de cette auberge de mutants comme une herbe génétiquement modifiée qui cherche à revenir dans le monde ordinaire des plantes. Mais rien ne s'était produit, hormis un découragement et un dégoût de plus en plus prononcé pour cette forme de croissance personnelle qui, me semblait-il, abusait de la naïveté de certaines gens. Et Dieu que j'étais naïf!

En me souvenant aujourd'hui de ces sessions et en relisant la documentation sur le sujet, je suis pris de nausées devant cette religion introspective du nombril, ce charabia psychologique réchauffé où «on réexamine sa vie en allant davantage à l'essentiel afin que l'harmonie surgisse de la turbulence et que l'angoisse de la mort laisse place à la beauté des source de vie». On indiquait que cela pouvait aider si vous étiez en thérapie ou que vous l'aviez déjà été, que peut-être vous songiez à entreprendre une thérapie et que vous vouliez commencer d'une façon originale ou encore que vous traversiez un passage difficile, bref, tout le champ des candidats potentiels était couvert. Tout cela, disait la brochure, permettrait qu'arrive enfin «cette transformation des états de conscience qui vous amènera au paradis maintenant». Ainsi soit-il.

Bien sûr, j'étais un peu sévère, car, dans un mouvement de transcendance plus grand que soi, qui n'espère pas vivre ce sentiment d'appartenance profonde avec ses frères humains? Une transcendance qui arrivait à la suite d'expérience de mort clinique apparente, de rituels initiatiques sous hallucinogènes, d'illumination religieuse... et en thérapie parfois. Ces gens, qui avaient vécu ces états altérés de conscience, revenaient parfois transformés, étaient davantage à l'écoute de ce qui s'était tapi dans les profondeurs de l'inconscient, n'avaient plus peur de la mort et allaient à l'essentiel. Je ne pouvais le nier. Il y avait en psychologie une école qui étudiait tout le phénomène des états de conscience, les transes, les extases mystiques, les sorties hors du corps, les vies antérieures, le paranormal. Un champ très prometteur, mais bourré de charlatans. La science avait bien de la difficulté à placer des balises dans ce domaine si complexe et mystérieux.

Toutefois, il me semblait que nous avions remplacé la religion de mon enfance par un carcan sophistiqué, mais tout aussi diabolique. Mon discours critique étant bien sûr interprété comme un mécanisme de défense pour ne pas aller plus creux, plus haut, plus loin!

En raison de mes tracas sans fin, l'événement le plus important de ma vie ne serait pas le premier contact avec un extraterrestre, ni la bombe nucléaire qu'un Palestinien de Gaza ferait peut-être sauter à Tel-Aviv, ni les falaises d'Acadie qui se désagrégeraient à la suite d'un raz-de-marée causé par les changements climatiques, non, ce serait plutôt la certitude que tout l'appareil génito-urinaire fonctionnerait admirablement bien, et ainsi que ma vie sexuelle serait annonciatrice d'un bonheur sans fin avec la femme de ma vie.

Je m'en voulais de mon égoïsme profond.

CHAPITRE 40

Si un homme commet l'adultère avec la femme de son prochain, tous deux, l'homme et la femme adultères, seront punis de mort.

Lévitique 20,21

Je continuais à lire la Bible à petites doses ; difficile d'ingurgiter cela autrement. Je voulais comprendre le magma dans lequel, enfant, j'avais macéré : la peur des péchés de la chair et le châtiment pour la moindre incartade.

À l'occasion, je téléphonais à mon vieux sage Bouddha et on se donnait rendez-vous pour un repas. Il prenait le train à Saint-Laurent et je l'attendais à la gare centrale, au Reine Élizabeth. Il avait quitté sa communauté où il se sentait trop à l'étroit, mais était resté prêtre. L'Église avait bien peur de cet électron libre et une dispense de Rome avait été nécessaire — dans son cas un processus long et compliqué. Il devait en plus relever d'un évêque.

J'étais gêné de parler de sexe avec un curé. Mais il était ouvert à tout. Il connaissait les diverses thérapies. Bouddha avait développé un engouement pour la sophrologie, une approche popularisée par l'espagnol Caycedo, un amalgame d'hypnose, de relaxation, de méditation et de visualisation. En plus des cassettes régulières du programme, il en avait pondu quelques-unes pour mobiliser les puissances de mon

cerveau en vue d'une guérison. Une sorte de transe hypno-
tique avec musique lors de laquelle mon cerveau devenait
comme un petit lac tranquille et calme, ce qui aidait à mobiliser ses pouvoirs de guérison. J'écoutais ces cassettes sans
relâche en suivant ses conseils. Pour chasser les séquelles de
mon stress post-traumatique, Bouddha me faisait visualiser
des scènes agréables. Je partais alors avec mon père à la pêche
au homard ; l'aube rosissait. Je tenais le gouvernail. Il y avait
le vieux compas vert-de-gris des ancêtres quand la côte dispa-
raissait et que la mer devenait moutonneuse. J'étais heureux.
Soulagé de jeter à la mer toutes les mauvaises images de ma
vie. Et me débarrasser de ce monstre horrible et minuscule
qui me griffait l'intérieur du pénis, un volcan trop ardent qui
brûlait le scrotum en attendant de cracher le feu. Je répétais,
jusqu'à plus soif, « ma prostate est guérie », y ajoutant des
mots comme « sain », « guérison », « plaisir », « calme », « sensation agréable » et me figurant une belle glande toute rose
et dodue. Je faisais attention de ne pas faire de phrases néga-
tives qui contiendraient les mots « douleur », « souffrance »,
« inflammation », car on racontait que l'inconscient enregis-
tre ces mots négatifs. En imagination, je me berçais près
du feu, alors qu'au-dessus du foyer un écran me permettait
de visualiser un état agréable. Un petit lutin ou parfois un
ange devenait mon guide de guérison. Il allait chercher dans
ma pharmacie magique les granules de santé. Il allait aussi
dans ma bibliothèque imaginaire pour trouver le livre qui
mobiliserait les pouvoirs de mon corps. J'avais en mémoire
l'ange gardien de mon enfance avec ses ailes magnifiques qui
guidait le petit frère et la petite sœur sur une passerelle dangereuse. De même, le petit Jésus de Prague, tout doré, qui
tenait le globe terrestre dans sa main, me faisait des signes

d'encouragement. La visualisation de magnifiques couchers de soleil, de vagues sublimes ou de sons harmonieux, la brise chaude du matin ou la parade des oiseaux maritimes berçaient toute la cour de l'appareil génito-urinaire de couleurs et de sons fabuleux. Parfois, la prostate, comme une rose, une rosette, s'imprimait sur l'écran et me revenait alors en mémoire le poème de Malherbe, lequel avait pondu deux des plus beaux vers de la langue française, peut-être en raison, dit-on, d'une erreur d'imprimerie. « Et rose, elle a vécu ce que vivent les roses/L'espace d'un matin. »

Il y avait le pouvoir magique de l'eau. Je m'immergeais dans la mer chaude de l'été. Sur le dos, je me laissais dériver vers le ciel bleu. En soulevant un peu la tête, je voyais le clocher de l'église de mon village se profiler dans le lointain. Mais quand revenaient les grandes angoisses, j'imaginais une greffe de prostate ; on vendait des reins, vendrait-on des prostates ?

Le mot « sérénité » revenait souvent sur les cassettes, un mot que j'écrivais en oubliant toujours un ou deux accents. Comme les mots « obsession », « mariage » et « paranoïa » que je n'arrivais jamais à écrire correctement. Cela me faisait du bien d'écouter ces cassettes chez moi, pour tout simplement tenter de calmer le désordre de mon esprit et me redonner espoir. Longue période pendant laquelle ma prostate se calma, mais où j'étais toujours en déséquilibre amoureux.

La spiritualité de mon guide était rayonnante et je faisais aussi partie de sa longue liste de prières. Il m'aida avec mes innombrables blondes, sans me dire que, selon les normes vaticanes, je vivais dans le péché. Il était devenu davantage un ami qu'un thérapeute. Parfois, il me confiait quelques-uns de ses rêves. Il voulait écrire un roman qui serait comme une

passerelle vers l'infini — c'était d'ailleurs le titre choisi —,
pour parler de spiritualité. Sa présence m'était un baume et je
le sentais totalement dévoué à m'aider pour que ma vie prenne
un sens et que je vive une relation amoureuse épanouissante.
Je restais convaincu que cette incapacité que j'avais à vivre
l'intimité était l'obstacle à franchir ; ainsi le plaisir qui coule-
rait dans tout mon être en finirait avec la douleur.

Après une rencontre avec Bouddha, évidemment toujours dans la quête du thérapeute miracle et de l'amour
idéal, j'assistai à la conférence d'un gourou célèbre — psychanalyste jungien — qui, comme par hasard, ne parvenait
pas plus que moi à avoir des relations amoureuses satisfaisantes. Je pus lui dire quelques mots et lui demandai s'il
pouvait soulager mon mal ; il était trop occupé mais il pouvait me diriger vers un collègue avec qui il collaborait parfois
et qui travaillait avec l'approche corporelle. Cette approche,
disait-il, aidait les clients trop enfermés dans leur tête à se
connecter avec leurs émotions. Je pris donc rendez-vous avec
cet électricien de l'âme qui allait brancher mon cœur avec
mon cerveau sans risquer le court-circuit.

Le thérapeute, d'origine provençale, était jeune, d'allure
sympathique. Dans la pièce de ce nouveau gourou, la table
à massage retint mon attention. L'entrevue orale fut brève,
question de situer ma demande et de m'expliquer ce qu'il
ferait lorsque je serais étendu. Des manipulations corporelles
— sauf dans les zones génitales — lors desquelles il touchait
mon corps de diverses façons. Il s'agissait de laisser monter
les images et les émotions. Je m'installai en petite tenue.

Je vécus ce jour-là l'une des expériences les plus fascinantes de ma vie. Alors qu'il me massait la région du cœur et du ventre, j'assistai à ma naissance, en fait je naissais, je sortais du passage. Une naissance difficile avec la sage-femme, garde Pinet, qui m'avait sauvé la vie. Je me présentais par le siège. Elle avait su comment me faire changer de position. Curieusement, je ressentais en moi les sentiments de ma mère. Elle s'attendait à une fille, elle avait un garçon! Il me sembla alors comprendre mon rapport avec ma mère, sa difficulté face à l'éducation d'un mâle, sa difficulté à trouver la distance affective appropriée. Personne n'aurait pu me faire changer d'avis, parce que la vérité qui surgissait comme une illumination venait de mes sens et était aussi réelle que la table de massage sur laquelle j'étais étendu. Aussi réelle que les extases de Marie de l'Incarnation qui avait eu avec le Christ des orgasmes mystiques qui la transfiguraient.

Puis monta une image de confort, de sécurité. J'étais bien au chaud, enveloppé de langes, dans le réchaud du poêle. L'incubateur des prématurés d'antan. Difficile de savoir si ces souvenirs correspondaient à la réalité — certains parlent de mémoire cellulaire — ou s'ils faisaient partie de l'imaginaire.

Il y eut plusieurs séances avec à la fin de chacune un bref dialogue. Je me sentais frustré, car je voulais parler de mes problèmes amoureux immédiats alors que, disait-il, il travaillait sur la lame de fond de l'inconscient. Un moment, j'eus une réaction de peur homosexuelle qui se traduisit par des attaques verbales. Il me rassura. Mais dans le feu de ces réminiscences, pour une raison ou une autre, je devins hostile. Quant à mon thérapeute, il demeurait incapable de gérer mes attaques. Je voulais parler; il voulait faire ses manipulations. Je n'avais pas confiance en cette thérapie qui mobilisait ma paranoïa.

Ma vie avait fait naufrage, les débris à la mer revenaient en bois d'épave d'où émergeaient des formes désordonnées, mais aussi des sculptures éblouissantes. Je cherchais avec l'énergie du désespoir à récréer ma vie, à recoller d'une façon harmonieuse ces bois marins qui avaient fait le tour du monde et vécu tant de choses.

CHAPITRE 41

Le meilleur endroit fut celui de tenancier de maison close — milieu idéal pour un artiste. Il y jouit d'une totale indépendance matérielle. Le matin, la maison est calme. Le soir, s'il a envie de se distraire, il peut se mêler aux nombreux visiteurs.

WILLIAM FAULKNER

Puisque je n'arrivais pas à vivre des relations amoureuses satisfaisantes, j'avais décidé de ne plus me laisser attendrir, d'arrêter de rêver, d'extirper la dernière racine de l'indécrottable romantique et naïf que j'étais et de trouver d'autres façons de me satisfaire. Après tout, une relation amoureuse n'est pas une nécessité comme respirer, boire, manger, dormir. Mes amis, ma famille, mon peuple pouvaient remplacer mon besoin d'appartenance, de support, de tendresse. Mon travail dans l'Outaouais, où nombre de fonctionnaires à l'aise demandaient souvent mes services pour un petit survol de la région, me procurait l'argent requis pour me gâter.

Bref, il ne manquait que le sexe et, bien sûr, je pouvais me satisfaire moi-même en plongeant dans des fantasmes qui ne coûtaient rien. La masturbation devenait un bon placement et une valeur sûre. Bien sûr, l'intimité amoureuse avec la femme que j'aimerais allait me manquer. Des étreintes, la chaleur de l'autre, la tendresse au réveil. Mais les filles de joie haut de gamme, les geishas et les courtisanes des temps modernes, pouvaient me faire oublier un peu ce que je n'avais pas — et que je n'aurais jamais, me disais-je, en m'amenant par moments dans le rêve et le plaisir des sens.

J'avais ainsi conclu que mon initiation se ferait à Berlin. Cette ville me fascinait depuis des lustres et j'avais lu quantité d'ouvrages sur les guerres mondiales. Je me souvenais que, durant les derniers mois du printemps 1945, alors que grondaient les orgues de Staline, les codes de conduite les plus élémentaires avaient cédé. Ne voulant pas laisser souiller leur âme et leur corps par les soldats russes, qui ne chercheraient qu'à se venger des terribles horreurs commises chez eux, les femmes allemandes, même les épouses fidèles, offraient leur vertu aux soldats du Reich comme un talisman qui les protégerait. Plus rien ne tenait, le pays était en ruine, des centaines de milliers de filles et de femmes allemandes, même de très vieilles, surtout en Prusse orientale — porte d'entrée de l'Allemagne de l'Est —, se faisaient violer à répétition. Cela, quand elles ne se suicidaient pas avant. Plus rien n'avait de sens; il n'y avait ni repères ni avenir. Pays de la démesure qui se désagrégeait par le fer et le feu au son des chants wagnériens.

J'avais visité le premier camp de concentration nazi, Saucherhausen. J'en étais ressorti, par un froid de janvier et une neige lugubre, totalement hébété. Le psychiatre Frankl, un survivant des camps, dans *Man's search for meaning*, avait parlé de cette spiritualité, cette résilience qui persiste quand tout nous est enlevé et qui donne un sens à la souffrance. J'avais lu une histoire de Juifs emprisonnés dans une église en feu. Pas question de les laisser sortir, car ils auraient pu fuir et les gardiens nazis auraient failli à leur devoir; il fallait garder le corps, mort ou vif! Incroyable de constater l'asservissement face à l'autorité poussé jusqu'à l'absurde.

J'avais beaucoup lu sur l'Allemagne, mais les mots pour évoquer l'horreur me semblaient un pâle reflet du réel. La culpabilité collective tenaillait toujours les Allemands. Le mal incarné par le génie d'Hitler avait fait de ce peuple des robots. Aurions-nous, dans des conditions semblables, agit ainsi? Hélas, il semble bien que oui. La guerre fait ressortir le pire… et le meilleur quand il s'agit bien sûr de préserver survie, famille et patrie. Je ne pouvais m'empêcher de penser que l'amour nous révélait aussi dans le meilleur et dans le pire.

Berlin me chavirait. C'est ainsi qu'en arpentant cette cité qui avait propulsé dans les limbes tous les interdits que l'on ait pu imaginer, et un peu grisé par cette folie, je décidai d'explorer le monde de la luxure.

Dans une petite auberge près de la porte de Brandebourg, je ressentis à la fois de l'excitation et de la peur à consulter les pages jaunes, à m'informer timidement aux chauffeurs de taxi, à imaginer les beautés farouches qui m'attendaient. La peur de l'arnaque aussi. Mais je me disais que la «réputation» de ces femmes devait être irréprochable si elles voulaient «rester en business». Il s'agissait de payer, ce qui allait de soi, puis d'être doux et gentil. J'avais un respect immense pour ces filles qui offraient tout de même ce qu'il y avait de plus sacré. Qui pouvait juger? Dans mon pays, la femme monoparentale qui travaille au salaire minimum pour nourrir ses enfants est-elle plus libre que celle qui choisit de plonger quelques années dans l'empire des sens et de l'argent et qui peut gâter ses enfants? Certaines ont un amoureux. Plusieurs paient ainsi leurs études. Mais je ne croyais pas, sauf exception, que quelqu'un puisse exercer ce métier sans avoir des blessures à l'âme.

Les travailleuses du sexe… Comme cela sonnait drôle. Mais combien d'hommes malheureux, esseulés avaient-elles consolés ; elles devraient, me disais-je, détenir un doctorat *honoris causa* en psychologie. Je ne craignais point les maladies, le condom étant obligatoire et les courtisanes étant d'une rigueur absolue sur l'importance de se protéger.

Je me souvenais d'une amie de cœur qui me disait qu'elle ne serait pas trop affectée si j'allais voir une « escorte », car cela ne signifiait que le plaisir des corps, mais qu'elle serait grandement dérangée si la transgression se passait avec une fille « vraie », puisque là, les sentiments entrent en jeu. Ainsi, ces « geishas » offraient-elles généreusement leurs caresses et leur sexe, mais rarement leur bouche, car un baiser demeure plus intime, une porte d'entrée vers le cœur.

Bien sûr, il fallait payer. Mais comment un homme sur son déclin, à la peau ridée et à la verdeur qui se fane aurait-il pu sinon effleurer une splendide jeunesse pétillant de beauté, de sensualité ? Eh oui, en général, elles étaient d'une très grande beauté et, dans certains réseaux haut de gamme, bien loin d'être des esclaves. Elles gagnaient une fortune, pouvaient refuser si elles ne se sentaient pas à l'aise et plusieurs adoraient faire l'amour comme d'autres aiment faire la cuisine. J'étais bien au courant du trafic éhonté du sexe, mais ma volonté de « rationalisation » me poussait à croire à ma vision des faits.

Les néons clignotaient dans les rues de Berlin avec cette promesse d'euphorie… J'entrai dans ces lieux intimes, décorés avec goût ; lumières tamisées, sofas, horde de jolies filles, toutes plus belles les unes que les autres, toutes dans la jeune vingtaine. Je ne savais pas laquelle prendre ; l'embarras du choix. J'étais vaguement inquiet à l'idée de transgresser la morale, de dévoiler mes fantasmes à une étrangère. Sans oublier la peur d'être volé ou filmé, puis que cela circule sur Internet devant le regard incrédule de mes enfants. J'étais optimiste quant à la qualité du service et rassuré par la délicatesse manifestée — je n'avais fait, pourtant, que prendre et offrir un verre —, mais j'hésitais à plonger. Finalement, à force de tergiverser et de faire du lèche-vitrines, le séjour à Berlin se termina sans que je n'aie pu me décider à me vautrer dans le monde du vice. Je n'avais cessé d'osciller entre souillure et pureté.

Il me restait encore une escale à Saint-Pétersbourg, une ville fascinante chargée d'histoire. Le mysticisme russe m'avait toujours attiré, de même que les frasques de Raspoutine qui avait l'écoute de la tsarine et les faveurs des plus belles femmes de la cour. J'avais dévoré le livre de Fedorovski, *Le roman de Saint-Pétersbourg*. Je rêvais aux folies de Pierre le Grand, à Catherine II et son compagnon le prince Potemkine, à Alexandre Ier, mais aussi aux écrivains : Pouchkine, Dostoïevski, Tolstoï, ces illustres personnages qui avaient souffert et aimé dans cette Venise du Nord. Leurs coups de foudre, leurs folies amoureuses, leurs infidélités dans les palais étincelants ou dans les bordels.

J'avais passé une journée à l'Ermitage en compagnie d'une guide. Elle me parla du rouge dans l'art russe qui était partout. En 988, le prince Vladimir épousa la princesse Anna, toute vêtue de pourpre, couleur importée de Byzance et symbolisant le sang du Christ et des martyrs. Ainsi le pourpre entra dans la royauté russe. Ma guide me raconta que les mots « rouge » et « beau » ont un sens intimement lié. Je me souviens d'une magnifique toile sur fond rouge de cinabre où saint Georges tue le dragon. D'autres toiles aussi, comme celle de Brullov qui représente la bataille de Pskov contre les Polonais et qui baigne dans une atmosphère rougeoyante de sang, de poussière et de glace.

Même — surtout? — dans la maison close, impossible d'éviter le rouge: sur un mur, des portraits de tsars et de tsarines vêtus de tuniques aussi écarlates que les tentures omniprésentes. Je m'installai dans un coin pour prendre le temps de m'imprégner du lieu. Au son d'une musique langoureuse, une fille magnifique se caressait, étendue sur une peau de tigre de Sibérie. On m'offrit un verre de champagne. Puis une magnifique sirène vint s'installer près de moi; une beauté sculpturale, cheveux de jais, regard anthracite, peau bronzée, satinée. Une vraie reine de la toundra avec quelques teintes orientales. Elle me touchait et semblait s'intéresser autant à mon discours qu'à ma vieille peau. Cela se faisait avec tellement de naturel — même si je savais que c'était un jeu — que je m'y laissai prendre. Une femme sans complexe aucun face à la sexualité, qui aimait toucher ou être touchée.

Le champagne coulait à flots; dix fois le prix du marché, mais je m'en foutais, car je n'étais pas venu à Saint-Pétersbourg pour compter mes cennes noires. Et ça faisait longtemps que je n'avais pas senti la chaleur d'une femme. Après un temps d'échanges à fleur de peau, elle m'invita dans la petie alcôve fermée par un rideau de velours rouge. Je glissai ma main sur ses seins; je perdais le sens du lieu et du temps, me sentant dans *Les mille et une nuits* avec Shéhérazade. Je savais que je naviguais dans un monde artificiel où quelques dollars faisaient la différence. J'étais le roi du moment, elle était ma reine et elle me racontait des histoires de chasse avec son père dans les steppes nordiques ou encore les nombreux voyages de luxe qu'elle faisait trimestriellement.

Vint le moment de payer avant de passer dans la petite chambre à jacuzzi. Mauvaise surprise, ma carte de crédit ne répondait pas, pas même au guichet de la banque où je me rendis, accompagné par un gorille russe qui me regardait de travers. Ma geisha craignait de devoir rembourser la note astronomique. Curieusement, par insouciance ou naïveté, je ne sentais pas la peur. Heureusement, la patronne put joindre le siège social de ma carte de crédit aux petites heures du matin ; comme il y avait eu de nombreuses transactions les jours auparavant, le compte avait été gelé ; on craignait une arnaque. Ouf…

On passa alors dans le Saint des Saints. Le jacuzzi se remplissait lentement, mais les préliminaires se firent sur le lit. Elle savait avec sa bouche placer le condom sans que je m'en aperçoive. L'érection était difficile après le tonneau de champagne que j'avais ingurgité. Pendant que je me caressais sans gêne — c'est dire comment elle m'avait mis à l'aise —, elle sortit un petit vibrateur et, pour la rose violette, des boules chinoises. C'était très excitant. Elle semblait jouir terriblement ou alors elle était excellente comédienne. Vint l'érection. Elle savait mentir. Elle disait que pour moi elle offrirait ses reins, ce qu'elle n'avait jamais fait auparavant… Je l'invitai plutôt à s'asseoir sur moi, de dos. Et alors ses hanches se mirent à danser un tango sensuel et les muscles de son vagin me sucèrent comme une ventouse. Quand je fus au bord de l'orgasme, elle s'arrêta jusqu'à ce que je n'en puisse plus et que je hurle de plaisir alors que le jacuzzi débordait.

Je retournai à l'hôtel, la tête pleine d'images sensuelles, la peau encore vibrante de toutes ces caresses et je m'endormis dans un beau cocon chaud, une alcôve rouge ornée de tableaux de l'Ermitage.

CHAPITRE 42

Le roi Salomon aima de nombreuses femmes étrangères, outre la fille de Pharaon [...] d'entre les nations dont Yahveh avait dit aux enfants d'Israël : Vous n'irez point avec elles et elles ne viendront pas avec vous, car elles inclineraient vos cœurs à suivre leurs dieux. Salomon s'attacha passionnément à elles. Il eut sept cents femmes princesses et trois cents de second rang ; et ces femmes détournèrent son cœur.

Premier livre des Rois 10,11

À la suite de mes innombrables recherches de guérison, j'avais eu une discussion assez vive avec mon ami Jean-Luc. Il me suggérait d'arrêter de courir sans fin pour trouver une solution, de ne plus rien faire, de lâcher prise ; de tomber amoureux de moi. Mais je n'étais pas prêt. Côté physique, je lui demandais ce qu'il ferait avec des douleurs récurrentes et, côté psychique, avec cet ennui perpétuel. Il convint alors que je devais encore chercher. Ce que je faisais.

Je me suis plutôt tourné vers l'ostéopathie où le corps est vu comme un tout, une science qui pour plusieurs est considérée comme supérieure à la chiropractie. J'avais d'ailleurs tâté à cette dernière thérapie où les approches sont encore plus diverses qu'en psychologie ! La dernière technique de chiropractie que j'avais essayée consistait à aligner l'atlas, la vertèbre supérieure cervicale. On m'arrachait quasiment la tête pour que le choc se rende jusqu'au coccyx et ainsi fasse son effet. Quand le chiro commença à délirer sur le pouvoir des Atlantes et de leurs cristaux, je pris la poudre d'escampette.

Certains confondent l'ostéopathie avec l'orthopédie, qui est la science des os. Un copain psychiatre, qui avait suivi des cours dans ce domaine, me fit rencontrer son gourou français, une célébrité. Il était sympathique. Au tour de la France de me prendre en charge! Il croyait que j'avais reçu un coup dans le bas du corps dans ma tendre enfance. Il ne pouvait s'imaginer le nombre de fois que j'étais tombé sur le cul en jouant au hockey! Je me souvins alors d'un chiropraticien reconnu pour travailler avec les énergies qui m'avait dit la même chose. Il m'avait tripoté le ventre quelques instants, avait fait quelques mouvements rotatifs avec ses mains pour, disait-il, «repartir le moteur de l'énergie». En sortant, je n'avais plus de douleur. Le fou rire ne m'avait pas lâché de la journée. Tant m'en faire alors que le diagnostic et le traitement étaient d'une telle simplicité. Quelques années plus tard, j'avais cherché à revoir ce faiseur de miracle mais, comme tous ces guérisseurs qui avaient tendance à disparaître dans la brume par crainte de poursuites ou dieu sait quoi, il demeura introuvable.

Mais revenons à mon ostéopathe. Il me prescrivit d'abord des granules homéopathiques, me disant ne pas vouloir travailler avant d'avoir épuré l'organisme. Je me consolai en me disant que toute ma vie j'avais oscillé entre la souillure et la pureté. Tout comme dans l'Ancien Testament, où l'on rencontre des personnages sans péchés et d'autres, comme Salomon, qui vers la fin de leur vie se vautrent dans des orgies incompréhensibles pour l'enfant de chœur que j'étais.

Le guérisseur me parla du rapport au corps qu'avaient certains Européens. Les gens se croisaient nus, dans les centres de santé ou sur les plages, sans honte, sans gêne ou sans arrière-pensée. C'était bien différent en Amérique.

Quelques minutes de massage suffisaient à donner de l'amour, disait-il, aux muscles, aux nerfs et aux vaisseaux sanguins. L'ostéopathe parlait de traiter la périphérie pour atteindre le centre. Tout en me triturant, il faisait de l'humour : Moïse en descendant de la montagne sacrée avec les tables de la Loi en avait perdu une en chemin, ce qui faisait cinq commandements de moins à observer ! Heureusement, car on aurait dû arrêter de respirer !

En position d'abandon, des images montaient, débloquées par certains mouvements de l'ostéopathe. Des images où la poigne de ma mère enserrait ma prostate comme les serres d'un aigle pour me punir de mes pensées impures. Pas étonnant, me disais-je, que je n'arrive pas à me déprendre ! D'autres images me venaient. La mère de Relique avait été violée par un Blanc de passage qui lui avait refilé une maladie vénérienne. Pas étonnant, me disais-je alors, que des séquelles de cette souffrance et de cette honte aient fini dans mes mémoires cellulaires et que j'aie, par effet boomerang ou peut-être ce que l'on nomme le hasard, en attrapant une maladie du même ordre, développé une sensibilité particulière à la douleur et une résistance à la guérison. Enfin, rendu où j'étais et compte tenu de mon magasinage compulsif dans toutes les sphères de la médecine et des science de l'esprit, les théories les plus folles me semblaient lumineuses !

L'ostéopathie m'avait procuré un sentiment de bien-être pendant quelques jours. Les résultats furent moins évidents la seconde fois.

Tout comme Annabelle, j'étais passé par une période d'obsession quant à l'alimentation. Savoir diminuer la consommation d'aliments trop riches en matières grasses, mettre l'accent sur les fruits et légumes. La prostate avait besoin de zinc ; il s'agissait de pallier par les noix, les huîtres, la mélasse, les graines de tournesol ou de citrouille. J'en ai croqué de ces graines, dont celles de la super citrouille de mille trois cents livres qui avait remporté le concours à Néguac ! Un des jardiniers en distribuait allègrement. Sinon, il s'agissait carrément de prendre chaque jour une cuillerée de gluconate de zinc. Et il y avait les produits naturels à base de palmier nain, de bruyère, de cyprès et même d'orties. Comme quoi il ne faut pas tout jeter aux orties !

J'avais atterri au Collège de la santé naturelle, dans l'Outaouais. Il fallait prendre ma température chaque jour sous le bras et boire quatre onces d'eau distillée toutes les trente minutes. Et de l'orge dans de l'eau bouillie, à siroter. Sans oublier le fameux Sabal serrulata sur la langue, trois fois par jour, une demi-heure après les repas et dans du jus, le matin, quinze gouttes de *horsetail,* qui veut dire «queue de cheval». Cela me faisait dire que la mienne finirait sans doute avec ce remède de cheval par retrouver sa forme… La liste des bons aliments avait du sens : melon d'eau, poisson à écailles genre saumon, morue, sole, flétan… La peau des volailles était à proscrire, car elle servait comme les reins de filtre, tout comme les crustacés, ces «vidangeurs» du fond des mers, qui étaient à jeter aux poubelles.

Je déguerpis en trombe lorsqu'un jour, voulant voir mon dossier, le thaumaturge m'avoua qu'il l'avait perdu, qu'il s'était fait voler sa bicyclette et le panier qui lui servait de filière ! L'écologie n'était pas de mon bord !

Il y eut dans la même veine la période fleurs de Bach : la santé par la plante pure ; la phytothérapie qui traite un peu de tout depuis plus de quatre mille ans. Les fleurs de Bach n'eurent pas davantage d'effets bénéfiques sur moi que la musique du compositeur du même nom. Il y eut encore la phase quercétine, un flavonoïde, c'est-à-dire un pigment alimentaire naturel qu'on retrouve dans les fleurs, les oignons, les pommes, le thé noir, le vin rouge, l'huile d'olive…

Pour me purifier, me disais-je, de toutes ces toxines qui nuisaient à ma guérison, j'avais décidé de faire un jeûne dans une auberge de Caraquet. Pendant une semaine. Seul. Vaguement inquiet, toutefois, de ma témérité, je gardai à portée de la main quelques chocolats, au cas où j'aurai eu une chute d'énergie. J'en profitai alors pour expérimenter les vertus de l'argile. Bien enveloppé dans le cellophane, je plaçai ces emplâtres dans les régions enflammées pour calmer le feu. Plus salissant que guérissant. Je rêvais aux bains de boue des cures thermales d'Europe qui avaient fait leur preuve depuis des siècles, mais il fallait des sous pour y aller et je me demandais si les tourbières de Pokesudie dans la Péninsule acadienne n'auraient pas les mêmes propriétés.

La faim ne fut pas au rendez-vous, mais la migraine si, durant les premiers jours de désintoxication et, bien sûr, des moments d'insomnie, de déprime, des sueurs sans fin. Je savais qu'il me faudrait une phase de récupération (aussi longue que le jeûne) avant de revenir peu à peu à une alimentation normale. Certains qui ne croyaient pas aux vertus de régénération par le jeûne me prévenaient que mon corps se souviendrait de la privation et qu'ensuite il emmagasinerait davantage.

Curieux comme on ne voit pas l'évidence parfois. À Caraquet, je sortais en auto chaque jour pour faire l'inventaire des eaux naturelles disponibles ; c'était mon divertissement, comme si je magasinais pour préparer un bon repas. J'avais identifié une dizaine de variétés d'eau mais, sujet à une cécité plutôt étrange, je ne voyais pas la source miraculeuse de la bonne sainte Anne qui était pourtant tout près. C'est peut-être pour cette raison que mon jeûne ne se termina point par un miracle où le bas du corps se serait bercé dans le bleu marial !

CHAPITRE 43

Nous ne semblons jamais autant à la
merci de notre corps, la proie de notre
inconscient, que lorsque nous sommes
endormis. Le cœur battant, je décidai de
tenter le tout pour le tout. Lentement, je
lui écartai les jambes, tel un voleur écar-
tant des branches pour frayer subrepti-
cement son chemin dans un jardin.
Derrière la touffe d'herbe blonde, je
voyais son bouton rose foncé, avec ses
deux longs pétales légèrement ouverts,
comme si eux aussi avaient été sensibles
à la chaleur. Ils étaient particulièrement
ravissants et, toujours avide, je me mis
à les humer et à les lécher. Les pétales
ne tardèrent pas à s'amollir et je savourai
bientôt la rosée de bienvenue...

STEPHEN VIZINCZEY,
Éloge des femmes mûres

Un an après le départ de Rose-Hélène, j'avais découvert
l'homéopathie. Au lieu de combattre le mal par son contraire
— les antibiotiques comme dans la médecine classique —,
on combattait le mal par le mal, un vieux principe qui datait
d'Hippocrate. Mais la dose contenue dans le petit granule
blanc un peu sucré était tellement minime que, selon les lois
de la chimie, elle demeurait une vue de l'esprit. Les homéo-

pathes parlaient de la mémoire de l'eau qui aurait conservé les propriétés de guérison du produit. Une sorte d'influence énergétique qui rejoindrait les principes de la physique des particules. Mais toutes les recherches scientifiques pour prouver cette théorie ne débouchaient sur rien. Je ne savais trop que croire, mais j'étais prêt à explorer les avenues les plus rocambolesques.

Lors d'une exposition à Paris sur les petits avions, je pris rendez-vous avec un homéopathe qui se trouvait être le vice-président de l'Association des homéophates de France. Je me disais qu'il devait certainement être respectable et connaître son métier. Avec mes petits granules, je carburais au bonheur. Je n'osais y croire. La folie des Champs-Élysées s'était emparée de moi. Il faut dire aussi que j'avais rencontré une superbe amoureuse. Le vent qui soufflait sur Montmartre m'enivrait. Éloge de la femme mûre qui, par son expérience amoureuse et son bien-être face à la sexualité, rend les préliminaires faciles. Une femme mariée qui avait besoin d'un petit interlude, mais qui ne voulait absolument pas abandonner famille et mari. Elle trouvait tout à fait normal d'aimer deux personnes en même temps, mais pas de la même façon ni pour les mêmes raisons. Elle croyait que le mari en profitait aussi, mais leur pacte à ce sujet privilégiait le silence. Je trouvais un peu confondante cette philosophie, mais elle réussit à me faire partager la sienne, ce qui évita bien des discussions inutiles.

C'était très bien ainsi ; nous avions des moments fabuleux dans un vieux grenier rue Saint-André-des-Arts, à deux pas de Notre-Dame ; pas question de s'attacher, ce qui m'était difficile, car je n'avais pas d'autre amour ou engagement. Elle avait bien une quinzaine d'années de plus que moi, mais je n'avais jamais rencontré une amoureuse à la fois si ardente et si apaisante. Les femmes mûres sont fascinantes. Souvent, elles sont bien dans leur corps. Malgré les rides de la vie, je les trouvais de plus en plus attrayantes, leur expérience dégageant souvent un puissant magnétisme.

Petit saut à Londres pour son anniversaire. Chez Harrod — là où l'on peut même acheter un éléphant, qu'il vienne de l'Afrique ou de l'Asie —, je l'avais accompagnée dans le département de la lingerie fine. Elle adorait les soutiens-gorge qui mettaient en évidence ses seins plantureux, quelques centimètres de tissu pour le prix d'un bœuf, jarretières et déshabillé pour celui d'un chameau ou le salaire annuel d'un habitant du Laos.

Elle n'avait aucun interdit, le plaisir pour elle était toujours sain, qu'il passe par la nourriture, la musique ou le sexe. À l'hôtel, pendant que je salivais par le bas, elle ne garda pas longtemps les tissus soyeux qui cachaient sa vertu. On fit l'amour à défoncer le lit. Pour fêter nos adieux !

Ce fut la fin d'une superbe rencontre.

Pendant une dizaine d'années — il y eut de longues périodes d'accalmie —, je gardai contact avec mon homéopathe de Paris. Que de produits bizarres dans toutes sortes de dilutions aurai-je ingurgités ! Une aura de mystère avec mercuris, phosphorus, aurum, médorhinum, sépia, lycopedium, pulsatilla, sarsaparilla... S'ajoutaient encore magnésium, soufre, or colloïdal, argent, zinc, nickel, cobalt... Pour une santé de fer !

Je me disais qu'avec tout ce mercure, cet or et ce soufre, Nicolas Flamel, le célèbre alchimiste du Moyen Âge qui, apparemment, changeait le plomb en or, devait bien rire dans sa barbe! Il ne manquait que la bave de crapaud! Mon corps était devenu un laboratoire. Je me disais qu'avec tous les gaz produits par ce magma, je devais être capable d'alimenter une montgolfière.

Parfois, je téléphonais à mon homéopathe et il m'envoyait via un ami mes petits granules, mais le miracle ne se répétait plus. Je faisais parfois un petit détour par Paris. Comme il était catholique pratiquant, il m'avait parlé du pouvoir de Lourdes. Il m'encourageait à m'y rendre.

J'avais entrepris une cure homéopathique avec un autre larron, disciple de Jung, diplômé de l'Université de Berne, du Royal London Homeopathic Hospital et du Missionary School of Medecine. Il me faisait penser à un faux curé préoccupé par les désordres du bas du corps, le cul en somme. Une amie, traitée pour son asthme, me l'avait recommandé, car elle avait une confiance aveugle en lui, même si son état ne s'améliorait pas. Il était gentil, bon thérapeute et connaissait bien la psychanalyse. Il s'agissait d'abord, disait-il, de nettoyer l'organisme des traces d'anesthésie que j'aurais pu conserver lors de mes cystoscopies, de même que celles des antibiotiques. Et ne pas prendre de menthe. Le même discours que celui de Paris, ce qui me laissait croire qu'ils avaient été à la même école. Bien sûr, il y eut l'incontournable thuya et le manganèse-cuivre, un comprimé tous les matins à jeun. Il parlait «d'une détresse psychophysiologico-spirituelle à résonance génito-urinaire» (urètre-prostate-vessie). Sa manifestation pathologique, poursuivait-il, est celle d'une neuropathie à consonance arthritique du tissu conjonctif. Bien que la gonorrhée y fût précipitante, sa véritable cause était à chercher dans le champ des relations humaines insatisfaisantes, surtout les familiales. La dynamique de cette maladie consistait en un rejet d'une partie de soi-même, comme c'était aussi le cas parfois dans la sclérose en plaques, et de l'arthrite rhumatoïde. Il s'agissait d'une forme d'atteinte à l'immunité naturelle. La relation sexuelle exacerbait les symptômes. Voilà, en gros, ce qui était écrit sur un bout de papier. Un très beau tour d'horizon qui semblait avoir du sens. Mais ces traitements ne m'aidaient pas. À quoi bon, me disais-je, un diagnostic si pointu — qui ne servait qu'à me culpabiliser — si je ne pouvais régler ces relations insatisfaisantes. Même pas moyen de me masturber en paix! Je savais que j'avais un problème d'attachement, de «bonding», trop ou trop peu, qui devait remonter au stade fœtal. Il me manquait un bardeau dans cette zone, comme on dit. Cela confirmait le lien entre douleur et problèmes psychologiques, mais je revenais toujours à mon point de départ qui était de trouver un moyen de dénouer l'impasse.

Ce sympathique thérapeute me prescrivit finalement de l'ambre de cachalot, qui était censé produire des rêves profond au sujet de ma mère, ce qui aurait pu aider, croyait-il. Effectivement, j'avais eu des rêves érotiques qui n'avaient, me semblait-il, aucun lien avec ma mère. Mais qui peut savoir, avec toutes les théories qui circulent!

Sa femme était superbe, une beauté pure. J'avais eu la piqûre pour elle! Elle m'aurait certainement guéri, mieux que le *nux vomica* prescrit; effectivement, ma vie me donnait envie de vomir. Pourquoi, me disais-je, les désirs devaient-ils procurer tant de joies, mais aussi tant de souffrances? Je savais qu'une partie de la réponse était inscrite en lettres de feu dans certains passages de l'Ancien Testament, de même que dans les couches les plus archaïques de mon cerveau.

La culpabilité et la honte. Je savais qu'une autre religion, la psychanalyse, pouvait aider. Mais pas dans mon cas. Et la France ne détenait-elle pas le record des psychotropes et des psychanalystes?

Mon gourou tomba malade; on parla de sclérose en plaques. Il dut faire appel à sa propre médecine.

Mon médecin, un adepte des médecines douces, m'obtint un rendez-vous avec son homéopathe personnel, un autre Français, une sommité. Il était à la retraite, mais il accepta de faire une exception pour moi. Il m'expliqua que l'homéopathe de Paris de même que celui d'Ottawa étant trop catholiques, ils avaient peut-être hésité à me prescrire du venin de serpent, car cela évoquait trop le démon et le péché! Il me semblait que rendu au venin de serpent, j'étais descendu bien bas! Pince-sans-rire, je lui avais demandé si c'était le venin provenant du serpent que la Vierge Marie avait écrasé tel que le montrait les statues de mon enfance. En riant, il m'avait prescrit Lachesis, dix granules au coucher, pendant une semaine. Lachesis était produit à partir du venin d'un crotale d'Amérique du Sud hautement venimeux. Il était tout indiqué pour les individus passionnés avec libido forte et sensibilité vive, ces derniers ayant besoin d'activités sexuelles régulières pour équilibrer leur énergie. C'était bien moi. Hélas, même le démon ne réussit pas à améliorer mon état.

Les rides commençaient à tisser leur toile en ce début de la cinquantaine J'avais rencontré une pharmacienne à Saint-Lambert qui avait guéri avec l'homéopathie, me confia-t-elle, un enfant qui faisait le désespoir de l'hôpital Sainte-Justine en raison d'une maladie de peau. Les pharmaciens ne sont-ils pas les mieux placés, me disais-je, pour parler de chimie et de pilules? Je vous fais grâce de la complexité de son menu. Enfin, je vais résumer. Pendant trois mois, une vingtaine de produits à ingurgiter en tisanes, en gouttes, en granules. Le tout selon une posologie différente en fonction du mois: parfois le matin et le soir, parfois le matin ou le soir, parfois les jours pairs seulement. Il y avait encore des complexes minéraux en gouttes. Vingt substances selon ces modalités donnaient une quantité impressionnante de permutations. Un job à temps plein. Tous ces produits avaient des noms latins: cela faisait plus mystérieux et augmentait aussi l'effet placebo. La langue de l'Église avait envahi le champ des granules homéopathiques. Je me souviens de Equisitum (d'où vient le mot équitation) ainsi que du Clemotis Erecta (érection). Je crois que mon inconscient avait fait un lien entre le cheval et l'érection: une érection de cheval!

Quant à moi, j'en avais perdu mon latin. Ma cuisine s'apparentait à un laboratoire de chimie! Je ne savais trop si j'étais en train de sombrer dans les superstitions d'antan, pas vraiment rassuré, même si les respectables pharmacies de l'ami Jean Coutu avaient en montre tout un étalage de ces produits.

Mais ma pharmacienne croyait à ses traitements comme certains croient qu'ils seront assis à la droite de Dieu, même si Dieu est partout, et c'est alors qu'elle amorça un virage à cent quatre-vingts degrés — puisque son cocktail était inefficace — et proposa un seul produit. Je devais tout simplement prendre du Lilium Tigri. Finalement, me mettre du tigre dans le moteur. Mais je dus chercher ailleurs le Shangri-La, ce paradis perdu aux confins du Tibet, tel que décrit par James Hilton dans son roman *Horizon perdu*.

Je décidai de lâcher prise.

CHAPITRE 44

La vie est courte, la technique longue
à acquérir, le moment propice fugitif,
l'expérience personnelle trompeuse, la
décision difficile. Le médecin ne doit
pas se contenter d'agir lui-même comme
il convient; mais il doit faire en sorte
que le malade, son entourage et même
les influences extérieures concourent à la
guérison.

HIPPOCRATE, *Les aphorismes*

Ce fut grâce à un livre qu'il avait écrit sur la prostate que j'entendis parler du Dr Nagushi. Je sentais qu'il aimait se pencher là-dessus comme d'autres sur le sein de la femme. Je me sentais moins seul. Que pourrait faire pour moi cette sommité ? Je croyais que cela serait difficile d'avoir un rendez-vous, mais je l'obtins après quelques semaines d'attente. J'avais eu le temps de lire son livre, ce qui me rassurait.

Longue attente au Royal Victoria; quasiment tous des hommes au seuil de l'hiver, parfois accompagnés de leurs épouses. Dans l'air, une cohorte de microbes et l'odeur déprimante de la vieillesse et de l'urine, à l'opposé du parfum revigorant du nouveau-né. Je me sentais vieux et, dans cette cour des miracles, je ne trouvais là rien de palpitant. Des vieillards voûtés, d'autres avec une canne, des Juifs orthodoxes dans leurs habits noirs. Des gens qui avaient déjà été jeunes, qui avaient séduit. Qui avaient aimé et souffert de l'amour peut-être. Et une bande de Chinois qui jacassaient sans se soucier de leurs voisins.

Souriant, les yeux bridés, haut comme trois pommes, le Dr Nagushi ne parlait pas français — mais je lui aurais parlé klingon sans rechigner. Je pris mon plus bel accent british. Procédure habituelle et tentative de recueillir quelques gouttes pour analyse. Je n'avais pas été abstinent assez longtemps et il eut beau s'acharner à me faire mal, il ne put recueillir le liquide en question. Je devais revenir avec un temps plus long de chasteté. Mais j'étais encouragé par sa calme assurance et sa notoriété. Il m'avait rassuré aussi en me disant qu'avec l'âge ces malaises étaient moins fréquents. Ça chauffait moins dans le coin, donc moins d'inflammation, me disait-il!

Je me sentais un peu énervé à la veille du second rendez-vous. J'avais favorisé l'abstinence pour préserver mes réserves, mais qui pouvait savoir ce que je produisais encore? Heureusement, le moment était propice et il déposa la goutte nécessaire sur une lamelle pour jeter un coup d'œil au microscope. Je n'en revenais pas de la rapidité de l'acte. Alors que les autres spécialistes — qui ne trouvaient rien — envoyaient le tout pour une culture qui prenait des jours, il m'affirma privilégier la bonne vieille méthode de visu. Pour une fois, il y avait infection, des bestioles irritantes logées dans les lobes de la prostate. Je m'en doutais bien, mais j'étais soulagé de savoir que ce n'était pas uniquement dans ma tête. Pas facile de s'en débarrasser, me confia-t-il, mais j'avais confiance en mon sorcier. Il me prescrivit un cocktail de trois pilules, Kéflex, Septra et Floxin, en rotation aux deux semaines. Il recommanda l'activité sexuelle plutôt que l'inactivité. Enfin quelqu'un qui comprenait la nature de l'homme! Il chercha à me rassurer en me disant que je n'avais pas le cancer de la prostate, curieusement, ajouta-t-il, les Noirs en sont davantage atteints que les Blancs. Il me raconta la conversion de ses parents au catholicisme, eux qui étaient à l'origine bouddhistes; il me parla de son engagement profond envers son métier en raison de sa spiritualité. De sa philosophie zen. Il écrivait un autre livre, sur la prostate, m'expliquant que cet organe est au millimètre cube le plus chiant que l'homme possède, qu'il était mal construit et mal situé. Il rêvait d'une prostate différente, mieux placée, pour éviter qu'elle presse sur l'urètre et la vessie. Je me doutais bien que si Dieu nous avait donné le pouvoir de jouir, il fallait bien souffrir aussi. Sur le seuil de la porte, il m'avoua avec un clin d'œil que croire au traitement aidait. Je me sentais déjà mieux.

Après ma rencontre avec mon spécialiste, je m'étais arrêté à un café terrasse rue Saint-Denis en cette belle journée de mai. N'osant y croire, je laissais mijoter l'espoir de revenir à une vie normale. Déambula dans la rue une belle jeunesse qui me titilla; minijupe flottante, cuisses bronzées, fesses rebondies. Je voyais les femmes différemment; avec le désir, bien sûr, mais estompé, comme de petites touches impressionnistes, mais moins compulsif dans l'agir. L'âge faisait bien les choses: l'homme deviendrait fou s'il devait garder en vieillissant le désir impératif de la jeunesse avec les capacités d'assouvissement qui diminuent.

J'avais décidé de me restreindre côté alcool et café pour bien bénéficier du fameux cocktail. Et je visualisais l'effet bénéfique. Je sentais toutefois un malaise fugace… l'impression de marcher sur un fil comme un funambule, ne sachant trop si j'allais tomber à bâbord ou à tribord, côté douleur ou côté bien-être. Mais je commençais à croire que je guérirais avec la bénédiction de mon druide qui m'avait encouragé à suivre la nature du désir.

Le calme plat s'était installé. Avec de petits moments d'euphorie. Comme disait Alexis Carrel dans *L'homme, cet inconnu*: la santé, c'est le silence des organes. J'étais guéri; en tout cas, les douleurs avaient disparu.

CHAPITRE 45

Ses serviteurs lui dirent : « Que l'on cherche pour mon seigneur le roi [David],
une jeune fille vierge : elle se tiendra
devant le roi et prendra soin de lui, et elle
couchera auprès de toi et mon seigneur le
roi se réchauffera. »

Premier livre des Rois 1,1

J'avais rendez-vous avec mon spécialiste pour un suivi.
Dans la salle d'attente, il y avait un nonagénaire avec lequel
je m'étais lié d'amitié. Un livre ouvert qui racontait sa vie
sans s'embarrasser des témoins : « Veuf depuis six ans, j'ai
encore des désirs et des érections à quatre-vingt-seize ans.
Mon cœur palpite quand je vois la belle Imelda, une jeunesse
de quatre-vingts ans, bien potelée. Mais elle est moins portée
que moi sur la chose et quand je lui manifeste mon désir,
elle me repousse souvent. Parfois, je prends du Viagra sans
lui dire, au cas où... Je ne sais jamais si ça va prendre une
heure, deux heures ou quatre heures ; c'est plus long si j'ai
mangé et aussi ça marche moins bien quand je suis énervé. Je
ne peux savoir à l'avance dans quelle disposition elle sera. Et
je ne veux pas l'effaroucher en lui laissant croire que j'ai des
attentes. Alors je me tiens prêt. Je me retrouve parfois seul
avec mon érection. N'allez pas croire que je suis un vieux
vicieux, ne me jugez pas trop vite. Je ne peux m'empêcher de

reluquer les jeunes filles, enfin celles en bas de quatre-vingt-dix ans! J'ai le goût de les toucher pour réchauffer mes vieux os. C'est la Bible qui nous a montré le chemin avec ces jeunes vierges qu'on amenait au vieux roi David pour le réchauffer… En vieillissant ou en prenant de l'âge, comme on dit, je ressens le besoins de toucher et d'être touché davantage et je n'ai pas seulement une idée en tête. J'aime la chaleur de la peau. Mais une cuisse frétillante sous un jupon relevé, ça me donne encore des chaleurs dans le corps. »

Parfois son monologue était interrompu par l'infirmière qui venait chercher un patient. Puis il continuait comme si de rien n'était.

« Par bout, continua-t-il, je radote, je perds la mémoire. Et je suis un peu sourd, enfin j'entends bien ce que je veux entendre. C'est utile de faire répéter, vous savez… J'ai beaucoup d'argent. Je les vois tous s'agiter autour de moi pour mon héritage. Ils pensent que je ne m'en aperçois pas. Ça me fait bien rire. Changement de sujet: verrons-nous des femmes prêtres? Une femme pape serait plus indulgente sur les tentations de la chair… Si les gens se touchaient plus, il y aurait moins de guerre. Ça devrait être inscrit dans la Constitution. Paraît qu'au paradis on aura tout ça à profusion. Mais c'est pas drôle de vieillir. Troubles de prostate, incontinence, voûté, plissé comme une vieille pomme. Mon voisin a une couche et il retombe en enfance… »

Je l'écoutais, béat. J'aimais bien les réflexions de ce vieux sage. Un humain sans camouflage. Un homme qui disait ses tourments en toute humilité, sans fioritures. Je me sentais moins gêné de parler de prostate, de testicules, de verges, d'érection, d'éjaculation, de crainte d'impuissance. De la beauté aussi, celle de la vulve, des petites et grandes lèvres

213

qui sont pour moi des œuvres d'art, un arrangement floral parfumé. Des joyaux.

Puis ce fut mon tour. Vague angoisse. Même procédure et coup d'œil au microscope pour m'annoncer que les bactéries étaient absentes. Un des plus beaux jours de ma vie.

CHAPITRE 46

Je suis le Ténébreux — le Veuf — l'Inconsolé,
Le Prince d'Aquitaine à la tour abolie
Ma seule étoile est morte — et mon luth constellé
Porte le Soleil noir de la Mélancolie.

GÉRARD DE NERVAL

Mes douleurs dans le bas du corps n'étaient revenues qu'une fois et j'avais revu Nagushi qui avait encore trouvé la bactérie. Il ne savait trop pourquoi il y avait eu récidive, il ne savait trop si cela était relié à des problèmes affectifs, car en ce domaine il y avait peu de recherches, mais pour moi il y avait enfin un traitement efficace après une trentaine d'années de misère. Mon deuxième problème, qui consistait en séquelles de ma psychose et de ma phobie d'impulsion, s'était évaporé et je me disais que cela expliquait un peu pourquoi le bas du corps était moins sujet aux bactéries, car le terrain qui nourrissait l'inflammation était plus sain, plus équilibré. Mes incessantes consultations tous azimuts avaient peut-être réussi, grâce à une combinaison originale, à enclencher le processus de guérison. Ou était-ce tout simplement le déroulement normal de la nature qui en était enfin rendu là? Je sentais encore confusément que mes thérapies amérindiennes et mon lien avec ma lignée mi'kmaque avaient joué un rôle important.

J'avais trouvé des solutions à deux problèmes sur trois. Pour rester dans la comptabilité, il n'y avait plus que ma carence relationnelle ou ma difficulté à vivre une relation amoureuse stable. Mais j'avais évolué, ne cherchant plus le plaisir et l'oubli de mes douleurs mentales et physiques dans l'excès des sens (puisque cela était sous contrôle), et j'étais devenu plus authentique, transparent, ouvert face à mes émotions, loyal et fidèle. Bref, l'homme idéal!

J'avais eu la ferme conviction que je trouverais la lumière plus facilement avec une thérapeute femme et pendant des années (en alternance avec d'autres), entre le Québec, l'Acadie et l'Europe, Fatima fut ma confidente. Une bonne écoute, une bonne empathie et en général des interprétations pleines de bon sens et des conseils judicieux. Je cherchais à vivre une relation amoureuse viable.

Mes enfants avaient quitté le nid à Aylmer. Annabelle étudiait en Suisse pour son doctorat en informatique et Jérôme terminait son cours d'ingénieur forestier en Colombie-Britannique. Exilda et Honoré étaient revenus dans la demeure ancestrale à Bas-Caraquet et j'avais vendu la maison à Aylmer. J'avais décidé de revenir à Pokeshaw, car des projets intéressants se dessinaient avec l'agrandissement de l'aéroport de Pokemouche. Mais le destin guettait. C'est ainsi que, à cinquante et un ans, j'avais rencontré, chez des amis, Lia, une réfugiée cambodgienne ayant fui les Khmers rouges. Un amour paisible était né. Contre toute logique, nous avions convenu de nous fréquenter à distance. Je m'y étais engagé corps et âme. Convaincu cette fois que je rejoindrais le monde des couples «normaux», j'avais pris les grands moyens. La psychologue Fatima était ma police d'assurance pour la félicité conjugale, le pilote qui indiquerait les écueils qui m'attendaient sur le grand fleuve. L'hiver, j'habitais chez Lia à Chibougamau et, tant bien que mal, j'essayais de gagner ma vie, loin de l'Acadie. Elle ne pouvait y venir avant sa retraite (elle était bibliothécaire) et je ne pouvais rester tout le temps à Chibougamau. Ce n'était pas facile pour les contrats, écartelé que j'étais entre l'aéroport de Pokemouche et le nord du Québec. Je voyais rarement mes enfants. Ils étaient épanouis et je sentais qu'ils m'aimaient et rêvaient de me voir heureux avec une femme. Ils adoraient Lia (c'était réciproque) et semblaient contents de voir qu'elle était bonne pour moi.

Tiraillé entre deux mondes, deux pays, deux cultures, je tournais en rond à Chibougamau. Je devenais irritable et je faisais de l'insomnie. Un ami psychologue, après un siècle de thérapie gestalt à se gratter le nombril, avait, me confia-t-il, réglé son spleen avec Anna, une psychiatre psychanalyste. Elle lui avait traduit en langage intelligible son logiciel codé, son énigme de vie, et ça avait fait toute la différence. Après cette thérapie de quelques rencontres, il avait développé une passion pour les thérapies brèves et axées sur les solutions, thérapies à mille lieues de la durée d'une psychanalyse. Les voies du Seigneur sont en effet impénétrables. Il m'incita à la rencontrer, car Fatima était en voyage en Chine.

Frustré de tous les compromis territoriaux et financiers que je devais faire pour garder la relation sur les rails, je pris rendez-vous avec Anna. Je serais bien embêté de vous dire ce qui se passa durant ces séances. Il y avait bien un divan, mais c'était plutôt le chat qui y ronronnait. Rapidement, elle me déclara inapte à la psychanalyse puisque cette thérapie décapait mes mécanismes de défense. Quant à mon épisode psychotique dans la vingtaine sous l'effet de la drogue — je l'en avais avisée —, cette approche ne pouvait que le faire ressurgir. Fort gentille, elle écouta religieusement, intervint peu, me rassura beaucoup. Je la sentais compétente.

Je me souviens d'une intervention qui m'avait interpellé. J'avais eu l'impression de trahir ma mère par mes comportements de mauvais garnement et je ressentais la même chose face à l'Acadie; j'avais peur d'une certaine façon que mon pays se venge en m'ignorant, puisque je n'arrivais pas à m'y fixer, même si j'y demeurais. Une sorte de sentiment de rejet que je formulais ainsi: puisque le pays ou les gens qui l'habitent ne sont pas assez beaux ou assez bons pour toi après t'avoir bercé, nourri, logé et formé, eh bien, va au diable! Ce n'était pas uniquement de la paranoïa, car ce courant de pensée face à la diaspora circulait chez certains Acadiens.

J'allais rarement à Chibougamau avec mon petit avion, préférant la route. Que d'asphalte j'ai alors avalé! Deux autos et un chevreuil plus tard, une cinquantaine d'allers-retours entre Pokeshaw et Chibougamau, parfois dans des poudreries démentielles où j'étais à peu près le seul à passer, le dérapage se produisit. Je vivais une situation d'urgence: des problèmes de dos carabinés m'empêchaient de piloter, ma situation financière était inquiétante et ma maison de Pokeshaw était hypothéquée jusqu'aux fondations. Puis, comme un malheur n'arrive jamais seul, ce fut à l'abbaye d'Oka que fut semée la graine d'une arnaque boursière. Un financier venait souvent s'y recueillir. Il m'invita en balade dans son petit avion en me faisant miroiter l'Eldorado. Chacun sa faille, il avait trouvé la mienne: la possibilité d'acquérir un nouvel avion pour remplacer le mien qui tombait en ruine. Tanné de tourner en rond et croyant que quelqu'un rencontré sous les auspices de Dieu serait bon pour moi, je lui avais confié quelques écus. Le tout se termina par une fraude et une impossibilité de recouvrer mon pécule. Toutes ces magouilles me faisaient vomir.

Je réalisai que, pour ma blonde, ce n'était pas l'amour qui venait en premier, mais l'argent. Elle ne m'aurait pas prêté cinq sous, car, disait-elle, dans mon orgueil démesuré, j'avais toujours vécu au-dessus de mes moyens. Je n'avais rien vu venir ; je croyais que la rupture viendrait plutôt de son insécurité qui se traduisait par de la jalousie. Elle me surveillait, se faisait un plaisir de téléphoner à des heures incongrues. Mais cela s'était atténué. Un attachement fort de son côté, une femme bonne pour moi. Grâce à ma liberté de travailleur autonome, j'allais la voir à ses moindres désirs, sans tenir compte de mon budget ; elle avait moins de disponibilité que moi comme fonctionnaire à Chibougamau, mais elle venait quand elle le pouvait me voir en Acadie. Je m'en voulais d'avoir dilapidé mes avoirs pour nous donner espoir, en attendant sa retraite éventuelle, et sauver notre relation, alors qu'elle engrangeait. La cigale et la fourmi !

Je lui avais même expliqué qu'elle m'aurait offert de m'avancer quelques sous que j'aurais refusé — j'aurais trouvé une autre solution —, mais cela m'aurait rassuré sur ses priorités. Même là, elle n'était pas d'accord avec ce principe. Elle préparait sa retraite.

J'avais beau comprendre que son insécurité était rattachée à une enfance passée dans l'extrême pauvreté, aux horreurs subies au Cambodge, à une culture totalement différente de la mienne, je me sentais profondément trahi. Pendant quatre ans, j'avais été fidèle, engagé, ouvert. Après une année de déprime et de tiraillements devant le fait que l'argent honni qui pourrissait le monde passait avant les nobles sentiments, je quittai Lia. Sans bouée de secours, tourmenté et déprimé devant l'absurdité de ma vie. Ma blonde avait été prioritaire, elle avait passé avant l'argent, ma carrière et quasiment ma santé.

Deux mois plus tard, dans la déprime la plus totale, je la relançai. Elle vint me voir en Acadie. Toutefois, elle n'avait pas bougé d'un pouce sur notre problème, réel ou symbolique, qui m'était resté en travers de la gorge. Je ne pouvais voir un film d'amour sans me sentir mal, surtout lorsque l'amoureuse se ruinait pour son compagnon afin de le sortir de l'enfer de la drogue ou du jeu.

Je rompis à nouveau.

En dehors de ce vil métal, j'avais la compagne idéale. Elle était présente, fidèle, amoureuse, s'intéressait à mes projets, aimait ma famille et mes amis. Elle était toujours prête pour l'amour. Elle donnait des massages superbes : californien, suédois, shiatsu et d'autres dont je ne me rappelle pas le nom. Un an après la rupture, je la revis par hasard. Elle avait pris sa retraite. Je lui dis que je croyais pouvoir compartimenter à double tour cet abcès qui nous avait séparés, mais ce fut sage de sa part de m'avouer qu'elle avait franchi le point de non-retour.

CHAPITRE 47

L'étreinte poétique comme l'étreinte de chair
Tant qu'elle dure
Défend toute échappée sur la misère du monde.

ANDRÉ BRETON

Les grandes eaux ne pourront éteindre l'amour, ni les fleuves le submerger.

Cantique des cantiques

Comme je connaissais le pattern, je n'en fus pas surpris outre-mesure ; la douleur, tapie dans son antre, était réapparue après la rupture avec Lia. Mais elle ne dura que quelques jours, comme si j'étais enfin immunisé. Mes phobies d'impulsion de me jeter en bas du cap et le chaos dans ma tête n'étaient pas réapparus non plus, signe que je pourrais traverser ce deuil sans sombrer dans la maladie.

Je sentais que si l'enfer revenait, je ne pourrais plus le combattre et que je me laisserais sombrer dans le néant. J'étais quand même inquiet. Mon épisode psychotique sous l'effet de la drogue était arrivé sans crier gare un 14 juillet, le jour de la prise de la Bastille. Je m'étais effondré, me raccrochant à l'ultime seconde, suspendu au bord de la chute. Captif pendant des années, en vertige, en voltige, me cramponnant aux moindres aspérités, me moulant à la verticale du gouffre, oscillant entre la vie et la mort comme un funambule sur un fil, en un point du cosmos où personne ne pouvait m'atteindre. Gelé, dans les limbes, personne ne savait où j'étais, sauf ceux que l'on paie pour tendre l'oreille. Le temps ne passait pas, je me croyais dans un novembre perpétuel avec ses feuilles glacées, ratatinées, avec les arbres du mois des morts dans la pluie froide et le ciel accroupi. Lorsque les nuages grondaient trop, que les jets d'écume me cinglaient le visage, je faisais semblant de ne pas exister, je faisais semblant de dormir, terrifié de moi-même. Parfois, pour me rassurer, je m'étendais sur le dos du balbuzard qui montait vers le ciel. Les voyages vers l'azur m'avaient aidé à nommer et à dire, à évacuer la honte, à ouvrir les écluses du sentiment. Ainsi, j'avais tissé une corde, tressé une échelle, exorcisé mon mal et escaladé le ravin vers la lumière. J'étais revenu de l'enfer, mais la peur d'y retourner existait toujours face aux aspérités du quotidien. Il me faudrait tout simplement accepter de traverser cette vie seul.

Après ma rupture avec Lia, j'avais développé un engouement pour la mythologie qui m'amena à des réflexions sur moi-même. Voici comment. Il y avait le dieu de l'amour nommé Éros chez les Grecs, ou Cupidon chez les Romains. D'où la flèche de Cupidon qui déclenche la piqûre de l'amour et de la libido. Sa mère Aphrodite était la déesse de la beauté. Mais elle avait une rivale, Psyché, une mortelle, fille d'un roi, tellement belle qu'on venait la contempler et l'adorer comme une divinité. Psyché représentait aussi l'âme, l'inconscient, la gaieté et le charme, du latin *carmen* qui veut dire «chant magique». Aphrodite, voulant se débarrasser de sa rivale, demanda à Éros d'intervenir. Mais ce dernier se blessa avec l'une de ses flèches et tomba éperdument amoureux de Psyché. Le vent doux de l'ouest, Zéphyr, fut complice de l'idylle. Malheureusement, un malentendu sépara les amoureux. Folle de chagrin, Psyché se jeta aux pieds d'Aphrodite, laquelle la maltraita comme Cendrillon et lui fit subir des misères sans nom. L'une de ces épreuves consistait à trier en une soirée un tas énorme de grains différents. Par bonheur, les fourmis l'aidèrent. Elle devait aussi au risque de sa vie rapporter l'eau du Styx, le fleuve des enfers, gardé par des dragons. Un aigle vint à son secours. Dans une autre épreuve, ce fut le roseau qui fut son allié. Éros aussi tentait l'impossible pour ravoir sa bien-aimée. Finalement, le dieu des dieux, Zeus, convoqua les dieux de l'Olympe (dont Aphrodite, enfin apaisée) et annonça publiquement le mariage d'Éros et Psyché. Celle-ci fut invitée à boire l'ambroisie qui lui conféra l'immortalité. Naquît une fille, Volupté, ainsi l'amour Éros et l'âme Psyché furent ensemble pour l'éternité.

Cette histoire qui plonge dans les méandres des civilisations et de l'âme humaine me fit bien réfléchir. On raconte que dans des temps très anciens, les dieux et les hommes vivaient ensemble. Et l'homme aurait gardé cette nostalgie, ce désir de retrouver cet absolu à travers le plaisir, la volupté, l'amour. En tout cas, cela me ressemblait ; ma vie n'avait été que quête d'amour et tentative de fusion avec l'absolu et l'extase. Je cherchais le nectar des dieux, source d'immortalité. Certains disent que la beauté sauvera le monde parce qu'elle évoque cette pulsion de vie qu'est la sexualité et qu'elle suscite ce désir d'éternité, de fusion et de spiritualité.

J'étais trop dépendant de la beauté, comme je l'avais été avec ma tante Éva. D'où pour moi ce besoin de séduire pour exister. Mais depuis que je ne lançais plus mes flèches dorées, que j'étais devenu loyal, fidèle et authentique, rien ne fonctionnait plus dans mes relations.

Que de questions! On dit, dans certains cercles psychologiques, que l'inconscient possède la force de l'aigle,
est souple comme le roseau et travaille comme une fourmi,
c'est-à-dire que jour et nuit il trie et fait du ménage. Alors je
gardais espoir, car l'aigle, mon animal totémique, veillait.

CHAPITRE 48

Elle te dérobera ton cœur et ta volonté.
Les Saintes Écritures

Cela arriva un an après la rupture avec Lia. Comme un coup de tonnerre dans un ciel bleu, qui me laissa sans défense, vulnérable. Cela avait commencé par un message sur mon répondeur téléphonique. C'était clair, j'étais déjà accroché au son de cette voix, de cette intonation, de je ne sais trop quoi. C'était déjà un mystère en soi, mais comment expliquer en plus que je savais qu'il me fallait éviter cette rencontre à tout prix ? Bien sûr, on avait raconté que dans certaines circonstances Relique avait un don de clairvoyance ; en avais-je hérité ? Je n'avais jamais vécu une telle vulnérabilité avec si peu d'éléments. Je me doutais qu'elle était d'Asie en raison de son intonation, et effectivement elle était de père russe et de mère japonaise.

Elle avait reçu une formation scientifique et faisait des fouilles archéologiques pour les Mi'kmaqs. Nous avions déjà mes ancêtres en commun. Une de ses amies à qui j'avais montré les rudiments du pilotage lui avait parlé de moi, lui avait dit que je pourrais lui servir de guide pour ses excursions scientifiques. Je cherchais désespérément un moyen d'éviter l'engrenage. Je ne pouvais prétexter que je n'étais pas dans la région, puisque je continuais à voir son amie, difficile aussi de dire que je ne pilotais plus, puisque c'était connu, j'avais quelques clients et mon avion doré se promenait dans le ciel péninsulaire. Je ne pouvais quand même pas la refuser par peur d'attirance démesurée, alors que je ne l'avais jamais vue.

Mes pires appréhensions se confirmèrent dès la première rencontre. Il était déjà trop tard pour lui mentir et lui dire que je n'étais pas disponible. Une Eurasienne d'une pure beauté. Une quinzaine d'années plus jeune que moi, au sommet de sa forme, une vraie splendeur. Elle évoquait la Psyché de la mythologie grecque. Elle aurait pu faire dresser le drapeau du plus récalcitrant seulement par son regard incandescent bordé de grands cils. Elle avait de longs cheveux noirs qui voletaient sur sa nuque, des yeux légèrement bridés dans des teintes de vert, un sourire énigmatique à la Mona Lisa. Dès le début, elle me parla de sa vie intime, me disant que cela l'étonnait elle-même d'être aussi ouverte avec un étranger. Elle me parla de son adaptation parfois difficile au milieu, de même que de sa solitude. Elle avait bien un amant marié au loin, mais il ne laisserait jamais sa femme alors elle cherchait à rompre, mais s'en sentait incapable devant le désert qu'elle entrevoyait. Elle croyait qu'elle faisait peur aux hommes à cause de son intelligence et de sa culture (elle n'osait parler de sa beauté) et je crois qu'elle avait bien raison. Elle attendait donc l'occasion.

Elle se nommait Mitsuko, mais pour moi c'était cristal de mer, perle ou diamant de lune et parfois ange adoré cornu. J'étais sous influence, comme un enfant ; mes neurones n'avaient plus de barrières pour les protéger. C'est le cerveau reptilien qui nous mène, davantage que le rationnel des lobes frontaux — j'en étais convaincu —, autant dans la démesure amoureuse, la passion de tout ordre ou la folie guerrière. La chimie de l'amour avait pour nom phéromones, phényléthylamine, endomorphine, ocytocine, dopamine, testostérone… Je n'étais pas vraiment libre, dopé par ces drogues aux noms barbares qui suscitaient allégresse, exultation, euphorie. J'avais une peur de me faire manger tout rond.

Dès la première rencontre, je lui aurais bien sauté dans les bras sur-le-champ. Elle était assise en face de moi, un bureau nous séparait. Alors que je notais les parcours à visiter, j'avais de la difficulté à ne pas laisser glisser mon regard sous le bureau ; c'était la mode des nombrils à l'air et de la minijupe à froufrous très courte. Par nervosité, je fis tomber mon crayon et en le ramassant je vis la couleur de sa petite culotte. Je dus résister par la suite au jeu du crayon. Je craignais qu'elle s'aperçoive de mon trouble. Surtout que, durant une rencontre estivale, pour me montrer le cuivre ancien des Mi'kmaqs — alors que le lieu ressemblait à un four —, elle m'avait aidé à ouvrir la fenêtre pour laisser entrer un peu d'air. Il y avait eu un rapide frôlement, à se demander si la température de la pièce ne s'élevait pas en raison de la chaleur que nous dégagions, car je crois que Mitsuko me trouvait aussi de son goût. Mais pas d'indices au-delà de son attitude plutôt zen qui m'intimidait.

Les vols en avion étaient à la fois pures délices et terribles tourments. Au moins, elle était en jeans. Mon système musculaire était paralysé ; je n'arrivais pas à la prendre dans mes bras ni à mouvoir les muscles de ma mâchoire pour lui dire qu'elle me rendait fou.

L'automne s'annonça, les vols d'avion se terminèrent et je décidai de ne pas me lancer dans l'aventure amoureuse. Mais dans la pièce de théâtre que les dieux avaient écrite pour mon rôle ici-bas, je la revis quelques mois plus tard à un spectacle de flamenco. Elle était seule, moi aussi. Nous échangeâmes quelques banalités, mon cœur battait à tout rompre ; je ne sus que plus tard qu'elle était revenue le lendemain à ce festival dans l'espoir de me revoir. Et qu'elle s'était masturbée en pensant à moi. Quelle tristesse et que d'énergie perdue ; ces millions de personnes dans l'Univers qui sont dans des situations semblables et qui attendent en vain de pouvoir participer à l'aventure amoureuse partagée ! Je me souvenais du psychanalyste Reich qui avait développé une théorie originale sur l'orgasme. Il avait fabriqué un appareil, l'accumulateur à orgon, pour capter cette énergie qui, croyait-il, pouvait tout guérir. Piste fascinante, mais il avait fini en prison pour exercice illégal de la médecine ou plutôt parce qu'il dérangeait les bourgeois bien-pensants d'une certaine Amérique puritaine et hypocrite.

Quatre mois passèrent. Une de ses amies que je croisai par hasard lors d'une tempête de neige, alors que je l'aidais à sortir du fossé, me demanda bien innocemment si j'étais seul et je lui dis que cela faisait près d'une année que je l'étais. Ce message fut transmis à Mitsuko et, par un beau matin de février, mon obsession amoureuse me téléphona pour m'inviter à une soirée où l'on pourrait déguster de la cuisine japonaise. Difficile de refuser. Cela tombait cependant bien mal, car je faisais depuis quelques jours un jeûne à l'auberge d'Anjou. Jeûne que je décidai d'écourter — car il me fallait quelques jours de récupération.

Ce fut une soirée magnifique au cours de laquelle je sentis bien qu'elle avait du désir. Elle aimait danser : rien pour me calmer de voir ce superbe spécimen d'humanité s'exhiber sur la piste et son corps fuselé se mouvoir harmonieusement et avec grâce ; tout était en place pour me rendre fou de désir. Mais j'étais toujours tiraillé par la peur. Et elle était toujours en lien avec son amant. Je décidai alors de laisser filer le temps. Je partis pour un colloque aéronautique au Collège Saint-Hubert.

En revenant, tel que promis, je lui téléphonai. Elle me reçut dans sa superbe demeure aménagée de façon exquise, selon les règles feng shui. Elle m'offrit une tisane. Deux caniches tournaient autour de nous; l'un vint se coller, l'autre m'observa en faisant l'indifférent. Moi aussi je faisais l'indifférent devant Mitsuko. Mais au fond, j'étais toujours aussi craintif, j'avais peur de perdre la tête. La tisane ingurgitée, je n'avais pas saisi la balle au bond. Elle semblait déçue.

Après des mois de résistance de ma part, arriva ce qui devait arriver. Je ne m'appartenais plus, ce coup de foudre avait court-circuité le système limbique au complet. Une fin de semaine de printemps, alors que la glace craquait, que paradaient les hirondelles de mer, que les marguerites ouvraient leurs pétales, un ennui terrible me prit. Après tout, un petit-déjeuner ne pouvait certainement pas prêter à de mauvaises intentions? Et puis j'avais des nouveautés sur les Mi'kmaqs!

Nous fîmes une petite balade en avion; mon cœur palpitait. Mais après quelques minutes, elle ne se sentit pas bien et, un peu penaude, me dit qu'elle voulait rentrer à la maison. Elle avait mal au ventre. Je m'excusai de ma conduite un peu folle, mais elle me rassura, disant que cela lui arrivait parfois lorsqu'elle vivait trop d'émotions. À l'aéroport de Pokemouche, elle me demanda de la reconduire chez elle à Miscou. En route, elle se sentit mal à nouveau; j'avais l'impression qu'elle agonisait. Elle me demanda d'arrêter l'auto, car la tête lui tournait. Elle s'adossa à un arbre de la forêt;

elle semblait si souffrante et malheureuse. Il me semblait que si je ne faisais rien, je pourrais être accusé de refus d'assistance à une personne en danger. Alors, je la pris dans mes bras, je mis mes mains sur son ventre croyant naïvement que les pouvoirs de guérison qu'on m'attribuait allaient infléchir la tornade qui gargouillait dans son corps. Je la sentis frêle et menue, tout abandonnée comme un enfant confiant.

Rien n'y fit et je dus la conduire chez elle en roulant lentement. Elle avait fréquemment ces maux de ventre qu'on appelle diverticulite. Je voulais faire le tour de la terre pour trouver un remède, pour qu'elle ne souffre jamais plus. Je me disais encore naïvement que rien de vraiment intime n'était arrivé. Je ne réalisais pas encore jusqu'à quel point ces maux pouvaient empoisonner sa vie. Elle devait surveiller son alimentation, s'abstenir d'alcool et d'activités trop violentes. Cela limitait certes une relation, mais cela ne m'apparaissait pas un obstacle insurmontable. J'avais moi-même quelques broutilles. Son tabagisme par ailleurs me charcutait; elle en était tellement esclave qu'elle ne pouvait s'abstenir entre les entrées et le plat principal et entre ce dernier et le dessert. Parfois, comme ex-fumeur, je succombais par intermittence. Quant à son abstinence d'alcool, cela ne s'étendait pas à moi, mais elle avait en sainte horreur que je dépasse un peu trop la dose. Cela me dérangeait, car j'aimais le bon vin et les repas bien arrosés lors desquels je me laissais bercer dans une douce ivresse.

Finalement, nouvelle donne : elle m'annonça qu'elle s'était débarrassée de son amant.

Ce fut à distance, par téléphone, en pleurant de joie, que je lui dis que je ne pouvais plus résister. Je ne le sus que plus tard, mais ce fut ce soir-là qu'elle ressentit pour moi un sentiment amoureux à me voir si vulnérable. Elle ne savait pas que j'étais ivre et ainsi sans inhibition.

Ce fut un dimanche soir que Mitsuko me tomba dans les bras. Les caniches tournaient autour, ne sachant trop qui était cet intrus qui osait se coller sur leur maîtresse. Je me sentais euphorique, mais angoissé sexuellement, ne sachant pas si j'allais la satisfaire. Cela tombait bien d'une certaine façon, puisqu'elle avait ses règles. Nous dormîmes ensemble; ce fut bon, je restai éveillé une partie de la nuit, surexcité.

Quelques jours plus tard, entre l'énervement et le condom à placer au bon moment, entre la peur d'éjaculer trop vite et celle de ne pas avoir suffisamment d'érection, le moment fut propice. Après de longues caresses, j'arrivai à une érection suffisante pour l'honorer de justesse. Je me disais que je retrouverais ma confiance et mes érections d'antan, que je ne devais pas devenir obsédé par ma performance, mais rien n'y fit et je restai toujours dans la limite «acceptable». Les positions les plus agréables pour elle et moi n'étaient pas possibles, car je perdais mes érections.

Avant de faire les tests requis pour s'assurer de notre salubrité, je devais continuer à jouer avec le latex. Je devenais tellement excité que je n'arrivais pas à choisir le timing adéquat pour enfiler la gaine, bref, j'étais constamment survolté et frustré. Tant aimer ou désirer — et elle m'aimait ou me désirait — et ne pouvoir vraiment la satisfaire ni moi non plus, cela me rendait carrément fou. J'en vins à anticiper des scénarios extrêmement angoissants, le pire schéma pour que cela ne fonctionne pas. Mais l'angoisse me rendait ainsi et je devenais comme tant d'hommes quand ça dérapait. J'y pensais dès le matin, mais il fallait aussi compter sur la spontanéité du moment et sur sa disponibilité qui n'était pas toujours au rendez-vous. À la veille d'un voyage de quelques jours pour une autre formation en Europe, sur le parachutisme de nuit dans les Alpes, je décidai de faire une pause. Mais elle me sauta carrément dessus ; j'eus une érection digne de ce nom et Mitsuko, un orgasme violent et très mélodieux. Un moment rassurant. Exquis.

En Suisse, à Genève, j'eus le bonheur de passer du temps avec ma fille qui terminait sa thèse sur des algorithmes qui allaient permettre de simplifier le transport de marchandises. De beaux moments à se confier et de beaux repas devant le jet d'eau qui monte dans le ciel du lac Léman. Mais je ne tenais plus en place et j'envoyais chaque jour à Mitsuko des messages amoureux auxquels elle répondait avec empressement. Parfois, j'en recevais deux dans la même journée. Comme un drogué, j'étais toujours en manque, message ou pas. J'étais sous influence et mon cerveau reptilien travaillait à plein régime. Quand je lui parlais au téléphone, j'en ressortais tout mouillé, ce qui me confirmait que le corps ne ment pas. Je lui dis que je serais dans ses bras le lendemain soir ; je n'y croyais pas moi-même.

Ce fut Genève-Franckfort-Londres-Halifax-Moncton : quatre avions. Les turbulences importantes dans le petit avion Halifax-Moncton accompagnaient mes frissons intérieurs. Comme pilote, il me semblait que l'avion n'était pas entre bonnes mains. J'arrivai finalement à Moncton à 19 h et je sautai dans mon auto. Je roulai à un train d'enfer. Dans la plaine de Shippagan, la police guettait. Je plaidai ma cause, le décalage horaire, la faiblesse du sentiment amoureux ;

l'agent de sexe féminin me laissa filer avec un air complice. L'amour avait conquis les forces de l'ordre.

Le voyage n'en finissait plus. Enfin, le pont de Miscou. Il restait quelques kilomètres. Elle habitait près de la superbe plaine de bruyères rouges. Le rayon du phare tournoyait sur la baie ; l'impression dans ce fracas de clarté de voir une soucoupe volante sur les vagues. Au bout de l'Acadie, au bout du monde. Là où les hirondelles de mer tournent de bord !

L'étreinte fut longue, chaleureuse, exquise ; ce fut magique, aérien et, dressé comme le phare, j'entrai bien doucement en elle — toujours à la limite de l'érection — dans un geste sacré, divin. Puis je m'abandonnai au sac et ressac de la marée de son être, hors du temps et de l'espace, dans un cocon que je croyais éternel.

Le lendemain fut une journée magique. Depuis que j'avais fait une fixation sur ses seins, je ne pouvais m'empêcher à tout bout de champ de soulever sa blouse et de plonger dans l'abondance. Mitsuko se prêtait de bon gré au jeu. Je soulevais sa robe quelques secondes, lui témoignant mon extase devant sa beauté. Je succombais facilement, il va sans dire. Que j'aimais ces moments de jouissance où je pianotais une sonate, goûtant goulûment à l'amour et au ronronnement de ma farouche panthère.

CHAPITRE 49

Lorsqu'un homme commence à guider
d'abord ma main et ensuite ma tête, je
sais qu'il n'en a plus pour longtemps.
ROMAIN GARY, *Au-delà de cette limite*
votre ticket n'est plus valable

Mes enfants avaient hâte de connaître l'élue de mon
cœur, mais nous n'arrivions jamais à être en même temps
dans les mêmes lieux. J'appréhendais autant que je désirais
ce moment. Jérôme travaillait sur un projet en aménagement des forêts en tant qu'ingénieur forestier et le contrat se
négociait à Québec. Annabelle, qui avait terminé ses études,
l'accompagnait. Il était prévu que Mitsuko viendrait nous
rejoindre, mais un contretemps survint et ils se manquèrent
de quelques heures.

Mitsuko vint me retrouver à Québec pour ses vacances
d'été ; le cœur voulut me sortir du corps lorsque je la vis descendre du train. Elle me sauta dans les bras, heureuse après
une longue attente.

Après un souper magnifique et une promenade sur les
plaines d'Abraham, nous avions hâte de retrouver le gîte
Louisbourg dans le Vieux-Québec. Elle avait le condom et
tout l'attirail, mais la performance ne revint pas. Frustré, je
l'étais, ce n'est pas peu dire. Le lendemain soir, alors qu'elle
fumait à l'extérieur du restaurant, je décidai de prendre une

pilule de Viagra. Bien sûr, j'aurais dû lui en parler, mais j'avais peur d'un rejet et déjà je me sentais humilié. Dans l'énervement, la pilule bleue tomba sous la table du restaurant japonais et, à quatre pattes, je m'empressai de la retrouver avant que Mitsuko ne me surprenne. Nous étions dans des conditions idéales, puisqu'elle était reposée de son voyage, que le gîte était charmant et que nous étions amoureux. Je cherchai à retarder le moment crucial pour laisser le médicament agir, mais cela ne fonctionna pas davantage, enfin de justesse. Je crus percevoir sa déception, ce qui me rendit encore plus torturé. Ce ne fut que quelques heures plus tard — alors qu'elle dormait — que je me réveillai avec une gigantesque érection que je m'empressai de calmer dans la salle de bain.

Le lendemain, j'étais dans tous mes états; on visita un site archéologique huron, mais je n'avais qu'une idée en tête — excité par sa minijupe qui virevoltait au vent —, la culbuter dans un coin de la forêt. J'étais totalement obsédé. Cette relation était devenue trop érotisée: le sexe avait supplanté le cœur. Elle fit une sieste en fin d'après-midi; je fis de même, surexcité par son corps nu lové contre le mien. J'avais encore pris la petite pilule bleue sans le lui dire. Je me réveillai de mauvaise humeur et lui demandai si plus tard on allait faire l'amour. Elle me répondit qu'elle ne pouvait savoir à l'avance. À voir la boîte de condoms qu'elle avait placée bien en évidence sur la table de nuit, je crus revoir l'«agacepissette» de mon enfance et j'entrai dans une grande colère. Je ne me reconnaissais plus et elle encore moins. La douche écossaise. La colère était autant dirigée vers mon impuissance que vers l'absurdité de la situation. Inutile de dire que la soirée fut maussade. En plus, une mouche s'était noyée dans ma chaudrée de fruits de mer. Pour tenter de me faire pardonner, j'expliquai à Mitsuko mes angoisses des derniers temps et l'absorption de la pilule magique. Cela calma un peu la tempête, mais pas question ce soir-là de faire l'amour. Je me retrouvai seul avec mon érection et ma frustration.

La rencontre avec ses parents fut digne d'un conte de fées. Dans les derniers jours de la Deuxième Guerre mondiale, après Hiroshima, la Russie déclara la guerre au Japon et s'empara de l'archipel des îles Kouriles. La mère de Mitsuko était une Aïnous de l'endroit, un peuple de chasseurs et de pêcheurs issu de Sibérie. Contrairement aux Japonais, ils ont une pilosité abondante. Ce qui expliquait que Mitsuko était bien velue dans les parties intimes de son anatomie; cela me plaisait et m'allumait souverainement. Quoi qu'il en soit, son père, jeune capitaine dans l'armée russe, avait été chargé du débarquement. La mère de Mitsuko, qui parlait le russe, servait d'interprète. L'occasion et les hormones firent les larrons. On connaît la suite.

Mitsuko était très proche de sa mère et lui racontait tout, même les détails les plus intimes de notre sexualité. Cela m'indisposait, mais je ne savais trop si je réagissais ainsi par pudeur ou par manque d'ouverture d'esprit. Son père était mort depuis quelques années et elle en parlait rarement.

Dans l'état de fragilité de notre relation, nous nous rendîmes au Japon, sur l'île de Hokkaidō. Sa mère m'accueillit comme un roi. Elle était vraiment heureuse que sa fille ait enfin trouvé un compagnon. Plus souvent qu'autrement, le soir, je me retrouvais seul dans la petite chambre; Mitsuko lisait des haïkus auprès de sa mère qui dormait. Un soir, je lui fis part de ma frustration et tentai de l'approcher; elle résista puis se laissa prendre, me reprochant ensuite de ne pas l'avoir respectée.

Mitsuko portait une grande douleur ; une fille décédée en bas âge et enterrée dans le cimetière du village. Elle y allait souvent et en revenait les yeux bouffis. Je la prenais alors dans mes bras pour la bercer. Elle ne pouvait avoir d'enfant en raison d'une ancienne infection à chlamydia.

Elle ne prenait pas d'alcool, pourtant son père était reconnu comme un grand buveur de vodka et sa mère ne crachait pas dans le saké. Mitsuko me raconta qu'elle avait souvent été témoin de l'ivrognerie de son père et que cela l'avait marquée. Un soir, je pris un peu trop de saké à son goût et, devant son refus de faire l'amour, je me retrouvai seul dans la salle de bain à ronger mon frein. Je sentais qu'elle voulait me punir d'avoir trop bu, pourtant j'étais, il me semble, encore présentable. Pour me calmer, je pris un bain moussant tout en lisant un livre sur l'histoire du Japon. J'écrivis sur une page vierge que j'étais dans une relation qui n'était pas bonne pour moi. La nuit, je rêvai qu'un cheval tirait une charrette et tentait de monter une pente abrupte ; à quelques mètres du sommet, épuisé, il dégringolait. Un rêve qui se passait de commentaires.

Nous partîmes le lendemain pour Kyoto, ancienne cité impériale, ville de rêve, avant de repartir en Acadie. Au restaurant, Mitsuko était froide et elle m'annonça que la relation était terminée, que je buvais trop, mais surtout que je n'étais pas heureux avec elle. J'étais en état de choc. Je ne savais pas qu'elle était tombée sur ma réflexion à la fin du livre sur l'histoire du Japon. Le voyage du retour fut infernal : si proches sur nos deux sièges, mais si loin. Tout au long du vol, j'espérais qu'elle me donnerait une autre chance, mais elle restait lointaine, inaccessible. Voyage interminable.

Ces magistrales frustrations et colères étaient une première dans ma longue vie amoureuse. Mitsuko m'avait jeté aux orties sans espoir de retour et refusait définitivement tout contact, ni lettres ni téléphone : rien. Pourtant, jusque-là, je me voyais plutôt comme un doux. Comment en étais-je arrivé là ? Je méditai sur la question. Ce côté colérique me venait de la branche maternelle de mon père. Les gens de cette lignée pouvaient revenir *ad nauseam* sur un événement ancien — en Acadie on appelle cela des renoteux — et c'était toujours le côté négatif des choses qui était mis en évidence. Et bien sûr, parfois, ils explosaient. Pourtant, j'avais travaillé là-dessus, mais par moments l'hydre à sept têtes ressortait et l'émotion prenait le dessus.

Fatima n'étant pas disponible, je rencontrai donc à nouveau Anna, ma psychiatre psychanalyste, pour m'aider à comprendre et me faire dire qu'il y avait de l'espoir. Elle tenta de me déculpabiliser. Le mot « narcissisme » revenait concernant Mitsuko. Anna me remit un article compliqué au sujet du narcissisme. Je n'étais pas plus avancé.

Après une attente infernale — où je devins quasiment plus boucané qu'un hareng de Cap-Pelé — et beaucoup de lettres et de courriels que je lui envoyai et dans lesquels je lui jurais que je serais respectueux, nous reprîmes. Mitsuko n'était toujours pas favorable à la pilule bleue et la même impuissance me hantait. Je lui disais que cela pourrait un temps me redonner confiance, puis qu'ensuite je me laisserais porter par la nature.

Au fil des semaines qui suivirent, Mitsuko me reprocha de ne pas changer, d'entretenir une colère refoulée, alors qu'il me semblait être devenu comme l'agneau si doux. Complètement castré ! Il me semblait que plus je me rapprochais de la perfection — et je restais très respectueux de ses désirs sexuels —, plus elle élevait son niveau d'exigence. Elle avait repris avec moi sans le dire à sa famille et cela me rendait inquiet ; j'avais l'impression de m'engager à fond, alors qu'elle se réservait des portes de sortie. Elle me disait qu'il y avait de l'espoir, mais je me sentais en probation, constamment sous la loupe. Quant à sa famille, un jour elle la mettrait au courant de notre reprise. Sa mère, que j'aimais, me manquait et j'avais l'impression d'avoir trahi sa confiance en n'ayant pas été à la hauteur. Je me sentais la corde au cou, retenu à la vie par un petit escabeau qui pouvait à tout moment partir au vent. Je sentais la poignée de sable de notre amour filer entre mes doigts. Désarmé, j'essayais de gravir l'Everest en pyjama.

Mais il y eut un moment étrange que je considérai comme un signe favorable, comme si mes ancêtres amérindiens avaient voulu m'accompagner. Il y eut sur l'île Caraquet un petit interlude de bonheur lorsque je l'aidai à découvrir un squelette humain de sept pieds dans une sépulture amérindienne.

Notre réconciliation dura quelques semaines. Mais le charme rompu ne revenait pas. Elle partit un mois dans le Grand Nord étudier un site innu. Je ne vivais plus que dans l'attente d'un téléphone, d'un mot doux, d'une phrase rassurante sur l'état de nos rapports amoureux. Je me sentais complètement émasculé. J'étais dans les limbes à noircir des feuilles de papier avec son nom, à ne plus rien proposer, à ne plus rien demander.

Elle revint, distante et froide. Elle avait envie de regarder un film à la télévision, un reportage sur un site archéologique en Turquie. J'allai me coucher, transi par un glaçon imaginaire qui habitait mon être. Puis elle vint me rejoindre et se déshabilla complètement sans dire un mot. Je n'arrivais pas dans ces conditions à avoir une érection minimale. Je la sentais de plus en plus frustrée. Elle s'était tournée et ne voulait pas de caresses. Je lui dis que dorénavant je prendrais la pilule azurée. Elle acquiesça cette fois.

Quelques jours plus tard — j'avais pris l'élixir, tout excité que j'étais —, elle atterrit chez moi pour me remettre ma robe de chambre oubliée chez elle et me signifier la fin définitive : elle ne m'aimait plus. Que pouvais-je faire face à cet aveu ? J'étais sidéré. Il n'y avait plus rien à dire. Mais je n'arrivais pas à y croire.

CHAPITRE 50

Ne donne pas ton âme à ta femme —
pour qu'elle ne piétine pas ta puissance.
Ecclésiastique 9,2

Ceux qui font une dépression majeure dans leur vie sont souvent fragiles face à une rechute. Et après deux ou trois, rares sont ceux qui peuvent, comme le diabétique, survivre sans médicaments, cela même avec la plus grand volonté du monde. Je me croyais guéri et définitivement immunisé, mais la dépression me gagna peu à peu après la rupture avec Mitsuko. Je retombais en enfer. Cela commençait toujours par l'insomnie ; davantage de difficulté à m'endormir après des ruminations sans fin, des réveils fréquents, de plus en plus hâtifs. Et pourquoi me lever et ressentir davantage cette douleur dans la poitrine, ma journée n'ayant rien de palpitant ? Je ne vivais plus de petits moments de joie. Il me restait quelques clients pour des balades en avion, mais même cela ne me disait plus rien.

Comme mon logis de Pokeshaw était sur un cap de soixante pieds, je commençai à développer à nouveau des peurs d'aller me jeter en bas de la falaise, au point que je craignais de rentrer chez moi. Je redoutais de succomber à l'impulsion d'en finir. Phobie d'impulsion, comme à l'époque de mon épisode délirant. Je ne me sentais plus capable de croiser Mitsuko, sachant qu'un beau jour elle serait au bras de son nouveau cavalier.

Elle m'avait autorisé à lui écrire ou à lui téléphoner, mais pas question de se voir. Il ne me restait plus qu'à partir tenter ma chance ailleurs en traînant mon mal de vivre. Quand le départ fut imminent, je lui téléphonai pour lui faire mes adieux avec le vague espoir que cela pourrait l'émouvoir. Mais non, je ne lui avais pas manqué du tout et oui, sa vie se déroulait bien. Elle venait de faire une découverte archéologique majeure sur un campement mi'kmaq à Pokemouche qui avait fait les manchettes. Non, il n'y avait personne d'autre dans sa vie; son travail, ses amies lui suffisaient. J'avais de la difficulté à croire à la version de la belle indifférente, me disant, pour me protéger de la perte de mes illusions, qu'elle me racontait cela pour ne pas succomber, pour ne pas laisser entrevoir la moindre faille par où je pourrais m'engouffrer comme une bourrasque de vent du noroît.

Je quittai l'Acadie en novembre. Une tempête de neige précoce rendait la circulation difficile et je descendis dans un hôtel à Campbellton, sur les bords de l'autre pays, comme si je ne voulais pas quitter le premier. La nuit fut pénible, le voyage, atroce, chaque tour de roue m'éloignait de l'espoir complètement irrationnel d'une reprise qui, je le savais, présenterait les même embûches. Je repartais de zéro.

Je revins à Mont-Saint-Hilaire, comme à l'époque où je fréquentais Rose-Hélène. J'avais gardé quelques amis, quelques contrats avec le collège de Saint-Hubert, mais je m'enfonçais de plus en plus dans la dépression. Je pleurais chaque matin en prenant ma douche; rien ne m'attirait et les promenades sur la montagne dans un décor superbe n'évoquaient que nostalgie. Et j'avais beau savoir que l'on est le maître de sa destinée, que demain se décide aujourd'hui, qu'un tel, grand brûlé et paralysé, était parvenu à rebondir avec succès, tout comme celui qui a perdu toute sa famille dans une guerre, je dois avouer que la morosité du matin était difficile à vaincre.

Je me blâmais pour la rupture. La colère m'avait coûté très cher. Je ne pouvais, comme dans un deuil normal, vivre une certaine colère face au sentiment de rejet, car c'était justement la colère — c'est ce que je me disais — qui avait provoqué la rupture. Jusqu'au moment où j'entrevis une faible lueur dans le noir. Cette colère m'avait peut-être indiqué que cette relation qui m'attirait comme le papillon vers la lampe n'était pas bonne pour moi. Ne l'avais-je pas d'ailleurs écrit dans le livre sur l'histoire du Japon ?

Je voyais assidûment ma thérapeute Fatima — qui avait le nom du village portugais où était apparue la Vierge Marie ; j'avais bien besoin de ses miracles ! Tout au long de ma relation avec Mitsuko, Fatima avait vraiment cherché à m'aider. Elle croyait que les différences culturelles s'étaient mal imbriquées et que des blessures jamais guéries face à celui qui lui avait transmis une infection en la rendant infertile avaient aussi joué un rôle dans notre rupture. Elle croyait que Mitsuko redoutait de la part des autres hommes d'avoir à subir le même mal. Et de mon côté, il y avait ma difficulté à faire de bons choix, cette attirance pour des femmes qui au fond ne faisaient que nourrir ma carence, ma dépendance affective, et des frustrations qui prenaient trop souvent le chemin de la colère. Mais cela ne ramenait pas l'amour dilapidé : je restais accroché à la même place, dans la culpabilité et le regret de l'amour perdu que j'avais tant idéalisé.

Je rencontrai une amie d'une amie qui croyait aux pouvoirs psychiques — cela lui avait permis une reprise amoureuse — et elle me suggéra d'imaginer Mitsuko comme une panthère, de l'inonder d'amour pour l'apprivoiser. Je fis quelques séances de relaxation profonde, entrai en transe et, à distance, lui envoyai de belles images, sans résultat. C'était à prévoir…

J'appris par un ami, le jour de la Saint-Valentin, qu'elle avait un nouveau cavalier. J'avais recommencé à fumer et c'est dans la boucane la plus dense que je cuvai ma peine. La gorge serrée, le cœur galopant, je me rendis dans une petite chapelle de la région — je ne croyais ni ne pratiquais pourtant plus depuis des lustres — pour me recueillir, parler à une présence invisible, chercher un réconfort dans l'irrationnel. Même si depuis longtemps je ne croyais plus aux contes de fées religieux de mon enfance, je cherchais un sens, je voulais renouer d'une quelconque façon avec une puissance supérieure. J'allais souvent dans les abbayes pour y trouver la paix et le recueillement. Parfois, j'invoquais mes anges gardiens ; j'avais l'impression qu'ils étaient puissants et veillaient sur moi, et qu'à quelques reprises ils m'avaient sauvé la vie. Je les voyais comme des êtres beaux et non culpabilisants qui voulaient juste nous aider. Que de lampions ai-je fait brûler à Saint-Anne-du-Bocage pour une faveur amoureuse ! Que de moments de recueillement à l'abbaye des Cisterciens de Rogersville, chez les moines à Rougemont ou à Saint-Benoît-du-Lac ! Que de livres de saints j'ai dévorés quand l'insomnie me tenaillait, des livres qui parlaient de lévitation, d'extase, de stigmates, de miracles, de corps imputrescibles après la mort ! Tout pour m'évader du réel.

Mais la réalité de ma souffrance avec Mitsuko revenait. Il me restait à lui envoyer quelques objets inutiles et des boucles d'oreilles — pour boucler la boucle — que je lui avais offertes et qu'elle avait oubliées. Cela prit un mois pour me décider. Je lui écrivis un petit mot gentil, lui expliquant que

je ne voulais pas interférer dans sa vie, que je ne la dérange-
rais plus. Et je lui souhaitais d'être heureuse. Je la priai de me
faire parvenir la clé de ma maison à Pokeshaw. Elle m'écrivit
une note de trois lignes pour me dire qu'elle le ferait, car
elle passait souvent par là. Je devenais obsédé par cette clé
— c'était le dernier symbole — et chaque semaine je parlais
à un ami qui me confirmait que la clé était toujours absente.
Je lui envoyai alors un mot gentil lui demandant de me la
faire parvenir plutôt à mon adresse à Mont-Saint-Hilaire.
Elle écrivit encore trois lignes pour me dire que je l'aurais
sous peu, de ne pas m'inquiéter. Je ne comprenais pas pourquoi elle agissait ainsi. Toutes les hypothèses me passèrent
par la tête. Elle voulait me garder au bout de sa ligne pour
me punir ? Cela ne marchait pas avec son cavalier ? Elle espé-
rait que je me traîne à ses pieds ? Elle n'arrivait pas à boucler
la boucle et la clé en était le symbole ? La clé du paradis était
devenue la clé des champs pour Mitsuko, en même temps
qu'un symbole illusoire qui m'aurait permis d'ouvrir la porte
secrète de son cœur. Pendant des mois, chaque jour, j'ouvris
ma boîte aux lettres pour chercher jusque dans les recoins
les plus obscurs cet objet alibi qui gardait son âme dans un
coffre-fort et qui me gardait prisonnier dans ma geôle. La
colère glacée de Mitsuko m'atteignait toujours.

CHAPITRE 51

Un éclair… puis la nuit! — Fugitive beauté
Dont le regard m'a fait soudainement renaître,
Ne te verrai-je plus que dans l'éternité?

CHARLES BAUDELAIRE

Comment avais-je pu entrer en transe si profondément? En thérapie, je passais mes entrevues hebdomadaires avec Fatima à tourner en rond. J'avais beau, par moments, noircir Mitsuko comme le poêle à bois de mon enfance, la voir comme une échalote au cou raide, lui trouver un teint grisâtre ou verdâtre en raison des cigarettes, je l'aimais toujours. Je n'arrivais pas à me débarrasser de cette culpabilité et je me blâmais de la rupture. Je me blâmais d'avoir fait fuir la femme de ma vie. Mon cerveau profond devait considérer que la faute que j'avais commise avait dû être énorme, puisque la conséquence avait été tragique. J'avais beau me raisonner, j'étais plongé dans un abattement profond. Cela devait, me disais-je, jouer dans des schémas primitifs de l'enfance pour atteindre une telle ampleur, mais que faire ensuite si c'était le cas? Je tentai avec beaucoup d'énergie d'oublier Mitsuko; ce qui en soi est une contradiction.

Je pris congé de Fatima quelques semaines et consultai une spécialiste des approches neurolinguistiques; elle me fit faire une série d'exercices pour décrocher. J'appris à m'imaginer serein face au dragon aimé, reprenant ma force, acceptant de développer chez moi ce que j'aimais tant chez l'autre. Cela m'aida, le temps d'un après-midi, à rapatrier les qualités de l'autre qui m'attiraient tant, à mettre tout cela en perspective. À certains moments, l'être aimé devenait le velociraptor du *Parc jurassique*, à d'autres moments, elle était la déesse des espaces interstellaires et je cherchais à la laisser là où elle devait être, dans ces nébuleuses. Par une journée de poudrerie, j'écrivis toutes mes frustrations et tous ses défauts sur une feuille que j'enflammai et jetai au vent. Des cendres tourbillonnèrent un instant avant de disparaître.

Je pris rendez-vous avec ma psychiatre Anna. D'une exquise délicatesse, elle m'accompagna comme une bonne maman. Elle me rassura sur mon état mental en me disant qu'un jour je serais complètement serein face à cette perte. Après de nombreuses tentatives médicamenteuses, une combinaison d'antidépresseurs — la nouvelle tendance, car cela donne un effet multiplicateur — finit par me sortir du trou. Douze mois! Que ce fut long avant de sortir du marécage, plus long que le paragraphe qui en parle! Au moins, durant ce temps, ma prostate me laissa tranquille!

CHAPITRE 52

> Elle était faite pour la jungle africaine,
> pour les orgies, pour les danses primitives.
> Mais rien, en elle, n'était libéré, aucune
> onde naturelle de plaisir ou de désir. Et si
> sa bouche, son corps, sa voix trahissaient
> sa sensualité, tout son flux intérieur res-
> tait inhibé. Elle semblait empalée sur le
> pieu rigide du puritanisme. Son corps
> pourtant demeurait provocant.
>
> ANAÏS NIN, *Les petits oiseaux*

Ce n'était pas la situation idéale pour se chercher une blonde. Le deuil était loin d'être fait, mais je me disais que ça ne servait à rien de rester là à me regarder le nombril. Pour me conforter, me revenait en mémoire le conseil d'un moine zen qui avait dit qu'il valait mieux avoir trois relations infructueuses après une rupture que de passer cinq ans sur son île à lécher ses plaies.

J'avais décidé de passer par les petites annonces du journal *Le Devoir*. Je pris le temps nécessaire pour compo-ser une annonce accrocheuse. Douze réponses semblaient prometteuses. J'avais l'intention de rencontrer toutes les candidates. J'écoutais d'abord la voix sur le répondeur pour voir si elle me plaisait, ensuite je téléphonais à l'éventuelle promise ; certaines, comme moi, avaient lancé une bou-teille à la mer, étaient en phase intensive d'exploration et avaient plusieurs lignes à l'eau. Un chassé-croisé hallucinant. D'autres répondaient directement au téléphone. D'autres encore avaient entendu parler, disaient-elles, de mon message par une amie. J'avais tellement peur de m'attacher à une femme sexuellement compliquée ou peu portée vers la chose que dès la première rencontre je cherchais plus ou moins subtilement à connaître l'état de leur désir ; une bien mauvaise tactique.

Il y en avait deux ou trois qui m'intéressaient. Particulièrement Marie-Anne. Elle était un peu potelée et rondelette, certains disent bien enrobée. Jamais auparavant je ne me serais attardé à son type physique, mais elle avait un regard charmeur, des fossettes et beaucoup de magnétisme. Marie-Anne avait un visage magnifique, un sourire qui me faisait fondre et oublier la taille de ses hanches, de ses fesses, de ses seins. En fait, petit à petit, je devenais accro à ces derniers attributs. Je ne pouvais plus regarder une femme de la même façon. Elle avait élargi mon champ de vision et de possibles. Dorénavant, celle qui pour moi serait sensuelle et érotique devrait avoir des seins plantureux, des fesses rondelettes et être bien enrobée. Sa voix me fascinait, elle chantait comme une diva, et lorsque je lui parlais au téléphone, je devenais écume. C'était bien encombrant. Et quand je la voyais, c'était pire. Allez donc comprendre quelque chose à la chimie du cerveau. Son corps m'attirait comme le bon pain chaud du pays. J'avais hâte de me faire gâter. Comme j'aurais aimé qu'elle se voie à travers mes yeux pour apprendre à aimer son corps. Je voulais poursuivre avec elle mais pas avant d'avoir fini mon tri, craignant toutefois, à tergiverser, qu'elle me glisse entre les doigts sur ce marché de l'éphémère et du *fast-food*.

Dans le lot, il y avait une femme superbe, Johanne, professeur d'art, originaire de Sept-Îles, dont les parents venaient de la Péninsule acadienne. Elle me plaisait, mais elle ne savait pas encore si elle voulait réellement un homme dans sa vie. J'étais d'une extrême maladresse ; une fois elle me téléphona pour me dire qu'elle venait de sortir toute fraîche de son bain à la lavande. Je lui demandai si elle s'était caressée en pensant à moi. Et on ne s'était même pas embrassés sur le front. Elle prit cela à la légère en riant, signe pour moi de sa flexibilité. Mon choix se dirigeait toutefois vers Marie-Anne mais, sentant que je lui glissais entre les doigts, Johanne m'avait invité à souper. Elle me reçut dans un décor magnifique. Sa robe était superbe, le repas, exquis.

Mais il fallait trancher. Enfin, je pris ma décision. Marie-Anne vint chez moi un samedi et, le vin aidant, il n'était pas question qu'elle refasse deux heures de route. Pas question non plus de coucher ensemble ni de se toucher au-delà d'une simple étreinte et d'un bec sur la joue. Elle disait vouloir me connaître d'abord. Nous avions passé une soirée de grandes confidences. Nous avions même parlé de la position de l'Église, laquelle exigeait une fréquentation sérieuse avant les caresses dignes du péché mortel ; question de ne pas mêler les cartes entre sexe et amour. Au fond, j'étais plutôt d'accord pour une courte période d'abstinence (vraiment courte), le temps de se connaître un peu. Donc ce soir-là, elle m'aida à faire mon lit et moi le sien.

La fin de semaine suivante, je me retrouvai chez elle, à sa maison de Rigaud. Souper intime, valse, étreinte, mais quand je mis ma main sur son sein, elle me repoussa brusquement ; je me sentis intimidé comme avec Mitsuko et je me retirai dans la chambre du sous-sol. Je commençais à trouver qu'elle voulait l'intimité sans l'intimité.

Il y avait plusieurs zones de turbulences. Son environnement ressemblait à un musée et si je plaçais par malheur une fourchette de travers, rapidement j'étais l'objet d'une critique. Ma façon de m'habiller la dérangeait. Mes manières aussi, parfois. Si je buvais ma soupe dans le bol, elle fulminait, me disant que sa mère l'avait éduquée autrement. Je taquinais beaucoup Marie-Anne, davantage encore quand elle se braquait. Le matin, alors qu'elle se tenait près du comptoir de la cuisine, je baissais son pyjama en passant; cela la rendait furieuse alors que je riais aux éclats. Elle sacrait. J'avais envie de mordiller ses fesses rebondies. Pas moyen de la faire rire par mes espiègleries.

Je ne pouvais lui arracher une étreinte facilement; elle disait que j'allais en profiter. J'étais constamment sur le qui-vive et souvent frustré par ses réactions démesurées. À quel moment allais-je lui parler de mes difficultés d'érection? Avant de faire l'acte? Sa réaction serait-elle une forme subtile de rejet ou encore une trop grande sollicitude qui m'inhiberait? Ou alors le partage du secret allait-il faire surgir mon observateur critique qui inhiberait ma spontanéité? Ou si cela ne fonctionnait pas à mon goût ou au sien, devais-je lui parler après l'acte manqué?

La crainte était au rendez-vous. Je cherchais le bon *timing* entre la peur de l'éjaculation précoce si j'essayais d'avoir une érection suffisante et une érection insuffisante si je la pénétrais trop tôt. Je devenais obsédé par le moment propice, le mien et celui de Marie-Anne, la parfaite recette pour l'échec.

Je fis finalement appel à la petite bleue. Elle le savait, mais préférait ne pas en parler, ce qui me frustrait, car je restais convaincu qu'avec amour et complicité je pouvais sans béquilles retrouver ma confiance d'antan. Elle ne voulut savoir que plusieurs mois plus tard — à la demande de sa thérapeute, eh oui! — comment je vivais cela. Combien de fois avais-je avalé ma pilule au cas où son désir serait au rendez-vous? Combien d'érections gigantesques et de désirs fous j'avais vécus après une soirée fabuleuse où le *niet* surgissait avant l'apogée. Pour me calmer, j'allais me branler dans la salle de bain. Le va-et-vient de la main devenait une valeur sûre!

Quand j'étais au neutre, elle s'approchait, quand je m'abandonnais, elle me repoussait la plupart du temps; le chaud et le froid. Séduction, abandon, coupure. J'étais angoissé à l'idée de me rapprocher et d'être repoussé. Ce n'était pas le bon moment ou bien elle se sentait envahie et reculait. Un protocole compliqué était à l'ordre du jour. Elle se lubrifiait peu et ne voulait pas mettre de la crème. Parfois, elle me caressait mécaniquement; c'était fade. Parfois, je réussissais à lui masser un coin du dos puis à descendre vers le ventre, mais là, elle commençait à discourir sur ses vergetures issues de la maternité; elle avait deux enfants qui faisaient leur vie hors du nid. Je lui avouai ma fascination pour ces chemins qui sillonnaient ce corps que je voulais regarder, caresser, embrasser, son livre de vie duquel je voulais lire chaque page, savourer chaque chapitre, déguster chaque mot. Je voulais qu'on s'aide à bien vieillir, à accepter que nous n'avions plus vingt ans. Mais souvent il était impossible de descendre plus bas ou de monter plus haut. Elle avait son harnais bien cadenassé.

Son tempérament explosif et ses côtés brusques alimentaient les miens. J'étais, il me semblait, prêt depuis une douzaine d'années. Mais malgré engagement, amour, disponibilité et transparence, je frappais encore un mur ; je n'avais pas encore réglé, je crois, mon attirance pour les femmes belles mais pleines de blessures, inaccessibles ou pas prêtes. Je n'avais comme ressource à ce moment-là que bataille, fuite, rupture et excès de cigarettes et d'alcool. Relation malsaine.

J'avais parfois des crise d'anxiété quand je savais que j'allais dormir seul dans la cave après une soirée prometteuse. Parfois, je déguerpissais en claquant la porte ou bien je quittais tout simplement sur la pointe des pieds, l'estomac noué. C'était, la plupart du temps, le dimanche soir, alors qu'elle me repoussait, me laissant pour la semaine dans des états pas possibles.

Mais je n'arrivais pas à rompre cette chaîne.

CHAPITRE 53

Nulle volupté n'est un mal par elle-même; mais il y a tel objet qui, procurant des plaisirs, procure de plus grandes douleurs.

ÉPICURE

Graduellement, j'appris à quitter Marie-Anne après le brunch du dimanche, ce qui la frustrait énormément. Le lendemain ou le surlendemain, l'un ou l'autre tentait de colmater la brèche; dynamique de réparation. On ne pouvait être bien que quelques heures ou quelques jours. Puis elle s'isolait, me repoussait. Elle trouvait que la vie était bien faite, moi en ayant moins d'érections et elle en ayant peu de libido. Elle me raconta que ses amies étaient peu intéressées par la sexualité. Je me sentais anormal.

Pourtant, elle m'aimait, mais ne savait comment agir. Moi non plus d'ailleurs. Ses rejets incompréhensibles, ses brusqueries verbales, ses obsessions sur le paraître me tracassaient. J'essayais de comprendre. Marie-Anne me parlait souvent de son ex-mari qui l'avait constamment trompée, de son père alcoolique et infidèle, de sa mère, super femme qui en avait bavé un coup. Et aussi de sa difficulté à croire en l'amour d'un homme; tous une bande de cochons.

Il y eut des moments de tendresse apaisante, de longues étreintes. L'abandon total. Mais l'abstinence totale ne durait pas longtemps. Elle avait des seins soyeux, plantureux, et parfois je nichais ma tête entre les deux ; cela m'excitait. Au point que je ne pouvais résister à me rendre à la toison dorée, à y déposer mon doigt sans bouger ; parfois le désir montait et elle se tortillait…

L'accalmie ne durait pas. Comme un hamster, je tournais en rond dans ma bulle de verre translucide, apercevant confusément un autre monde plus harmonieux. Deux fois, je l'avais quittée, préférant sauter dans le feu pour en sortir rapidement plutôt que de rester dans la poêle à frire dans l'espoir de jours meilleurs. Elle pleurait, me relançait, promettait mer et monde ; je succombais. Deux jours plus tard : *idem.*

Après bien des mois de compromis, j'avais trouvé la façon d'être à l'aise avec ses demandes quant au paraître, et elle, de son côté, avait fait du chemin. Côté tendresse, je pouvais la prendre dans mes bras et elle s'abandonnait sans plus. Il ne restait que deux zones de turbulences — ça ressemblait à un processus de comptabilité , la sexualité et ma place dans la liste de ses priorités. En effet, je passais toutes mes fins de semaine à l'aider pour l'entretien de sa maison, mais elle avait toujours des raisons de ne pas venir chez moi, ne serait-ce que pour me conseiller dans le choix de mes rideaux et de mes casseroles…

Marie-Anne adorait le flamenco. Elle était sublime dans sa jupe à froufrous. Quand elle arrivait de ses cours de danse, je l'encourageais à me montrer les nouveaux pas, l'incitant à virevolter de plus en plus vite afin de pouvoir entrevoir quelques timides poils qui osaient s'aventurer en dehors du nid, ce qui m'excitait au plus haut point.

Elle me tenait. Quand je glissais mes doigts, ma bouche, ma langue ou ma queue entre ses cuisses, plus rien d'autre n'existait ; je savourais ses petites lèvres dodues, la chaleur de son corps, son ventre satiné, bien enrobé. Elle avait une peau de soie que je ne me lassais pas de caresser. J'adorais cette abondance et les femmes échalotes ne me disaient plus rien.

Tout cela semblait bien prometteur, mais il fallait louvoyer pour obtenir ma ration. Je développai des stratégies : si elle me laissait l'embrasser sur la nuque et lui caresser les mamelons quelques instants — qui devenaient durs comme des bourgeons — elle se laissait séduire, mais ce n'était pas toujours facile d'y arriver. Il fallait choisir le bon moment, qu'elle en ait le goût, que ses tâches soient complétées, que rien d'angoissant ne se pointe à l'horizon.

CHAPITRE 54

Et la chanson de l'eau reste chose éternelle…
Toute chanson est une eau dormante de l'amour
Tout astre brillant une eau dormante du temps.
Un nœud du temps.
Et tout soupir une eau dormante du cri.

FEDERICO GARCÍA LORCA

Il y avait toutefois avec Marie-Anne une exception de taille ; elle adorait l'eau des lacs et des mers et là elle devenait une vraie nymphomane. Ses premiers ébats sexuels durant l'adolescence avaient eu pour décor la côte du Maine, à Ogunquit, et elle croyait que la baignade réactivait le désir d'antan. Mais l'hiver est long au Canada et nous ne pouvions constamment aller dans le Sud. Je me souviens particulièrement des plages de Grande-Anse, de l'eau turquoise et chaude. Nous avions choisi une grotte ouverte aux deux extrémités où filtrait la lumière. Un lieu qui avait pour nom Le Secret. Nus, nous faisions l'amour dans toutes les positions, collés comme deux huîtres à la roche. La spontanéité du moment et du désir libéré m'aida sans pilule bleue à retrouver ma forme d'antan. L'air salin nous enivrait, le clapotis des vagues nous hypnotisait et le mouvement de la marée nous berçait. Les hirondelles de mer, les cormorans, les hérons paradaient dans une marche nuptiale. Lorsqu'elle eut son orgasme, son cri d'amour se répercuta sous la voûte et m'incita à recommencer. Il n'y avait pas d'attente, pas de linge à enlever; je pétrissais ses seins qui devenaient pains chauds et odorants. Quand nous fûmes rassasiés il fallut satisfaire l'estomac; un petit feu de grève et des moules sur une tôle avec quelques varechs donnèrent une chair exquise. Un bon vin blanc accompagna le tout.

Parfois, en pleine lumière, sous les caps de Grande-Anse — pourtant elle était très pudique —, je lui dégageais l'entrecuisse sans lui enlever son maillot de bain et la touffe dorée se montrait, m'invitait. Elle s'appuyait dos au rocher dans cette cuvette de falaise et, debout, je la pénétrais. Sans nous préoccuper des roches qui la meurtrissaient, inconscients de l'orage qui grondait, des éclairs qui zébraient le ciel et de la pluie qui tambourinait sur la mer. S'il y eut des spectateurs, ils ne donnèrent pas signe de vie; j'en aurais fait autant.

Un soir d'août reste particulièrement imprimé sur ma peau: les perséides ou larmes du Saint-Laurent, cette pluie d'étoiles filantes qui éclaboussa le ciel lors du passage de la comète Swift-Tuttle. Étendus sur une courtepointe, nous plongions dans l'extase des sens et des cœurs. Puis, nus, nous laissant porter par le courant d'un petit ruisseau qui se jetait dans la mer, nous replongions dans nos ébats. Mais en dehors de ces moments épiques, c'était la croix et la bannière. Quelques gouttes d'hormones auraient peut-être changé notre relation, mais elle ne voulait plus en prendre par peur du cancer du sein.

Il y eut un autre épisode de spontanéité sexuelle. En revenant vers le Québec à la suite de nos vacances aquatiques érotiques, elle arrêta l'auto en pleine forêt et me sauta dessus. J'étais terriblement énervé à l'idée qu'elle ne perde le désir pendant que je cherchais une petite clairière à l'abri des regards. Finalement, nous pûmes à la hâte arracher nos vêtements et, les fesses collées sur les branches de sapin et la gomme d'épinette, surgit un moment d'abandon ; un petit cadeau pour la route.

Elle proposa la thérapie de couple. Mais comment dénouer ce qui m'apparaissait être une incompatibilité insurmontable ? Je préférais le vocable incompatibilité qui ne cherche pas à mettre le blâme sur l'autre, car, tout comme moi, elle faisait son gros possible. J'étais dans une grande confusion ; j'avais vu tellement de thérapeutes, certains des dangers ambulants, d'autres compétents, que je ne savais plus qui choisir. Sans compter qu'il fallait se décider parmi les cinq grands modèles psychologiques et les trois cents variantes. Puis trouver le bon thérapeute disponible. Comme pour la religion, certains sont sûrs que leur Dieu est le seul vrai et que sa doctrine doit être partagée pour être sauvés des flammes éternelles, ce qui justifie de se l'enfoncer dans la gorge à coups de goupillon ou de cimeterre. Bien sûr, je cherchais une thérapie brève, car je n'avais pas envie de recommencer au berceau. Tous les gens renseignés sur le sujet avaient leur opinion là-dessus et un thérapeute différent à me suggérer. Il fallait en plus qu'il soit disponible le soir ou le samedi. Finalement, je me laissai tenter par la préférence de ma blonde. Sa thérapeute semblait bonne pour elle. Elle suggérait un collègue gestaltiste, ce qui ne laissait pourtant pas présager une thérapie brève.

Il fallait au moins une heure de circulation infernale pour se rendre à Montréal. Marie-Anne partait de Rigaud et moi de Mont-Saint-Hilaire. On se retrouvait après une séance de thérapie à se toucher les mains et, après une brève étreinte, à retourner chacun chez soi, souvent tracassés par les conflits que nous avions soulevés. J'aurais mieux défini les règles du jeu, mais je ne crois pas que cela faisait partie du programme. Le thérapeute devait se faire une idée en cinq séances puis voir si on désirait s'engager pour je ne sais trop quoi... Puisque j'étais assoiffé de ma blonde, j'évitais ces situations de carence, mais ces rencontres thérapeutiques ne servaient qu'à exacerber le problème. Le thérapeute aurait dû nous suggérer fortement (surtout à Marie-Anne) de nous retrouver dans un lieu intime après ces séances pour sinon faire l'amour du moins se coller ou se bercer, car c'était bien cette non-disponibilité sexuelle et parfois le manque de considération ou de tendresse qui me frustraient. Là, on se rencontrait pour brasser et augmenter nos misères, retournant ensuite à notre solitude.

À la cinquième — et pour moi dernière — rencontre avant les vacances d'été, Marie-Anne et moi convînmes de nous retrouver une heure plus tôt dans un petit bistro. Arriva ce qui devait arriver. À se tenir les mains et à vider la carafe de vin, nous arrivâmes en entrevue un peu ivres. Surtout moi qui, aux toilettes, fis un peu de tapage. Je ne sais si je n'aimais plus mon reflet, mais je faillis casser le miroir, ce qui aurait signifié pour moi sept années de mauvais sexe! Le psy nous semonça vertement, indécis à savoir s'il allait faire l'entrevue. Je lui rappelai tout aussi vertement qu'il avait au départ posé un certain nombre de conditions, que nous les avions respectées et qu'il n'avait pas interdit la bouteille de vin. Il n'avait pas tort de me rappeler à l'ordre, mais tout cela finissait la dernière rencontre sur une mauvaise note, thérapie que ni moi ni Marie-Anne ne voulions continuer, moi parce que je trouvais que c'était une perte de temps et d'argent, et ma blonde parce que, durant une séance, il avait pris assez abruptement partie en ma faveur. Même si j'étais content de son «appui», ce n'était pas ainsi que l'on abordait une thérapie équitable.

CHAPITRE 55

> [...] Pangloss disait quelquefois à
> Candide: «Tous les événements se sont
> enchaînés dans le meilleur des mondes
> possibles; car enfin si vous n'aviez pas été
> chassé d'un beau château à grands coups
> de pied dans le derrière pour l'amour de
> mademoiselle Cunégonde, si vous n'aviez
> pas été mis à l'Inquisition, si vous n'aviez
> pas couru l'Amérique à pied, si vous
> n'aviez pas donné un bon coup d'épée
> au baron, si vous n'aviez pas perdu tous
> vos moutons du bon pays de l'Eldorado,
> vous ne mangeriez pas ici des cédrats et
> des confits. — Cela est bien dit, répon-
> dit Candide, mais il faut cultiver notre
> jardin.»
>
> VOLTAIRE, *Candide*

Fatima ne savait plus trop quoi faire avec moi. Au
moins, elle pouvait faire une pause, pas moi! Je ne pouvais,
comme ça, laisser là ma carcasse pour vivre dans le monde
réel comme un pur esprit. Elle n'avait jamais abordé le sujet
de mes douleurs dans le bas du corps — j'en étais quand
même libéré depuis plusieurs années et Nagushi veillait au
grain —, mais elle écoutait si j'en parlais. Pas de plan de
thérapie évident; on allait dans toutes les directions, surtout
celle du moment. Tannée de me voir tourner en rond malgré

son dévouement et sa bonne volonté, Fatima était, ce jour-là, entrée sans ménagement dans mes défenses et mes frustrations récurrentes face à Marie-Anne. J'avais réagi.

Au lieu de quitter ma Marie-Anne, ce fut ma thérapeute qui eut droit à mon baroud d'honneur et à une colère pour avoir tourné en rond depuis des années. À la fin de cette dernière entrevue, j'étais dans un tel état qu'au lieu de lui faire un chèque, je lui fis un reçu, comme si c'était moi le thérapeute. Et dire qu'il y eut des moments où je n'arrivais pas à trouver ce bureau que je fréquentais depuis si longtemps! Une grande partie de moi-même ne voulait plus investir dans ce *merry-go-round* et c'est probablement ainsi que cela se manifestait. Elle souhaitait sincèrement m'aider, ayant étiré jusqu'à l'extrême limite le lien thérapeutique, sortant parfois de ce rôle, mais d'une façon que je trouvais créatrice. Elle prolongeait parfois, quand elle le pouvait, les entrevues. Je lui envoyai une carte pour m'excuser de mes écarts de cette dernière rencontre. Elle ne répondit pas… Ayant eu l'impression de boucler la boucle, je ne lui donnai plus signe de vie.

Mais la boucle fut ardue à dénouer avec Marie-Anne, comme le nœud gordien que je dus trancher. L'un et l'autre ne voulions nous quitter. Je fondais encore quand elle me disait: «Bonjour, mon cœur.» Je perdais des archives de ma mémoire, une partie de moi-même dans cette reconnaissance au fil de temps difficiles. Je colmatais les brèches ouvertes depuis ma dépression avec Mitsuko. Je vivais encore des moments de pures délices quand je la prenais dans mes bras, sans plus, ou encore lorsque je l'embrassais dans le cou, que je descendais vers ses seins plantureux et que je l'entendais dire «comme c'est bon», quand je posais mes mains sur ses fesses rebondies et que je les glissais à l'intérieur de ses cuisses comme sur un tapis de velours. J'étais nostalgique des moments de tendresse, des confidences et des câlins du matin.

En même temps, je n'en pouvais plus de cette relation malsaine, de quêter la tendresse, de cette violence verbale, des claquements de porte. Comment avais-je pu me laisser torturer si longtemps, si intensément? Il y avait des moments où je suppliais ma thérapeute de m'aider à trouver le bouton magique qui me ferait décamper. Que de fois où je devenais cheminée crachant la boucane de la frustration! Que de fois le livre de chevet me faisait concurrence, que de fois elle me proposait de dormir sans la toucher — mais elle ne voulait pas une relation de frère et sœur, ne voulait pas de pause, ne voulait pas non plus que je la quitte. Fini, son mauvais caractère, mais il faut avouer que quand on me prenait de travers, je ne donnais pas ma place. Comment faisait-elle pour m'endurer dans ces moments-là?

Je ne voulais plus passer ma vie à picoler, à chercher la perle rare dans le mollusque d'Acadie nommé baricoco. Je savais qu'à l'âge d'or le train ne passait plus souvent et qu'il fonctionnait plus souvent qu'autrement au charbon. Il restait encore le bateau à vapeur, qui est plus romantique, comme dans *L'amour au temps du choléra*. Mais ces bateaux mythiques ne se retrouvaient plus que dans les romans. Sauf exception.

Après cette rupture finale et définitive, elle me relança, me parla de ses sentiments, de son désir de continuer. Je ne comprends pas encore aujourd'hui comment quelque chose d'aussi simple pouvait devenir si compliqué. Je dus lui écrire une lettre sans équivoque pour lui dire de ne plus me relancer. Puis espacer les courriels qui devenaient de plus en plus froids.

Je décidai alors de m'ancrer définitivement en Acadie. Les misères de la vie ne pouvaient être pires dans mon pays. J'avais hâte de retrouver mon coin de terre où les arbres dansaient autrement, les oiseaux chantaient plus allègrement. La vague qui se dandinait et les odeurs de varech salé de l'automne ne se retrouvaient nulle part ailleurs.

Je retournai alors sur les lieux de mon enfance, la matrice de la vie à deux pas de la mer, pour dénouer ce qui pouvait l'être, là où tout avait commencé. Ce coin de pays était dur comme un écrin de granit et il était beau comme un diamant serti dans sa monture dorée! On découvrait à chaque saison une nouvelle facette. Je sillonnais la grève inlassablement. Me revenaient en mémoire la grisaille des printemps incertains quand la glace résiste encore à la vague et que les bateaux attendent avant de se lancer vers le large, la splendeur des couchers de soleil l'été, les blancs moutons qui se roulaient dans la vague déchaînée d'octobre, la mélancolie du crachin de novembre, mais en même temps sa vive lumière, et, finalement, la poudrerie de janvier qui repassait inlassablement sur la mer frisée et gelée.

Je n'étais pas le seul à vouloir revenir. En Acadie, les perceptions changeaient et la maxime pour ramener les exilés «j'y reviens, j'y reste» enclenchait un vaste mouvement. On commençait à réaliser l'importance des grands espaces, de la nature, de la lenteur, de la paresse créatrice, de l'air salin, d'une vie communautaire. Avec ou sans job!

Annabelle avait décidé de fonder à Caraquet une boîte d'informatique. Jérôme était consultant dans l'aménagement des forêts de la Péninsule acadienne. Cette forêt qu'il fallait cultiver comme l'agriculteur amoureux de sa terre. Quant à moi, j'avais aménagé un terrain près de la mer qui devint ma piste d'atterrissage. Après avoir quasiment fait le tour du monde, je pouvais dire, comme Voltaire, que tout était pour le mieux dans le meilleur des mondes possibles et réaliser finalement que, chez moi, j'étais bien à cultiver mon jardin.

CHAPITRE 56

Seulement qu'est-ce que j'y peux moi, si,
à ma connaissance, rien, mais alors rien
n'est mis en sommeil, quel que soit l'âge
de l'homme?

PHILIP ROTH, *La bête qui meurt*

Retrouver sa jeunesse est un mythe et fréquenter cette belle jeunesse ne faisait parfois que me faire ressentir cruellement l'écart qui s'était creusé entre ma génération et celle qui me suivait. J'étais justement plongé dans ce dilemme avec la belle Esmeralda à qui j'enseignais à piloter. Nous avions fait ensemble quelques autres activités, c'est-à-dire cinéma, restaurant, promenades. Elle ne donnait aucun indice quant à son intérêt à mon égard, le visage impassible comme un joueur de poker. Et je ne voulais ni rompre le charme ni précipiter le cours des choses, encore moins me faire rejeter. Je m'étais pourtant juré que l'on ne m'y reprendrait plus. Mais…

Esmeralda : une déesse grande, élancée, avec des enjambées rythmées qui donnaient envie d'être l'obstacle à enjamber. Elle faisait tourner les têtes. Quelqu'un m'avait demandé si c'était ma fille ; vous vous imaginez l'écart chronologique ?

Par un beau samedi soir, après un souper bien arrosé, elle vint s'asseoir près de moi pour me montrer des livres de Saint-Exupéry. Elle l'adorait, car il évoquait avec éloquence ses aventures de pilote de guerre. Mais encore là, aucun signe sujet à interprétation autre que la proximité. J'étais un peu paralysé, faisant semblant de m'intéresser à son érudition sur le sujet. Je voyais à travers l'échancrure de sa blouse ses seins qui me reluquaient et, à un moment donné, alors qu'elle se penchait, j'eus un regard furtif sur la fente de ses fesses. Je salivais de partout. Pas moyen de savoir si elle faisait cela en guise d'invitation.

Finalement, n'en pouvant plus et voyant que la nuit avançait et qu'il me fallait prendre une décision, je lui annonçai que je devais bientôt partir. Aucune réaction. Alors, je passai à l'attaque et la pris dans mes bras. Je n'avais jamais vu quelqu'un se déshabiller aussi rapidement. Nous nous retrouvâmes nus comme deux vers, sans même prendre le temps d'aller dans l'auto chercher le kit du baise-en-ville. Elle eut quand même le temps, entre deux hululements, de m'assurer qu'elle était sage depuis trop longtemps et qu'elle était absolument saine. Ça tombait bien ; moi aussi. Et l'effet de surprise avait été si soudain que je n'avais eu le temps de m'inquiéter ; ainsi l'érection fut-elle honorable.

L'abandon sexuel et le plaisir avec Esmeralda étaient un petit coin de paradis, comme une revanche sur la mort. Mais rapidement je devins tourmenté, sachant qu'il n'y aurait pas d'avenir en raison de notre différence d'âge. La chanson *Il suffirait de presque rien* revenait, lancinante. Quand elle était dans mon lit, je n'arrivais pas à vivre le moment présent, sachant que j'allais souffrir, et quand elle n'était pas là, je la suivais dans ses pérégrinations et j'imaginais qu'elle succombait à un nouvel amant. J'étais constamment dans la lune, distrait, j'oubliais des objets partout. Je devenais de moins en moins capable de laisser l'oiseau en liberté.

Je n'en revenais pas de voir comme elle pouvait se torturer pour des riens. Elle me parlait de ses rides que je ne voyais pas, de ses seins trop petits que j'avais déifiés, de ses fesses qu'elle ne trouvait pas assez rebondies alors que j'étais devenu complètement gaga de ce terrain de jeu.

Je n'avais pas de répit; un tourment, des fantasmes inassouvis, comme un drogué en manque. Je me sentais dans un processus de maladie; il me fallait couper les ponts, mais bien sûr cela aurait été plus facile d'aller décrocher l'étoile Polaire. En même temps, je me blâmais de mon incapacité à vivre cet amour sereinement. Complètement obnubilé par sa beauté, sa splendeur, j'avais peur qu'elle ne succombe aux charmes d'un plus jeune qui aurait été moi, quand j'étais jeune!

Cette relation exacerbait le deuil de ma jeunesse où tout était possible, où je ressemblais à un dieu beau, fort, invincible. Alors un beau matin, entre l'odeur de la table et du lit, je lui fis part de mes tourments. La décision de nous éloigner s'imposa.

CHAPITRE 57

Qu'êtes-vous devenues mes femmes
Vous qui m'avez tant pleuré
Qu'êtes-vous devenues mes femmes
Vous aurais-je si mal aimées?
Ou vous ai-je si mal connues
JEAN-PIERRE FERLAND,
Qu'êtes-vous devenues mes femmes?

Durant ma phase de dépouillement, je m'étais débar-
rassé de tous les objets inutiles. Et j'avais brûlé les relevés
de cartes de crédit, les reçus des interminables thérapies,
les innombrables factures de restaurant, la paperasse sur les
hypothèques anciennes. Les assurances échues aussi : auto,
maison, salaire, emploi, médicaments et soins dentaires. Et
l'assurance-vie qui ne prémunissait pas contre la mort, et qui
ne m'avait pas fait gagner en assurance dans la vie!

J'avais aussi fait le ménage dans ma correspondance
amoureuse et ma vie avait défilé dans mes carnets d'adresses,
lesquels témoignaient de mon parcours mouvementé sur
plusieurs continents ; que de gens perdus en cours de route
en raison de la maladie, des accidents, du suicide! Que de
gens évaporés en raison d'une autre union, d'un amour dans
un pays étranger, d'un changement d'orientation sexuelle
ou tout simplement de bifurcations différentes de part et
d'autre! Que d'amours envolées dans la brume, certaines

nourrissantes, d'autres toxiques ; les nuits à rêver entre remords et regrets, entre passion et trahison. Deuils qui s'entrouvraient parfois l'espace d'un moment entre le plaisir du cœur et les pincements au cœur. Pour me mener à la damnation éternelle, il y avait encore des séquences de films dans ma tête à la jonction des trois modes, la jupe rase-trou, le nombril à l'air jusqu'au pubis et le décolleté jusqu'aux mamelons. Comme dans un film, ma vie avait défilé en zig-zag entre consommation et abstinence. Je payais pour l'excès de mes errances et de mes sorties de route. Que de tentatives d'enracinement dans l'espace, parfois dans le temps, et de tentatives désespérées pour les relier par un couloir ! Cela me fit un bien considérable que d'élaguer ces liens encore inscrits sur papier, de me décaper l'âme pour atteindre l'essentiel.

Un long bilan face aux thérapies. Plusieurs gourous, tous plus convaincus les uns que les autres, accumulaient les billets verts avec ces thérapies du divan, du fauteuil ou du tapis, certains prônant qu'il fallait travailler ici et maintenant surtout, d'autres qu'il fallait visualiser le futur autrement, quelques-uns parlant de gratter dans les mémoires cellulaires et le passé enfoui, alors qu'un petit nombre privilégiait un mélange d'un peu tout ça.

J'avais aussi flirté avec les approches basées sur la pensée positive, j'avais lu des centaines de livres de recettes pour s'aider soi-même, acquérir l'estime de soi, apprendre à s'affirmer, réaliser ses désirs, bref, atteindre la richesse, le bonheur et, qui sait, le nirvana avec *Le secret*, *Le secret du secret*, *Le chemin le moins fréquenté*, *La prophétie des Andes*, *L'alchimiste*, pour terminer avec *Les manipulateurs sont parmi nous*. En fait, tous ces livres de *self help* que j'avais testés — et une nouvelle formule surgissait chaque semaine —, me déprimaient parce que ce qui s'offrait à portée de la main ressemblait au vaisseau fantôme qui s'éloignait à mesure que je m'approchais. Ces livres avaient le don de me culpabiliser, car en filigrane, il y avait cette idée pernicieuse que si cela ne marchait pas, c'était parce que le sujet ne travaillait pas assez fort. D'ailleurs, les gens n'avaient jamais été si malheureux que depuis quelques décennies, alors que la tendance de l'ère du Verseau incitait à se connaître, à plonger dans son moi profond ou au-delà, à scruter son vécu en se regardant le nombril et, bien sûr, en étant proactif. Petit bémol, une bien petite minorité de gens parvenaient avec ces recettes et ces changements d'attitude à modifier vraiment leur vie.

Je savais que ça prenait parfois peu de chose pour changer la trajectoire d'une vie, pour que ça se déglingue : une goutte en moins ou en trop de telle hormone lors de la grossesse, un manque de liens significatifs lorsque le cerveau se moule comme la cire d'abeille, des agressions dans son intimité, quelqu'un qui prend une place dans la hiérarchie familiale sans que l'on puisse s'en accommoder... Il suffisait également de presque rien pour que ça change pour le mieux. Peut-être que quelques bons coups de fouet hebdomadaires, me disais-je, m'auraient aidé à trouver le chemin du bonheur ou le processus qui mène au chemin du bonheur ou l'être en soi qui, dans ses couches profondes, accède au bonheur ou... Côté biochimie, je me souvenais du roman *Le meilleur des mondes*, de Huxley, où chacun était programmé dès la conception, sauf qu'il arrivait que telle substance chimique étant inadéquate, une personne devenait non conforme à la société standard. Côté milieu, je me souvenais du roman de Skinner, *Walden Two*, où l'environnement programmé donnait une sorte de société idéale sans crimes ni méchancetés.

Mais il y avait ceux qui pour diverses raisons restaient réfractaires au conditionnement. Côté respect et authenticité, je connaissais les théories humanistes de Rogers basées sur l'acceptation inconditionnelle.

J'avais consulté psychiatres, psychologues, travailleurs sociaux, thérapeutes de toutes sortes. Hommes ou femmes. Certains le temps de quelques rencontres, d'autres de quelques années, et parfois j'alternais quand l'un ou l'autre était absent. Les thérapies m'avaient aidé à parler de moi, à mieux accepter mes limites, à comprendre des schémas anciens, à modifier quelques habitudes malsaines. Cela m'avait aidé à sortir de ma coquille et à être plus authentique avec cette capacité de me dire et de rester en lien au lieu de m'isoler quand ça n'allait pas. J'avais toujours favorisé le gros bon sens — davantage pour les autres que pour moi-même — et la souffrance de ma vie m'avait aidé à acquérir beaucoup d'empathie. Je me connaissais bien ; je pouvais exprimer mes sentiments, mes désirs, mes besoins et décrire ma dynamique familiale comme un grand livre ouvert jusqu'à la septième génération.

J'avais rencontré des dogmatiques, des illuminés, des bouchers, mais aussi des thérapeutes généreux et compétents. Certains thérapeutes avaient le don de me faire creuser sans fin, d'autres d'arrêter l'entrevue en plein milieu d'une phrase. Dans ma phase délirante, un docteur de l'Université de Montréal avait tenté des techniques de modification de pensées et de comportements en me demandant d'apporter mon coffre à outils afin de ne plus les associer avec la peur. De prendre des notes sur les déclencheurs, d'associer des images agréables, de distancer comme au cinéma, bref, le kit au complet. Comme ce grand spécialiste n'avait pu m'aider, je m'étais vraiment senti dans la catégorie des incurables.

Quelques-uns étalaient leur incompétence de bonne foi, convaincus de leur théorie tout à fait contraire à celle du voisin, lui aussi diplômé. Une thérapeute qui utilisait le divan à la manière freudienne m'avait fait un drôle de cadeau. Par un après-midi chaud et humide, étendu sur le divan à la recherche de mon œdipe brumeux, j'entendis un bruit suspect. Elle ronflait. À mon tour de lui jouer un tour en lui laissant une petite note où je m'excusais d'avoir été ennuyant au point qu'elle se soit endormie. Pour ma part, cela avait été le coup de fouet dont j'avais besoin pour l'évacuer malgré ses demandes pathétiques de pardon.

Mais mes liens amoureux restaient toujours problématiques. Les thérapies ne m'avaient pas vraiment aidé à résoudre mon mal de vivre et mon inaptitude à avoir une relation amoureuse viable. Un problème sur le plan de l'attachement, du lien, du choix. J'avais beau le savoir, j'avais beau connaître les influences subies jusqu'à la septième génération, cela ne suffisait pas à dénouer des processus bien mystérieux tressés au niveau du cerveau profond, animal. Je croyais savoir que je n'étais pas le seul; plutôt un extrême sur la courbe normale, ce qui était bien rassurant pour certains, car les extrêmes permettent aux moyennes d'exister. Je savais qu'un couple sur deux n'était plus ensemble et que de ce nombre plusieurs avaient multiplié sans succès les partenaires, trouvant souvent pire, ce qui me laissait croire que quand l'on sort du cocon traditionnel, la route est souvent hasardeuse.

Plus j'explorais le monde des thérapies, plus je croyais à la force de la génétique. J'avais donc finalement conclu que je faisais partie d'un certain pourcentage de gens qui ont de la misère avec leur galère, quoi qu'ils tentent, comme d'autres sont enclins au diabète. Tout comme dans la maladie physique, il y a des blessures psychiques qui ne se guérissent pas. Ma vie avait sombré quand, sous l'influence de la drogue, j'avais vécu une bouffée délirante paranoïde pendant des années. Cela avait totalement gâché ma vie. Pourtant, la marijuana semble inoffensive — quoique des recherches démontrent qu'elle peut déclencher une psychose chez certains. Et cette éventualité n'est pas toujours gravée sur le front. Mais peut-être y avait-il autre chose dans ce que j'avais inhalé? D'ailleurs, celui qui me l'avait vendue avait mal fini : accident ou suicide... Par ailleurs, je me disais qu'il y avait peut-être de la graine de psychose dans mon grenier et que j'aurais peut-être vécu de toute façon un épisode délirant. Cela m'avait pris des années avant de pouvoir recevoir des soins pour tenter de rétablir la chimie de mon cerveau et neutraliser la dépression et les peurs afin de fonctionner normalement. Je me reprochais parfois de ne pas avoir pris les médicaments appropriés dès le début de ma phase délirante, ce qui aurait peut-être nettoyé mon cerveau de ces horribles images. Mais il aurait fallu tomber entre bonnes mains, et les traces de ce désordre et de ces réminiscences horribles n'auraient pas gâché ma vie. Beaucoup de «j'aurais dû» et de «peut-être»!

Après avoir conclu que les thérapies ne m'aidaient pas et qu'il en serait probablement toujours ainsi, je fus, paradoxalement, plus heureux. J'avais fait mien l'adage : le destin, quand vous lui résistez, il vous traîne, quand vous l'acceptez, il vous porte. Je m'étais affranchi de mes dépendances aux thérapies. J'étais mon meilleur thérapeute, il fallait me fier à mon instinct, ce qui est l'évidence pour plusieurs. J'avais donc rayé mon nom du département des miracles. J'aurais dû placer cet argent ; je pourrais prendre une retraite dorée !

Et comme je me sentais mieux, libéré des thérapies, je me rendis compte que j'avais eu des moments de bonheur intense durant mes relations amoureuses. J'avais de bons amis et une famille qui était assez normale et supportante. On m'avait aimé, on m'aimait toujours et mes enfants étaient un cadeau du ciel. Bien sûr, j'éprouvais parfois un brin de nostalgie en pensant à Éléonore, en écoutant le témoignage de ces couples qui s'avouaient mutuellement qu'ils ressentaient encore une petite ivresse au cœur.

CHAPITRE 58

Oui, c'est cela, mon cher Lucilius : revendique la possession de toi-même. Ton temps, jusqu'à présent, on te le prenait, on te le dérobait, il t'échappait. Récupère-le, et prends-en soin. La vérité, crois-moi, la voici : notre temps, on nous en arrache une partie, on nous en détourne une autre, et le reste nous coule entre les doigts. Pourtant il est encore plus blâmable de le perdre par négligence. Et à bien y regarder, l'essentiel de la vie s'écoule à mal faire, une bonne partie à ne rien faire, toute la vie à faire autre chose que ce qu'il faudrait faire.

SÉNÈQUE, *Apprendre à vivre*

En triant correspondance et carnets d'adresses, me revint en mémoire Albina, mon amour courtois. Son image m'avait poursuivi pendant des années à travers d'autres relations. En raison de ma fidélité à Lia, j'avais manqué le bateau, si l'on peut dire, et cette relation jamais commencée m'avait obsédé. C'est ainsi que je m'étais juré que, dorénavant, je choisirais le remords plutôt que le regret. Que d'heures passées en auto à divaguer sur son fantôme ! Elle avait eu le don de peser sans le savoir sur le piton des obsessions et ruminations sans fin. Que la vie était étonnante ! Après avoir fait une fixation sur elle pendant des années, avoir mis bien tardivement mes tripes sur la table de façon humiliante, avoir écrit un poème pour m'en sortir, je l'avais rencontrée à l'épicerie et, à part un petit trémoussement, il ne restait rien ; elle n'avait plus le magnétisme et l'éclat d'antan. Elle était terne et toujours aussi froide et distante. Ce genre d'inaccessibilité ne m'excitait plus. Maintenant, j'en étais délivré. Et elle m'avait fait un cadeau, celui de décrocher de cette quête sans fin. Je sus que je m'étais libéré de l'emprise des sirènes.

Je peux clairement dater ce moment, car ce fut cette fin de semaine-là que j'appris qu'un grand ami d'enfance, après un parcours classique heureux, avec couple et enfants épanouis, avait découvert et tenté de vivre son homosexualité. Mais n'ayant pu l'assumer, il avait choisi de quitter ce monde. Je m'en souviens clairement, car ce fut aussi le moment où ma tante Exilda, devenue veuve puis atteinte de la maladie d'Alzheimer, m'a dit en me voyant : « Mon beau mari, comme tu fus parti longtemps ! » La peine ressentie m'a semblé illusoire face à l'absurde et je me suis dit qu'il était temps de cultiver l'oubli de mes schémas malsains avant de perdre la tête totalement.

J'étais sorti de ces relations paradis-enfer, de cette quête de l'inaccessible et de l'extase comme normalité. Que de chemin parcouru après mes problèmes d'érection avec Mitsuko et les tourments à ne pouvoir décrocher, tout cela dans la sueur et les larmes ! Pendant des années, je n'avais pu aller dans les lieux que nous avions fréquentés ensemble. Je ne pouvais ni prononcer son nom ni l'entendre sans douleur. Mon cœur était en miettes et ma tête, mêlée, coupable, ma tête devenait la complice de la peine et, au lieu de me bercer, m'accablait. Une douleur qui, par son ampleur, devait toucher la couche la plus profonde de mon « moi ». Je me souvenais de tous ces mots doux et originaux dont Mitsuko m'affublait. Tous avaient un lien avec la fantaisie ou l'époque préhistorique ; j'étais tour à tour son dragon ailé ou son hippogriffe marin.

Je l'avais croisée par hasard avec son amoureux. Elle m'avait annoncé son mariage et sa lune de miel en Toscane. La souffrance s'était pointée, mais le lendemain j'avais réalisé que la boucle était bouclée. Que je lui souhaitais vraiment d'être heureuse.

J'eus aussi d'autres réflexions sur l'enfance. Petit, je ne connaissais pas les codes sociaux et je percevais mal les gens. J'avais de la difficulté à croire à la méchanceté ; j'étais naïf et bonasse. Mon premier mouvement était de croire en la bonté et en la générosité de tous, mais au fil des blessures s'étaient greffées la méfiance et la tendance à attribuer aux autres des motifs moins nobles. Ma tête était alors devenue comme une baratte à beurre, constamment en effervescence, souvent dans des dialogues imaginaires où je critiquais et blâmais l'autre pour mes difficultés. J'étais possédé par une énergie négative qui me grugeait. Toutefois, après des années de travail sur moi, je m'étais rebâti. J'avais fait du chemin, comme on dit.

Dans mon havre de la côte, à deux pas de mes origines, j'avais fait un petit jardin de pierres des côtes et d'herbes des grèves. L'été, sur la plage, je faisais un petit feu de bois en regardant les étoiles filantes. Je parlais aux arbres, j'embrassais les bouleaux, j'étreignais les pins. En août, les oiseaux venaient manger les bleuets et les framboises, puis laissaient sur mon auto et mon perron des souvenirs multicolores. En septembre, les couchers de soleil m'hypnotisaient. En octobre, je savourais les odeurs de la mer et du varech. En novembre, la lumière vive perçait le brouillard et en décembre je contemplais la mer se débattant entre le frasil et la glace. L'hiver, quand le vent de nord-est mugissait et amenait la poudrerie, je me réfugiais au deuxième étage de ma maison-phare où le regard portait sur l'infini. Le petit feu ronronnait dans le foyer des Amish et je m'étendais sur les fourrures de castor, loutre et vison, cadeaux de mes ancêtres amérindiens.

Ma santé restait solide, mon cerveau n'était pas trop fêlé, j'étais instruit et il m'arrivait de me trouver intelligent. J'avais des enfants superbes, je mangeais à ma faim, j'avais un toit, une auto et une chaîne stéréo. Je n'étais donc pas sans feu ni lieu, et mon super écran de quarante-huit pouces au plasma amenait le monde dans mon salon.

La sexualité m'intéressait toujours, mais depuis bien longtemps, c'était vraiment le cœur de la femme aimée que je voulais conquérir. Cette approche qui consistait à me mettre à nu, à être authentique, vulnérable, n'avait pas donné de relation viable non plus.

J'avais finalement accepté de vivre seul, content de me retrouver avec mon univers : mes enfants, quelques amis, des livres, des films, un peu de ski de fond ou de vélo, des petits repas avec du bon vin. Plus besoin de faire de compromis. Parfois, quand le désir me taraudait, petite séance de masturbation, une valeur sûre et hygiénique. Toutes les pilules, celles pour oublier, pour faire durcir, pour relaxer, pour détendre la prostate, avaient pris le chemin de la terre via la cuvette. Après un mauvais quart d'heure à affronter sans béquilles mes bobos, angoisses, démons, après la cure de sevrage et de sueurs froides et chaudes, je me sentis libéré. Il y avait eu des périodes de grandes joies et de grandes souffrances. Il y avait eu des moments de sérénité, plus courts que tout le reste. Il y avait maintenant un certain apaisement à vivre seul.

Parfois, il y avait une complice, mais cela m'intéressait de moins en moins. Je voulais tout ou rien. Le moineau devenait plus timide, plus branché sur les émotions. En étant vraiment disponible, mon regard était différent. J'avais cassé le moule. Je me souvenais des Amérindiens qui disaient qu'une photographie pouvait voler leur âme. Moi aussi, j'avais parfois craint que l'autre parte avec une partie de moi-même. Chaque échec avait laissé une cicatrice sous l'armure, mais je voulais retrouver l'émerveillement de l'enfance.

J'avais de la difficulté à croire que j'étais parvenu à l'âge d'or ; je me sentais si jeune. Comme si je m'étais endormi à quarante ans pour me réveiller hier et que les années qui avaient passé n'étaient pas dans le rêve, mais dans la réalité. Au lieu de me dire j'ai trente ans, il m'en reste beaucoup, je regardais la moyenne de vie de l'homme et je soustrayais au lieu d'additionner ; c'est peut-être cela vieillir !

J'avais trouvé une certaine sérénité avec la philosophie amérindienne, et mes ancêtres mi'kmaqs m'avaient fait suer un coup. Il fallait vivre en harmonie avec la nature, ne pas cultiver de désirs de consommation exagérés, croire en plus grand que soi ou dans le monde invisible.

Autour de moi, je n'entendais parler que de cancer de la prostate. Plusieurs avaient le cul radioactif et vivaient une détresse muette. D'autres prenaient des médicaments pour l'hypertrophie de la glande, ce qui aidait indirectement à la qualité du sommeil, car ils n'avaient plus à se lever cinq fois par nuit pour uriner. Et quand le médicament ne fonctionnait pas, il restait le bistouri avec, pour certains, l'incontinence, la perte du désir et de l'érection. Quand pourra-t-on, me disais-je, se débarrasser de la honte associée à cette maladie et en parler comme on parle du cancer du sein? Pauvres hommes que nous sommes, pris dans notre virilité comme dans un carcan!

Je croyais mourir d'un cancer de la prostate. Il semblerait plutôt que ce sera de vieillesse, dans mon lit. Un beau matin, je ne m'apercevrai pas que le soleil s'est levé…

CHAPITRE 59

C'est l'antique forêt... Les pins aux longs
murmures...
HENRY WADSWORTH LONGFELLOW,
Évangéline

Annabelle était amoureuse d'un garçon superbe. Elle attendait un enfant. J'étais heureux. Jérôme avait sa belle amoureuse, rencontrée lors d'une excursion en forêt. J'étais heureux. Un poids immense avait quitté mes épaules et ma tête. C'était pourtant si simple. J'étais heureux! Enfin, il y avait encore un petit nuage à l'horizon, surtout depuis les récents reportages sur ces enfants amérindiens arrachés de leur famille, placés dans des pensionnats pour détruire leur culture et les assimiler aux Blancs. Je cherchais à harmoniser et à unifier mes deux mondes, le Blanc et le Mi'kmaq. Pardonner les abus. Voici comment cela se produisit.

À la toute fin du mois des mûres noires, mon capteur de rêves au pied de mon lit me fit un cadeau pour réconcilier tous les ancêtres en moi. Dans mon rêve, je me trouvais dans un wigwam tapissé de peaux de vison, de loutre, de martre, à Tracadie, qui veut dire «place de campement». Tout autour, des oies et du poisson séché. L'esprit du grand chef me parlait de l'empreinte des millénaires gravée dans la pierre. Il me parlait de son désir de refaire, avec les Blancs, la grande paix, de laisser le tomahawk rouiller. De suivre la flèche de la compassion.

Mon cœur ne voulait rien entendre, mais son esprit m'emmena en voyage vers le passage des canards, à Shippagan. Le long de la route, je voyais sur les grands poteaux les nids des balbuzards, les aigles pêcheurs. Ils étaient revenus en Acadie quand avait cessé l'arrosage au DDT. Je me suis alors souvenu de mon animal totem : l'aigle. Comme pour me faire un signe, il apparut tenant un poisson dans ses serres. C'est sur son dos que je fis le tour des lieux mi'kmaqs habités par des Acadiens, pour tenter d'harmoniser mes deux univers.

Ainsi, je survolai Lamèque : tête tournée de côté, il ne manquait que la plume d'aigle. L'île donnait l'impression d'un visage dentelé d'anses et de criques, de falaises sculptées, parsemées des taches de rousseur des tourbières.

L'aigle se dirigea ensuite vers Miscou, qui porte bien son nom : terres basses et marécageuses, terres de mystères, de légendes, de trésors cachés. Miscou, repaire de la méchante Gougou, déité mi'kmaque décrite dans le journal de Champlain. Haute comme les mâts d'un navire, gardant dans sa poche ventrale des friandises : des humains qu'elle croquait en lâchant de grands cris. C'était la fin de l'été et la lande de bruyères avait mis son plus beau rouge à lèvres, s'étendant jusqu'au phare qui chatouillait les nuages. Au loin, la Gaspésie, le rocher Percé. Miscou, où se mélangeaient Acadiens, Québécois, Anglais, Irlandais, Écossais, Jersiais et Mi'kmaqs. Où se retrouvaient des gens magnifiques très typés avec des cheveux noir corbeau, de grands yeux verts comme la mer ou bleus comme le ciel. Ce mélange de races dans l'harmonie me réconciliait lentement, mais je résistais encore.

J'étais ému, distrait; l'aigle ressentit mon trouble et tourna brusquement. Je faillis tomber. Je sortis de ma rêverie. Je lui parlai avec douceur et lui chantai une vieille berceuse mi'kmaque pour le calmer. Pour me calmer aussi. Je devais rester stoïque pour le moment. Il me fallait lui donner un surnom, mais je n'en trouvais pas.

L'aigle tourna vers Pokesudie, qui veut dire «petit passage entre les rochers». Dans le cocon ouaté du matin perçait le chant du huard. L'aigle fila par «Le chemin mystérieux» d'où montait le parfum des rosiers sauvages. Vers Pokemouche.

Je sentais une terre d'abondance. La mer accueillait la rivière, sentier lumineux qui devient fleuve en furie à la pleine lune. La rivière scandait son histoire comme la brûlure du désir. C'est là que je vis le soleil danser; il projetait des images dans le bas du ciel qui témoignaient de la fusion de deux peuples, de deux continents, de deux mondes. Les arbres se miraient dans l'eau, les racines, dans le ciel pour symboliser la ténacité de deux peuples: Mi'kmaqs et Acadiens.

Bien cramponné sur le dos de mon aigle, je vis Tabusintac, qui signifie «deux entrées». Certains parlent de la guerre des deux chefs, à l'orée de la lagune, de la rivière, de la mer. Tabusintac où la lune est la femme du soleil et la mère de l'espèce humaine. Là où, d'après la légende, elle protège la femme enceinte et dispense le lait nourricier.

Puis, aux confins de la Péninsule, surgit Néguac. Comme un mantra, Nigaweck, Nigawniek, Negayak, Neguaak, Negowak, Neguwack. Néguac que je voyais comme une terre féconde et une femme porteuse de vie. Pays à l'orée des marais salants et du foin de prés qui ondulent jusqu'à la mer et les battures d'huîtres. Trait d'union entre Tabusintac et la Miramichi, passerelle vers les Mi'kmaqs de Burnt Church.

Burnt Church : le nom trouvait son origine à l'époque des déportations. L'église avait été canonnée, brûlée en 1758 par la flotte de Wolfe. Maintenant Esgenoöpetitg ou Esginoo o putich : poste de guet. Beau coin en effet pour guetter et voir venir. Acadiens-Mi'kmaqs : même limon, même terre, alliance bénéfique. Hache de guerre qu'on enterrait quand le partage des ressources de la mer était équitable. Esginoo o putich, lieu d'espérance, car on y fait des enfants. Là surgissait l'énergie millénaire pour un peuple en résurrection, mes ancêtres.

Puis l'aigle survola les chemins d'époque : les ruisseaux et rivières, veines et artères du territoire vers la Miramichi, rivière majestueuse, autoroute d'antan à l'allure de grand fleuve : territoire des Mi'kmaqs. Le soleil était au zénith et me revint en mémoire leur culte du soleil. Puis la résistance, la guérilla au camp de l'Espérance lors des déportations. Trois mille Acadiens dans les calamités (faim, froid, maladie, guerre) avaient survécu grâce aux Mi'kmaqs. Miramichi, le pays des grands pins blancs qui rappelle *Évangéline* : « C'est l'antique forêt... Les pins aux longs murmures... » Aujourd'hui terre d'Irlande, toile mi'kmaque, teinte acadienne. La vie bouillonnait dans cette marmite effervescente où le riz sauvage se mêlait aux « soupes de devant de porte » et au trèfle à quatre feuilles.

J'avais trouvé. Mon symbole totémique portait l'esprit de ma mère. Ma mère dont le surnom Toukkita signifiait « petite chérie ». Ce serait aussi le nom de l'aigle. L'oiseau le ressentit, car il creusa encore mieux son dos pour me recevoir.

Vers le sud, il y avait tous ces lieux acadiens qui portaient un nom mi'kmaq : Kouchibouguac, Richibouctou, Bouctouche, Shediac, Scoudouc, Memramcook, Shemogue...

Vers l'est, il y avait le peuple des Malécites, ceux de Tobique et du Madawaska. Puis en revenant vers le nord, les lieux acadiens-mi'kmaqs : Kegwick, Upsalquitch, Ristigouche, Nigadoo, Nipisiguit, Pokeshaw, Caraquet.

Je me sentais mieux ; il me fallait revenir dans mon lieu d'origine.

En revenant vers mon village de Caraquet, je sentis monter du sol une mélopée sauvage et primitive, un chant d'une pureté exquise au rythme du tambour amérindien et des vibrations de l'âme.

Je survolai le mont Carleton où se tiennent des cérémonies religieuses malécites pour saluer le lever du soleil. Là, disait-on, sur ces hauts sommets, les prières montaient plus rapidement aux oreilles du Grand Manitou.

Puis j'aperçus Upsalquitch, côte lente à monter entre Campbellton et Kedwick. Comme reprise du pays. Vint ensuite la baie de Ristigouche, Gtan Nemetjoie, signifiant « mer poissonneuse ». Selon une légende, Dieu aurait créé l'homme à l'embouchure de la Ristigouche, puis il aurait donné la Gaspésie en cadeau à l'être qui venait de naître. On dit encore que cela eut lieu vers la fin de la deuxième main de la lune, quand les oiseaux perdent leurs plumes.

À Nipisiguit, j'entrevis les chutes Pabineau où se tenait un immense pow-wow. Là où les mocassins enchantés dansent à la pleine lune sur ces herbes soyeuses, là où les animaux se parlent lorsque les humains sont distraits, là où les oursons se promènent avec un collier de perles, le wampum, à la frontière des états de la matière, pour évoquer l'histoire des Amérindiens, nos archives vivantes.

J'approchais de Caraquet et mon cœur battait à tout rompre lorsque surgit Pokeshaw, le passage des ancêtres, la force de l'esprit, cap immense joué sur Grande-Anse, avec son île dénudée ayant la forme d'un vieux fer à repasser. Pour ressasser la mémoire avec les courants telluriques de ce lieu qui galvanise.

Dans le portage de Caraquet, en survolant le village historique acadien, les aboiteaux se montrèrent le museau et défila toute l'histoire des Acadiens. J'étais en paix en arrivant à Calaket, Carraquet, Karaquet, Caraquette, lieu de divers peuplements, d'alliance avec les Mi'kmaqs. Caraquet, à l'embouchure de deux rivières qui se rencontrent, celle du nord, celle du sud. Caraquet, chef-lieu et lien entre les deux rives de la baie des Chaleurs ; la morue et l'amour. La rencontre de trois métiers : mer, terre, forêt ; le filet, la herse, le billot. La rencontre de tant d'espoirs pour repartir le long de cette flèche littorale. Que de mœurs et d'accents différents sur les goélettes au nez rond ! Symbole et mystère envoûtant que ce village gaulois d'Astérix nommé Caraquet. Pays à l'identité trempée dans le quartz de cette capitale de l'Acadie.

Je pensais aux nombreux Métis-Acadiens qui avaient essaimé dans la Péninsule acadienne et sur les côtes d'Acadie. Le bagage génétique et culturel des deux peuples avait créé des êtres extraordinaires. J'étais fier de mon héritage de Blanc et d'Amérindien, fier d'être un métis acadien dont les racines plongeaient à dix mille ans d'histoire en terre d'Amérique.

Mon périple de rêve avec l'aigle et l'esprit de ma mère m'avait réconcilié avec toutes mes parties.

CHAPITRE 60

> J'ai cueilli ce brin de bruyère
> l'automne est morte souviens-t'en
> Nous ne nous verrons plus sur terre
> Odeur du temps Brin de bruyère
> Et souviens-toi que je t'attends.
>
> GUILLAUME APOLLINAIRE

Je rêvais encore parfois à une relation stable et amoureuse au sein de laquelle je pourrais me fier à la réponse agréable du corps et aux caresses effrénées de ma blonde. Une femme affectueuse, attirante, généreuse. Le matin, il était parfois difficile de me réveiller seul, sans la chaleur de l'autre, sans un toucher, sans une étreinte pour commencer la journée; dormir avec mon amoureuse me manquait. Je n'avais besoin de personne, mais j'avais besoin de quelqu'un de spécial…

Je voulais rencontrer la dernière femme de ma vie, comme à l'époque d'Éléonore. Retrouver cette lumière chaude, enveloppante, élévatrice. Avec Éléonore, mes yeux s'étaient dessillés, mes oreilles, ouvertes, ma peau s'était abandonnée et mon cœur avait reçu goulûment. J'avais trouvé en moi, en elle, un joyau précieux. Une naissance, une résurrection. L'amour m'avait fait naître, cadeau sans prix que je n'avais pu vraiment retrouver ailleurs après avoir parcouru désert et macadam, après avoir cherché la manne, au ras du sol comme à la cime des cieux.

J'avais parfois le goût de planer, de voler, de m'envoler, là-haut, près d'Éléonore, de retrouver mon âme sœur que je cherchais depuis si longtemps, à travers la glace de l'Arctique, les faux-fuyants de Paris, les steppes de Sibérie ; l'amour qui avec Éléonore avait fait céder tous les barrages. Peut-être étais-je au fond l'homme d'une seule femme et elle était partie. Je priais parfois : reviens-moi ou reprends-moi ou bien envoie-moi une âme sœur.

Un matin ensoleillé, je fis un rêve étrange. J'étais bien au chaud sur la légendaire courtepointe de ma mère et Éléonore frappait à ma porte. Comme dans une brume, je l'entendis me dire qu'elle se nommait Héloïse, qu'elle était la sœur jumelle disparue, qu'elle avait grandi avec une tribu du Yucatán. Je n'en revenais pas. Elle raconta qu'elle venait de découvrir ses origines à la suite de révélations de son père adoptif sur son lit de mort.

Elle n'avait pas d'homme dans sa vie.

Une fois la surprise passée — et toujours dans la brume du rêve —, je me rendis compte que je ne voulais pas fréquenter Héloïse comme un double d'Éléonore. Je ne voulais pas tomber amoureux d'un fantôme en raison de la ressemblance physique. Et puis elle n'avait pas le même caractère que sa sœur. Et elle avait aussi souffert de ruptures amoureuses qui avaient laissé des cicatrices. Nous avions convenu de ne rien précipiter, d'apprendre à nous connaître, de voir si nous pouvions réellement tomber amoureux. Je ne voulais plus d'un amour tourmenté ni d'un amour à l'eau de rose.

Mais j'avais hâte de faire l'amour avec la dernière femme de ma vie. À la vieille maison.

Dans mon rêve, il arriva ce qui devait arriver. Ce qui était écrit de toute éternité. Éléonore m'avait envoyé du ciel le plus beau des cadeaux. Grâce à mon ange gardien tant de fois invoqué de même qu'au petit Jésus de Prague, j'avais retrouvé la foi.

Je me suis réveillé ne sachant trop si cela était un rêve prémonitoire. Les ancêtres amérindiens des deux bords veillaient-ils sur nous?

Récit terminé entre le 26 juillet 2010,
fête de la bonne sainte Anne,
vénérée par les Mi'kmaqs, et le 15 août 2010,
fête nationale des Acadiens.
Dans la vieille maison de Bas-Caraquet,
construite au temps
de la révolte des Patriotes, en 1838.

ÉPILOGUE

Victorin fait partie d'un certain nombre de gens que la psychologie n'aide pas vraiment, enfin pas au stade actuel de son évolution. Aucune femme, sauf Éléonore, n'a pu le satisfaire pleinement. Victorin a donc voulu témoigner pour ces «extraterrestres», si l'on peut dire, qui cherchent désespérément à s'adapter à une planète où la teneur en oxygène est inadéquate à leur épanouissement et où leur sensibilité à l'effet de serre est de l'ordre de la princesse qui a mal au dos, car il y a sous son matelas un petit pois! Qui ne peuvent, quoi qu'ils fassent, s'arrimer au bon moment et avec la bonne personne. Victorin est un peu fêlé du chaudron, mais il fait partie d'un bon nombre qui ne veulent pas toujours se reconnaître. Ceux pour qui le succès et le bonheur des autres sont inquiétants, car ils n'arrivent tout simplement pas à les atteindre.

Par ailleurs, on parle de plus en plus en médecine de seins et d'utérus et on a même *Les monologues du vagin*. Pour mousser une campagne afin d'amasser des fonds pour combattre le cancer, de bonnes mères de famille d'Angleterre ont posé nues, ce que l'on peut voir dans le film *Le calendrier des girls*, mais sur cette petite glande — la prostate — en forme de noix de Grenoble : rien! Pas de monologues de la prostate. Et pourtant, ce qu'elle peut nous faire chier, nous, les hommes! Sans prostate, ou avec une déficience à ce niveau, on devient prostré.

Victorin a donc voulu témoigner pour tous les moments difficiles, grands ou petits, routiniers ou exotiques. Qui n'en a pas connu ? J'ai voulu aborder ce sujet par la littérature et faire une toile corps-esprit-sexe-enfants-femme-religion pour montrer que tout est relié.

GARANT DES FORÊTS
INTACTES

Cet ouvrage composé en Adobe Garamond corps 12,5 sur 14,4
a été achevé d'imprimer en septembre deux mille dix
sur les presses de l'imprimerie Lebonfon, Val-d'Or, Québec